달려라 메로스

세계문학전집 403

달려라 메로스

다자이 오사무

유숙자 옮김

민음사

차례

만원(滿願)[1]

　지금으로부터 사 년 전 이야기다. 내가 이즈 미시마에 있는 지인의 집 2층에서 여름 한철을 지내며, 「로마네스크」라는 소설을 쓰고 있던 무렵의 이야기다. 어느 날 밤, 취한 채 자전거를 타고 동네를 달리다가, 다쳤다. 오른발 복사뼈 위쪽이 찢어졌다. 상처는 깊지 않았으나 그래도 술을 마신 탓에 출혈이 상당하여, 허둥지둥 의사에게 달려갔다. 동네 의사는 서른두 살, 덩치가 크고 뚱뚱해, 사이고 다카모리[2]를 닮았다. 거나하게 취해 있었다. 나와 마찬가지로 비칠비칠 취해 진찰실에 나타난 터라, 우스웠다. 치료를 받으며 나는 키득키득 웃고 말았다.

1) 날짜를 정해 놓고 신불에 기원할 때 정한 기한이 다 차서 그 기원이 끝나는 것, 또는 소원이 이루어지는 것.
2) 西鄕隆盛(1827~1877). 메이지 유신의 지도자 가운데 한 사람.

그러자 의사도 키득키득 웃기 시작해, 마침내 더 이상 참지 못하고 둘이서 소리를 맞춰 한바탕 웃었다.

그날 밤부터 우리는 친해졌다. 의사는 문학보다 철학을 즐겼다. 나도 그쪽으로 이야기하는 게 마음 편했고 대화가 무르익었다. 의사의 세계관은 원시이원론(原始二元論)이라 할 만한데, 세상의 모든 형편을 선한 사람과 악한 사람의 전투라 보았고, 꽤 시원시원했다. 나는 사랑이라는 유일신을 믿으려 내심 애쓰고 있었지만, 그럼에도 의사의 선한 사람 악한 사람 설을 들으니 울적한 가슴속이 트이는 상쾌함을 느꼈다. 예를 들면 이른 저녁 나의 방문을 환대하기 위해 곧장 부인에게 맥주를 명하는 의사 자신은 선한 사람이고, 오늘 저녁엔 맥주 말고 브리지(트럼프 유희의 일종) 게임 할까요? 라고 웃으며 제의하는 부인이야말로 악한 사람이다, 라는 의사의 예증에는 나도 순순히 찬성했다. 부인은 몸집이 자그맣고 얼굴은 동그스름하나 밋밋한 편이었지만, 살결이 희고 품위 있었다. 아이는 없었는데, 부인 남동생으로 누마즈의 상업 학교에 다니는 얌전한 소년이 한 명, 2층에 있었다.

의사 집에서는 다섯 종류의 신문을 구독하고 있었으므로, 나는 그걸 읽으러 거의 매일 아침, 산책 도중에 들러 삼십 분이나 한 시간가량 머물렀다. 뒷문으로 돌아 객실 툇마루에 걸터앉아 부인이 가져다준 시원한 보리차를 마시면서, 바람에 날려 팔락팔락 소리 나는 신문을 한 손으로 단단히 누른 채 읽는다. 툇마루에서 4미터도 떨어지지 않은 푸른 풀밭 사이를 수량 풍부한 개울이 한가로이 흐르고, 그 개울을 따라 좁다란 길을 자전거로 지나가는 우유 배달 청년이 매일 아침이면 으레, 안녕하세요! 하고 나그네인 내게 인사했다. 그 시각에 약을 타러 오는 젊은 여자가 있었다. 간편한 여름 원피스 차림에 게다3)를 신은, 느낌이 청결한 사람이었다. 의사와 자주 진찰실에서 서로 웃었고, 이따금 의사가 현관까지 그 사람을 배웅하며,

"사모님, 조금만 더 참으셔야 해요!" 큰 소리로 나무라기도 한다.

의사 부인이 한번은 내게, 그 까닭을 들려주었다. 초등학교 선생님의 사모님으로, 선생님은 삼 년 전 폐를 앓았는데 요즘 부쩍부쩍 좋아졌다. 의사는 열성을 쏟아 그 젊은 사모님에게, 지금이 중요한 고비, 라며 단단히 금지시켰다. 사모님은 당부를 지켰다. 그럼에도 가끔, 어쩐지 측은하게 물어본다. 의사는 그때마다 냉혹하게 마음먹고, 사모님, 조금만 더 참으셔야 해요! 언외에 의미를 담아 나무란다는 것이다.

8월의 끝, 나는 아름다운 걸 보았다. 아침에 의사 집 툇마루에서 신문을 읽고 있자니, 내 옆에 비스듬히 앉아 있던 부인이,

"아아, 기쁜가 봐요!" 나직이 살짝 속삭였다.

문득 얼굴을 들자 바로 눈앞의 샛길을, 원피스를 입은 청결한 모습이 살랑살랑 뛰다시피 걸어갔다. 하얀 파라솔을 빙글빙글 돌렸다.

---

3) 일본 사람들이 신는 나막신.

"오늘 아침, 허락이 났거든요." 부인은 다시, 속삭인다.

삼 년, 이라고 쉽게 말하지만, 가슴이 벅찼다. 세월이 갈수록, 나는 그 여성의 모습이 아름답게 여겨진다. 그건 의사 부인이 뒤에서 조종했을지도 모른다.

황금 풍경

바닷가 초록 우거진 떡갈나무,
그 떡갈나무에 황금빛 사슬 영글었네.
— 푸시킨

나는 어렸을 적엔, 그다지 기질이 착한 편이 아니었다. 하녀를 못살게 굴었다. 나는 느려 터진 게 질색이었던 탓에, 느려 터진 하녀를 유독 괴롭혔다. 오케이는 느려 터진 하녀다. 사과 껍질을 깎으라고 하면, 깎으면서 무슨 생각을 하는 건지 두번, 세 번씩이나 손을 놓는 통에, 야! 하고 그럴 때마다 호통을 치지 않으면 한 손에는 사과, 한 손에는 나이프를 쥔 채 하염없이 넋 놓고 있다. 좀 모자라는 건 아닐까, 싶었다. 부엌에서 아무것도 하지 않고 그저 멍청히 우두커니 서 있는 모습이 내 눈에 자주 띄곤 했는데, 어린 마음에도 좀 꼴불견이고 괜히 비위에 거슬려, 야! 오케이, 해는 짧아! 어쩌고 하며 어른 티를 내고, 지금 생각해도 등골이 오싹해지는 막말을 던졌다. 그것도 모자라 한번은 오케이를 불러들여, 내 그림책 속 열병

11

식에 나오는 수백 명의 바글바글하는 병사, 말을 타고 있기도 하고 깃발을 들기도 하고 총을 메기도 한 병사 한 사람 한 사람의 모습을 가위로 오려 내라고 시켰다. 솜씨가 서툰 오케이는 아침부터 점심밥도 먹지 않고 해 질 녘까지 겨우 서른 명 남짓, 그것도 대장의 수염 한쪽을 잘라 내거나 총을 든 병사의 손을 곰 발처럼 엄청 큼직하게 잘라 내 버렸는데, 그럴 때마다 번번이 내게 야단맞았다. 여름철이었고 오케이는 땀을 많이 흘리는 체질이라, 잘라 낸 병사들은 죄다 오케이의 손에 난 땀으로 후줄근히 젖고 말았다. 나는 그만 울화통이 터져, 오케이를 발로 찼다. 분명히 어깨를 찼을 텐데 오케이는 오른 뺨을 감싼 채 푹 엎디어 울었고, 훌쩍거리며 말했다. "부모님한테조차 얼굴을 맞힌 적 없어요. 평생 기억할게요." 신음하는 듯한 어조로 띄엄띄엄 이렇게 말하기에, 나는 어지간히 기분이 언짢았다. 그 밖에도 나는 이것이 거의 천명이기라도 한 것처럼, 오케이를 들볶았다. 지금도 다소 그렇긴 한데, 나는 무지하고 우둔한 사람은 도저히 참을 수가 없다.

재작년, 나는 집에서 쫓겨나 하룻밤 새 몹시 쪼들려 거리를 떠돌아다니고 이곳저곳 울며 매달려 그날그날 목숨을 부지하다가, 얼마간 문필로써 자립 가능한 전망이 트이기 시작했다고 생각하자마자, 병을 얻었다. 사람들이 베푼 정으로 여름 한철, 지바현 후나바시초, 흙빛 바다 바로 가까이에 자그마한 집을 빌려 자취하면서 몸을 돌볼 수 있게 되었는데, 매일매일 밤마다 잠옷을 쥐어짤 정도로 식은땀에 시달렸고, 그래도 일은 해야만 하기에 매일매일 아침마다 차가운 우유 한 홉, 오직 그것만이 기묘하게 내가 살아 있다는 기쁨으로 느껴졌다. 마당 한구석에 협죽도 꽃이 핀 것을, 활활 불길이 타오르고 있다고밖에 느끼지 못했을 만큼, 내 머리도 된통 아팠고 지쳐 있었다.

그 무렵 일이다. 호적 조사를 하러 온 마흔 남짓한 깡마르고 몸집이 작은 순경이 현관에서, 장부에 적힌 내 이름, 그리고 덥수룩하니 다박수염이 멋대로 자란 내 얼굴을 찬찬히 견주어 보고는, 어이쿠, 당신은 ⋯⋯의 도련님 아니십니까? 이렇게 말하는 순경의 어투에 강한 고향 사투리가 있기에,

"그렇습니다." 나는 넉살 좋게 대답했다. "당신은?"

순경은 야윈 얼굴에 힘겨울 만치 한가득 웃음을 띤 채,

"야아! 역시 그렇군요. 잊으셨을지 모르겠습니다만, 그럭저럭 이십여 년 전에, 저는 K에서 마차꾼이었습니다."

K란, 내가 태어난 마을 이름이다.

"보시다시피," 나는, 벙긋 웃지도 않고 대답했다. "저도, 지금은 형편이 초라합니다."

"당치도 않습니다." 순경은 더더욱 유쾌하게 웃으며, "소설을 쓰시는 거라면, 이건 상당히 출세한 겁니다."

나는 쓴웃음을 지었다.

"그런데," 하고 순경은 조금 목소리를 낮추어, "오케이가 늘 당신 이야기를 합니다."

"오케이?" 곧장 알아듣지 못했다.

"오케이 말입니다. 잊으셨지요? 댁에 하녀로 있었던⋯⋯."

생각났다. 아아! 나도 모르게 신음하고, 나는 현관 마루에

웅크려 앉은 채 머리를 수그렸다. 이십 년 전, 그 느려 터진 하녀 한 사람에게 저지른 나의 악행이 하나하나 또렷이 떠오르면서, 더는 앉아 있을 수 없었다.

"행복한가요?" 퍼뜩 얼굴을 들어 그런 생뚱맞은 질문을 던지는 내 표정은 틀림없는 죄인, 피고였으며, 비굴한 웃음마저 띠고 있었다고 기억한다.

"네. 이젠, 그럭저럭." 환한 표정으로 쾌활하게 대답하며 순경은 손수건으로 이마의 땀을 닦고, "괜찮을지요? 요담에 그 사람을 데리고 한번 천천히 찾아뵙지요."

나는 펄쩍 뛸 만치, 흠칫 놀랐다. 아니, 이젠, 그 사람은, 하고 격렬하게 거부하면서, 나는 이루 말할 수 없는 굴욕감에 몸부림쳤다.

하지만 순경은 명랑했다.

"우리 아이가 말이죠, 글쎄 이곳 역에서 일하게 되었거든요. 그 아이가 장남입니다. 그리고 아들, 딸, 딸인데, 그 막둥이가 여덟 살로 올해 초등학교에 들어갔습니다. 이제 한시름 놓았지요. 오케이도 고생 많았어요. 뭐랄까, 아무튼, 댁처럼 지체 높은 집에서 행동거지를 보고 배운 사람은 역시 어딘가, 다르더군요." 살짝 낯을 붉히고 웃으며, "덕분입니다. 오케이도 당신 이야기를 줄곧 합니다. 다음 공휴일엔 꼭 함께 찾아뵙겠습니다." 갑자기 진지한 얼굴로, "그럼, 오늘은 실례하겠습니다. 몸조심하시고요."

그러고 나서 사흘 지나, 일 때문이라기보다 금전 문제로 이 생각 저 생각 고민하다가 집에 가만히 있을 수 없어, 대나무

지팡이를 들고 바다로 나가려고 현관문을 덜커덩 열었더니, 바깥에 세 사람, 유카타를 입은 아버지와 어머니, 빨간 옷을 차려입은 여자아이가 그림처럼 아름답게 나란히 서 있었다. 오케이의 가족이다.

나는 나 자신도 뜻밖일 만큼, 엄청나게 크고 성난 목소리로 말했다.

"왔군요? 오늘은 제가 지금 볼일이 있어 나가 봐야 합니다. 죄송한데, 다음에 와 주시죠."

오케이는 기품 있는 중년 부인이 되어 있었다. 여덟 살짜리 아이는 하녀 시절의 오케이를 빼닮은 얼굴에, 얼뜨기다운 흐리멍덩한 눈으로 멍하니 나를 올려다보고 있었다. 나는 애처로워, 오케이가 채 한마디 꺼내기도 전에 도망치다시피, 바닷가로 뛰어나갔다. 대나무 지팡이로 바닷가 잡초를 후려쳐 쓰러뜨리고 또 후려쳐 쓰러뜨리며, 한 번도 뒤를 돌아다보지 않고 한 걸음 한 걸음, 분한 마음에 발을 동동 구르듯 사나운 걸음새로 아무튼 해안을 따라 시내 쪽으로 곧장 걸었다. 나는 시내에서 무얼 했던가? 그저 의미도 없이 영화관 그림 간판을 쳐다보거나, 포목점의 진열창을 유심히 보거나, 쳇쳇 혀를 차고는 마음속 어딘가 한 귀퉁이에서 졌어, 졌어, 라며 속삭이는 소리가 들리기에, 이건 안 되겠다 싶어 세차게 몸을 흔들고서 또 걷다가 삼십 분쯤 그러고 있었을까, 나는 다시 집으로 돌아갔다.

해변으로 나와, 나는 멈춰 섰다. 보라! 전방에 평화의 그림이 있다. 오케이 가족 셋, 한가로이 바다에 물수제비뜨기를 하면서 까르르 웃고 있다. 목소리가 이곳까지 들려온다.

"상당히," 순경은 한껏 힘주어 돌을 던지고, "똑똑해 보이는 분이던걸? 그 사람은 이제 곧 훌륭해질 거야."

"그렇고말고요, 그렇고말고요!" 오케이의 자랑스러워하는 드높은 목소리다. "그분은 어렸을 적부터 남달랐어요. 아랫사람도 정말 친절하게, 보살펴 주셨죠."

나는 선 채로 울었다. 험악한 흥분이 눈물로, 아주 기분 좋게 녹아 없어져 버린다.

졌다. 이건, 좋은 일이다. 그렇게 되어야만 한다. 그들의 승리는, 또한 내일을 위한 나의 출발에도, 빛을 비춘다.

벚나무와 마술피리

벚꽃이 지고, 이처럼 벚나무에 새잎 돋아날 무렵이 되면, 나는 어김없이 떠올립니다 — 하고, 그 노부인은 이야기한다. — 지금으로부터 삼십오 년 전, 아버지는 그즈음 아직 살아 계셨고 우리 가족, 그래 봤자 어머니는 그보다 칠 년 전 내가 열세 살 때 이미 타계하셔서, 아버지와 나, 여동생 이렇게 셋뿐인 가정이었습니다만, 아버지는 내가 열여덟, 여동생이 열여섯 살 때 시마네현 일본해 연안의 인구 이만 명 남짓한 어느 성시(城市)에 중학교 교장 선생님으로 부임하셨습니다. 적당한 셋집도 없었기에, 시내 변두리, 바로 산 가까이 외따로 오도카니 서 있는 절의 별채, 방 두 개를 빌려 거기서 죽, 여섯 해째에 마쓰에의 중학교로 전임할 때까지 살았습니다. 내가 결혼한 것은 마쓰에로 오고 나서 스물네 살 되던 가을이었으니까, 당시로는 아주 늦은 결혼이었습니다. 어머니는 일찍이 돌아가셨고, 아버지는 완고한 외고집에 학자 기질인지라 세상 일에 도통 어둡다 보니, 내가 없어지면 집안 살림이 영 엉망이 될 게 뻔했기 때문에, 나도 그때까지 여러 차례 이야기가 있었 습니다만, 집을 팽개치면서까지 남의 집으로 시집갈 마음이 일지 않았던 거지요. 그나마 여동생이라도 튼튼했더라면 나도 조금 홀가분했을 텐데, 여동생은 나하곤 달리 무척 아름다운 데다, 긴 머리에, 뭐든 척척 잘하는 귀여운 아이였습니다만 몸 이 허약해서, 그 성시로 부임한 지 두 해째 봄, 내가 스물, 여 동생이 열여덟 살, 그녀는 죽었습니다. 그 무렵의 이야기지요. 여동생은 이미 꽤 오래전부터 가망이 없었습니다. 신장 결핵 이라는 못된 병이었는데, 알아챘을 땐 양쪽 신장이 벌써 망가 져 있었다고 하고, 의사도 100일 이내, 라고 분명히 아버지에 게 말했습니다. 어떻게 손쓸 방도가 없다는 겁니다. 한 달 지 나고 두 달 지나고, 이제 서서히 100일째가 다가와도, 우리는 잠자코 보고 있어야만 합니다. 여동생은 아무것도 모른 채 비 교적 생기 있게, 종일 침상에 누워 지내면서도 쾌활하게 노래 를 부르거나 농담도 하고, 내게 어리광을 부리기도 했습니다. 이 아이가 삼사십 일 더 지나면 죽게 된다, 분명히 그렇게 될 게 틀림없다, 라고 생각하니 가슴이 미어지고 온몸을 바느질 바늘로 쿡쿡 찌르는 듯 고통스러워, 나는 미쳐 버릴 것 같았 습니다. 3월, 4월, 5월, 그렇습니다, 5월 중순, 나는 그날을 잊 지 못합니다.

들도 산도 온통 신록, 알몸인 채로 있고 싶어질 만치 따뜻하고, 나는 신록이 눈부셔 눈이 따끔따끔 아픈데 혼자, 이런 저런 생각을 하며 기모노 허리춤에 한 손을 살짝 찔러 넣고 고개를 숙인 채 들길을 걸었습니다. 생각하는 것, 생각하는 것, 죄다 괴로운 것들뿐이라 숨을 제대로 쉴 수 없을 정도로, 나는 몸부림치면서 걸었습니다. 퍼엉, 퍼엉, 봄의 땅 깊디깊은 밑바닥에서, 마치 극락정토에서 울려 나오듯 희미한, 그러나 무섭도록 우렁우렁한, 마치 지옥 밑바닥에서 엄청나게 큼지막한 북을 두드려 대는 듯 무시무시한 소리가 끊임없이 울려오는데, 나는 그 무서운 소리가 무엇인지 알지 못해, 정말로 이제 내가 미쳐 버린 게 아닐까, 생각하니 그대로 몸이 굳어지며 선 채 꼼짝을 못 했습니다. 느닷없이 아악! 하고 큰 소리가 터져 나와, 서 있을 수도 없이 털썩 풀밭에 주저앉아, 실컷 울어 버렸습니다.

　나중에 알게 된 일이지만, 그 무섭고 신기한 소리는, 일본해 해전 군함의 대포 소리였습니다. 도고 제독의 명령 아래, 러시아 발트 함대를 단숨에 격멸하기 위한, 대격전이 한창 벌어지고 있었던 거지요. 마침 그 무렵이네요. 해군 기념일은 올해도 다시, 슬슬 다가옵니다. 그 해안의 성시에도 대포 소리가 무시무시하게 들려오는 통에, 마을 사람들 역시 영 살아 있는 기분이 아니었을 테지만, 나는 그런 줄은 모른 채 그저 여동생 생각만으로 가득 차 반미치광이 상태였기 때문에, 뭔가 불길한 지옥의 북소리 같은 느낌이 들어, 한참 동안 풀밭에서, 고개도 못 들고 계속 울기만 했습니다. 해가 저물어 갈 무렵, 나는 겨우 몸을 일으켜 죽은 듯이, 멍해져서 절집으로 돌아왔습니다.

"언니." 여동생이 부릅니다. 여동생도 그즈음은 야위고 수척해져서 힘이 없고, 스스로 어렴풋이, 이제 그렇게 길지 않다는 사실을 알아챈 낌새이고, 예전처럼 뭔가 생트집 잡아 내게 어리광을 부리는 일도 그닥 없어지고 말아, 나는 그게 또 한층 괴롭습니다.

"언니, 이 편지, 언제 왔어?"

나는 깜짝 놀라며 가슴이 찔려, 얼굴의 핏기가 가시는 것을 스스로 또렷이 의식했습니다.

"언제 왔어?" 여동생은 그저 순진하기만 합니다. 나는 마음을 새로이 하고,

"조금 전. 네가 잠든 사이에. 너, 웃으면서 자던걸. 내가 살짝 네 머리맡에 놔뒀어. 몰랐지?"

"응, 몰랐어." 여동생은 땅거미가 밀려드는 어둑한 방 안에서 뽀얗고 아름답게 웃으며, "언니, 나, 이 편지 읽었어. 이상해. 내가 모르는 사람이야."

모를 리가 있나? 나는 이 편지의 발송인인 M·T라는 남자를 알고 있습니다. 분명히 알고 있었습니다. 아니, 만난 적은 없지만, 내가 그 대엿새 전에 여동생의 옷장을 살그머니 정리하던 참에 어느 서랍 아주 깊숙이 편지 한 다발이 초록 리본으로 단단히 묶인 채 숨겨져 있는 것을 발견하고, 그래선 안되는데도, 리본을 끌러, 보고 말았습니다. 얼추 서른 통쯤 되는 편지, 전부가 그 M·T 씨한테서 온 것이었습니다. 그렇긴하나, 편지 봉투에는 M·T 씨의 이름이 쓰여 있지 않습니다.

편지 속에 분명히 쓰여 있습니다. 그리고 편지 봉투에는 발송인으로 여러 명의 여자 이름이 적혀 있는데, 그 이름들이 죄다 실제로 여동생 친구들의 이름이었던 터라, 나도 아버지도 이렇게 잔뜩, 남자와 편지를 주고받고 있는 줄은 꿈에도 눈치채지 못했습니다.

틀림없이 그 M·T라는 사람은 신중해서, 여동생한테 친구들 이름을 많이 들어 두었다가, 잇달아 그 여러 이름을 사용해 편지를 보내온 것일 테지요. 나는 그랬으리라 확신하고, 젊은 사람들의 대담함에 속으로 혀를 내두르며, 그 엄격한 아버지에게 들키면 어떤 일이 벌어질까 싶어, 몸서리날 만큼 무서웠습니다. 하지만 한 통씩 날짜를 따라 읽어 나가다 보니, 나 역시 어쩐지 즐거워서 들썩들썩하고, 이따금 너무나 생뚱맞은 이야기에 혼자 키득키득 웃음 짓게 되고, 나중에는 나 자신에게조차 드넓고 커다란 세계가 펼쳐지는 듯한 느낌이 들었습니다.

나도 아직 그 무렵은 갓 스무 살이 되어, 젊은 여자로서 입 밖에 낼 수 없는 괴로움도 여럿 있었습니다. 서른 통 남짓한 그 편지를, 마치 계곡물이 시원스레 흘러가는 느낌으로 쭉쭉 읽어 나가다, 지난해 가을 마지막 한 통의 편지를 읽다가 말고, 나도 모르게 벌떡 일어서고 말았습니다. 벼락을 맞았을 때의 기분이, 그러할지도 모르겠습니다. 몸이 뒤로 젖혀질 만치, 오싹했습니다. 여동생의 연애는 마음만 오가는 게 아니었습니다. 더욱 흥하게 앞서 나가고 있었습니다. 나는 편지를 태웠습니다. 한 통 남김없이 태웠습니다. M·T는 그 성시에 사는 가난한 시인인 모양인데, 비겁하게도 여동생의 질병을 알게 된 동시에 여동생을 버렸고, 이제 서로 잊어버립시다, 같은 잔혹한 말이 태연스레 그 편지에도 쓰여 있었습니다. 그뿐, 편지 한 통도 보내지 않는 형편인 것 같기에, 이건 나만 잠자코 평생 남에게 이야기하지 않으면 여동생은 깨끗한 소녀인 채로 죽을 수 있다, 아무도 알지 못한다, 이런 생각에 나는 괴로움을 가슴속에 담았지만, 이 사실을 알아 버린 이상, 더더욱 여동생이 가엾고 온갖 기괴한 공상도 떠올라, 나 자신 가슴이 욱신거리는 듯한, 달고도 시큼한, 그야말로 언짢고 애달픈 심정이고, 그러한 괴로움은 혼기 꽉 찬 여자가 아니고선 이해하기 힘든, 생지옥입니다. 마치 나 자신이 그런 쓰라린 처지에 놓인 것처럼, 나는 혼자 괴로워했습니다. 그 무렵은 나 자신도 정말로, 조금 이상했습니다.

"언니, 읽어 봐. 무슨 얘긴지, 난, 도통 모르겠어."

나는 여동생이 솔직하지 못한 게 진심으로 미웠습니다.

"읽어도 돼?" 이렇게 나직이 묻고, 여동생한테서 편지를 받아 드는 내 손끝은, 당혹스러울 만큼 떨리고 있었습니다. 펼쳐 읽을 것도 없이, 나는 이 편지의 글귀를 알고 있습니다. 그렇지만 나는, 시치미를 떼고 편지를 읽어야만 합니다. 편지에는, 이렇게 쓰여 있습니다. 나는 편지를 제대로 보지도 않고, 소리 내어 읽었습니다.

— 오늘은 당신에게 사죄의 말씀을 드립니다. 내가 오늘까지 그저 참으며 당신에게 편지를 드리지 않은 까닭은, 오로지

자신이 없었기 때문입니다. 나는 가난하고, 무능합니다. 당신 한 사람을, 어떻게도 해 드릴 수가 없습니다. 오직 말로만, 그 말에는 털끝만큼도 거짓이 없습니다만, 오직 말로만, 당신에 대한 사랑을 증명하는 것 외엔 무엇 하나 할 수 없는 나 자신의 무력함이, 지겨워졌습니다. 당신을 하루도, 아니 꿈에서조차 잊은 적이 없습니다. 하지만 나는, 당신을, 어떻게도 해 드릴 수가 없어요. 이러한 괴로움에, 나는 당신과 헤어지려고 했던 겁니다. 당신의 불행이 커지면 커질수록, 그리고 나의 애정이 깊어지면 깊어질수록, 나는 당신에게 다가가기 힘들어집니다. 이해하실는지요? 나는 결코 속임수를 쓰는 게 아닙니다. 나는 그것을 나 자신의 정의로운 책임감이라고 이해했습니다. 그렇지만, 그건 나의 잘못. 나는 확실히 잘못하고 있었습니다. 사죄드립니다. 나는 당신에게 완벽한 인간이 되려고, 그저 아욕(我慾)을 부리고 있었던 것뿐이었습니다. 우린, 쓸쓸하고 무력하니까, 달리 아무것도 할 수 없으니까, 적어도 말만이라도 성심껏 보내 드리는 게, 진정 겸손하고 아름다운 삶의 자세다, 라고 나는 이제야 믿고 있습니다. 항상, 자신이 할 수 있는 범위 안에서, 그걸 이루어 내도록 노력해야 한다고 생각합니다. 아무리 사소한 것이라도 괜찮아요. 민들레꽃 한 송이 선물이라도, 절대 부끄러워하지 않고 내미는 것이, 가장 용기 있고 남자다운 태도라고 믿습니다. 난, 이제 도망치지 않겠습니다. 나는, 당신을 사랑합니다. 매일매일, 노래를 지어 보내겠습니다. 그리고 매일매일, 당신 뜰의 담장 밖에서, 휘파람을 불어, 들려드리지요. 내일 밤 6시에는, 즉시 휘파람으로, 군함 마치를 불어 드리겠습니다. 내 휘파람은, 멋지거든요. 현재로선, 이것만이 내 힘으로 쉬이 할 수 있는 봉사입니다. 웃으시면 안 됩니다. 아니, 웃어 주세요. 건강하시고요. 신(神)은 틀림없이 어딘가에서 보고 계십니다. 나는 그것을 믿습니다. 당신도 나도, 함께 신의 총아입니다. 틀림없이, 아름다운 결혼을 할 수 있습니다.

기다리고 기다려 올해 피었구나 복사꽃

희다고 들었건만 꽃은 붉어라

나는 공부하고 있습니다. 모든 게, 순조롭습니다. 그럼 또, 내일. M·T.

"언니, 난 알고 있어." 여동생은 맑은 목소리로 이렇게 중얼거리고, "고마워, 언니. 이거, 언니가 쓴 거지?"

나는 너무나도 부끄러워 그 편지를 갈기갈기 잡아 찢고, 내 머리카락을 뒤죽박죽 쥐어뜯어 버리고 싶었습니다. 안절부절 못한다, 라는 말은 그런 심정을 가리키는 것일 테지요. 내가 썼어. 여동생의 괴로움을 차마 보다 못해, 내가, 앞으로 매일, M·T의 필적을 흉내 내어 여동생이 죽는 날까지 편지를 쓰고, 서툰 와카(和歌)[1]를 고심해 짓고, 그리고 밤 6시에는 몰래 담장 밖으로 나가, 휘파람을 불어야지, 생각했던 것입니다.

부끄러웠어요. 서툰 노래 나부랭이까지 써서, 부끄러웠습니다. 체면이고 뭐고 거의 제정신이 아닌 듯, 나는 곧장 대답도

---

1) 일본 고유의 정형시, 단가.

하지 못했습니다.

"언니, 걱정 안 해도 돼." 여동생은 신기하게도 차분히, 숭고할 정도로 아름답게 미소 짓고 있었습니다. "언니, 그 초록 리본으로 묶어 놓은 편지를 본 거지? 그건, 거짓말. 난, 너무나쓸쓸해서 지지난해 가을부터, 혼자 그런 편지를 써서, 나에게부쳤던 거야. 언니, 멍청하다고 여기지 말아 줘. 청춘이란, 굉장히 소중한 거야. 난, 병에 걸리고 나서, 그걸 똑똑히 알게 됐어. 혼자, 자기 앞으로 편지 따위를 쓰다니, 지저분해. 한심스러워. 바보야. 난, 정말로 남자분하고, 대담하게 놀았더라면 좋았을 텐데. 내 몸을, 꼬옥 안아 주길 바랐어. 언니, 난 지금까지 한 번도, 애인은커녕 다른 남자분과 이야기 나눈 적도 없어. 언니도, 그렇지? 언니, 우린 잘못한 거야. 지나치게 영리했어. 아아! 죽는 게, 싫어. 내 손이, 손끝이, 머리카락이, 가여워. 죽는 게, 싫어. 싫어."

나는 슬픈지 무서운지 기쁜지 부끄러운지, 가슴이 벅차오르면서, 뭐가 뭔지 알 수 없게 되고 말아, 여동생의 야윈 뺨에내 뺨을 바짝 갖다 대고, 그저 자꾸만 눈물이 흘러나와, 살포시 여동생을 안아 주었습니다. 그때, 아아, 들렸습니다. 나직이어렴풋이, 그러나 분명히, 군함 마치의 휘파람입니다. 여동생도, 귀를 기울였습니다. 아아, 시계를 보니 6시더군요. 우리는뭐라 표현할 수 없는 공포감에, 더 세게 힘껏 끌어안은 채 옴짝달싹 못 하고, 그 뜰의 새잎 돋은 벚나무 뒤에서 들려오는신기한 마치에 귀를 기울이고 있었습니다.

신은, 계신다. 틀림없이, 계신다. 나는, 그걸 믿었습니다. 여동생은, 그러고 나서 사흘 뒤에 죽었습니다. 의사는 고개를 갸웃했습니다. 너무나 고요하게, 빨리 숨을 거두었기 때문일 테지요. 하지만 나는, 그때 놀라지 않았어요. 모든 게 신의 뜻이라고, 믿었습니다.

지금은, ── 나이 들어, 온갖 물욕이 생겨나, 부끄럽습니다. 신앙이라는 것도 조금 엷어진 걸까요, 그 휘파람도 어쩌면, 아버지가 꾸민 일이 아니었을까, 어쩐지 그런 의심이 들기도 합니다. 학교 일을 마치고 귀가해, 옆방에서 우리 이야기를 엿들으시고 측은하게 여겨, 엄격한 아버지로서는 일생일대의 희극을 선보인 게 아닐까, 라는 생각도 해 봅니다만, 설마, 그런 일이야 없겠지요. 아버지가 살아 계신다면 캐어물을 수도 있겠지만, 아버지가 돌아가시고, 벌써 이러구러 십오 년이나 지났네요. 아니, 역시나 신의 은총일 테지요.

나는 이렇게 믿고 마음 편히 지내고 싶습니다만, 아무래도 점점 나이가 들면, 물욕이 일어 신앙도 엷어지게 되니, 큰일이다 싶습니다.

아, 가을

본업이 시인이고 보면, 언제 어떤 청탁이 있을지 알 수 없으니 항상 시재(詩材) 준비를 해 둔다.

'가을에 대해'라는 청탁이 오면, 좋았어! 하고 '아' 서랍을 열어 사랑, 파랑, 빨강, 가을,[1] 여러 노트들 가운데 가을 노트를 골라, 차분히 그 노트를 뒤적인다.

잠자리. 투명하다. 이렇게 쓰여 있다.

가을이 되면 하루살이도 가냘프고, 육체는 죽어 정신만 하늘하늘 날고 있는 모습을 가리키는 말인 듯하다. 하루살이 몸이, 가을 햇살에 투명하게 비친다.

가을은 여름이 불타고 남은 것. 이렇게 쓰여 있다. 검게 타 버

---

[1] 사랑, 파랑, 빨강, 가을은 각각 일본말로 아이, 아오, 아카, 아키.

린 땅.

여름은 샹들리에. 가을은 등롱. 이렇게 쓰여 있다.

코스모스, 무참함. 이렇게 쓰여 있다.

언젠가 교외의 국수 가게에서 메밀국수를 기다리는 동안 식탁 위 낡은 잡지를 펼쳐 보니, 그 안에 대지진 사진이 있었다. 일면에 불타 버린 들판, 흑백 바둑판무늬 유카타를 입은 여자가 홀로, 지친 듯 웅크리고 앉아 있었다. 나는 가슴이 다 타 버릴 만치 그 비참한 여자를 사랑했다. 무서운 정욕마저 느꼈습니다. 비참과 정욕은 등을 맞대고 있는 듯하다. 숨이 멎을 만치 괴로웠다. 메마른 들판의 코스모스를 어쩌다 마주치면, 나는 그와 똑같은 고통을 느낍니다. 가을 나팔꽃도, 코스모스와 마찬가지로 저를 순간 질식시킵니다.

가을은 여름과 동시에 찾아온다. 이렇게 쓰여 있다.

여름 안에 가을이 살며시 숨어, 이미 와 있지만, 사람들은 폭염에 속아 그걸 간파하지 못한다. 귀 기울여 조심스레 들으면 여름이 되는 동시에 이미 벌레가 울고, 뜰을 유심히 보노라면 도라지꽃도 여름이 되자마자 피어 있는 걸 발견한다. 하루살이 또한 원래 여름 곤충이고, 감도 여름 동안 단단히 열매를 맺는다.

가을은 교활한 악마다. 여름 사이에 전부, 몸차림을 가다듬은 채 코웃음 치며 웅크리고 있다. 나만큼 형안의 시인이 되면, 그걸 꿰뚫어 볼 수 있다. 집사람이 여름을 반기며 바다로 갈까, 산으로 갈까, 신이 나서 떠드는 걸 보면 측은하게 여겨진다. 이미 가을이 여름과 함께 몰래 숨어들어 와 있는데! 가을은 끈질기고 수상한 녀석이다.

괴담. 안마. 여보세요.

손짓한다. 참억새. 그 뒤쪽엔 분명 묘지가 있습니다.

길 물으니, 여자 대답 없네. 메마른 들판.

의미를 알 수 없는 것들이, 여러 가지 쓰여 있다. 무슨 메모인 것 같은데, 나 자신도 이걸 쓴 계기를 잘 모르겠다.

창밖, 뜰의 검은 땅을 버스럭버스럭 기어 돌아다니는 못생긴 가을 나비를 본다. 유별나게 억센 까닭에 죽지 않고 살아남은. 결코 덧없는 모양새는 아니다. 이렇게 쓰여 있다.

이걸 써 넣었을 때 나는 굉장히 괴로웠다. 언제 써 넣었는지, 나는 절대 잊지 못하리. 하지만 지금은 말하지 않으련다.

버림받은 바다. 이렇게 쓰여 있다.

가을 해수욕장에 가 본 적이 있나요? 바닷가에 그림 무늬 양산이 찢어진 채 밀려오고, 환락의 흔적, 일장기 초롱도 버려지고, 장식 비녀, 휴지, 레코드 파편, 빈 우유병, 바다는 불그스름하니 탁해져 철썩철썩 물결치고 있었다.

오가타 씨에겐 아이가 있지요?

가을이 되니, 피부가 건조해져 그립네요.

비행기는 가을이 제일 좋거든요!

이것도 어쩐지 의미를 잘 알 수 없지만, 가을 대화를 몰래 엿듣고, 그대로 적어 둔 모양이다.

또 이런 것도 있다.

예술가는 언제나 약자의 벗이었거늘.

전혀 가을과 상관없는 이런 말까지 쓰여 있는데, 어쩌면 이것도 '계절의 사상'이라 할 만한 건지도 모른다.

그 밖에,

농가. 그림책. 가을과 군대. 가을누에. 화재. 연기. 절(寺).

어수선하니 잔뜩 쓰여 있다.

축견담(畜犬談)

— 이마 우헤이 군에게 보낸다[1]

나는 개에 관해선 자신 있다. 언젠가는 반드시 개가 달려들어 물릴 거라 자신한다. 나는 개한테 물릴 게 틀림없다. 자신 있다. 용케도 지금껏 물리지 않고 탈 없이 잘 지내 왔다는 신기한 기분마저 든다. 여러분, 개는 맹수다. 말을 쓰러뜨리고, 드물게는 사자와 싸워 정복하고 만다는 얘기도 있잖은가. 그럴 만도 하지. 나는 혼자 쓸쓸히 받아들인다. 개의 그 날카로운 엄니를 보라. 보통내기가 아니다. 지금은 저렇듯 거리에서 무심한 척 하잘것없는 존재인 양 자신을 비하해 쓰레기통을 이리저리 들여다보는 시늉을 하고 있지만, 본디 말을 쓰

---

1) 작가는 고후에 살 때 들개들에게 시달렸고 그 울분을 풀기 위해 이 작품을 썼는데 되레 우스꽝스러운 이야기가 되고 말아, 당시 유머 소설의 준재 이마 우헤이에게 바치기로 했다고 한다.

러뜨릴 만한 맹수다. 언제 어느 때 미친 듯이 날뛰며 그 본성을 드러낼지, 알 턱이 없다. 개는 반드시 쇠사슬에 단단히 묶어 매어 둬야 한다. 잠시도 방심해선 안 된다. 세상의 수많은 개 주인은 손수 무시무시한 맹수를 키우며 날마다 약간의 잔반을 제공한다는 이유만으로, 완전히 이 맹수에게 마음을 터놓고 에스! 에스! 해 가며 편하게 불러 대고 마치 가족이나 다름없이 가까이 두는데, 세 살배기 귀여운 내 아이에게 그 맹수의 귀를 홱 잡아당기게 해 박장대소하는 꼬락서니라니, 오싹하여 눈을 가리지 않을 수 없다. 대뜸 컹! 하고 달려들어 물면 어쩔 셈인지. 조심하지 않으면 안 된다. 키우는 주인에게도 덤벼들어 물지 않는다고 보장하기 힘든 맹수를(주인이니까 절대로 달려들지 않는다는 건 어리석고 순진한 미신에 불과하다. 그 무시무시한 엄니가 있는 이상 반드시 문다. 결단코 물지 않는다는 것은, 과학적으로 증명해 낼 리가 없다.), 그런 맹수를, 마구 풀어 키우면서 거리를 어정버정 배회하게 내버려 두다니 어쩌자는 건지! 지난해 늦가을, 내 친구가 급기야 피해를 입었다. 안타까운 희생자다. 친구 이야기에 따르면, 친구는 그저 무심히 팔짱을 낀 채 뒷골목을 어슬렁어슬렁 걷고 있는데 개가 도로 위에 반듯이 앉아 있었다. 친구는 그대로 무심히, 그 개 옆을 지났다. 개가 그때, 기분 나쁜 곁눈질을 했다고 한다. 아무렇지 않게 스쳐 지나가는 그 순간, 컹! 하고 달려들어 오른쪽 다리를 물었다고 한다. 재난이다. 한순간 벌어진 일이다. 친구는 망연자실했다고 한다. 조금 지나자, 분한 나머지 눈물이 솟구쳤다. 그럴 만도 하지. 나는 역시나 쓸쓸히 받아들인다. 그런 일이 벌어지고 나면, 정말이지 어찌할 방도가 없지 않은가. 친구는 욱신거리는 다리를 끌고 병원으로 가서 치료를 받았다. 그 후로 이십일 일간, 병원에 다녔다. 삼 주 동안이다. 다리의 상처가 낫더라도 몸속에 어쩌면 광견병이라는 께름칙한 병독이 주입되어 있을지도 모르기 때문에, 해독 주사를 맞아야만 한다. 개 주인과 담판을 짓는 일 따위, 그 친구의 여린 심성으로는 도저히 불가능하다. 꾹 참고, 자신의 불운에 한숨짓고 있을 따름이다. 더구나 주사 비용이 결코 저렴한 것도 아니고 유감스럽게도 그 정도 저축해 놓은 돈이 친구에게 있을 리 만무하니, 결국은 힘겹게 돈 구할 궁리를 했을 게 틀림없으므로 어쨌건 이건 지독한 재난이다. 대재난이다. 또한 자칫 주사를 소홀히 맞기라도 했다간 광견병, 고열에 시달리는 고통을 겪다가 마침내 얼굴이 개를 닮아 가고 네발로 기어 다니면서 그저 컹컹 짖어 댈 뿐인 그런 처참한 병을 얻게 될지도 모른다는 것이다. 주사를 맞는 동안, 친구의 염려와 불안이 어떠했으랴. 친구는 고난을 겪을 만큼 겪은 제법 의젓한 사람이라, 볼썽사납게 흐트러지는 일도 없이 삼칠, 이십일 일 동안 병원에 다니며 주사를 맞고 지금은 건강하게 부지런히 일하고 있지만, 만약 나였더라면 그 개를 살려 두지 않았으리라. 나는 남보다 세 배, 네 배 더 복수심이 강한 남자이므로, 또한 그런 경우 남보다 다섯 배, 여섯 배 더 잔인성을 발휘하고야 마는 남자이므로, 당장 그 개의 두개골을 산산조각 부스러뜨리고 눈알을 도려 뽑아 질겅질겅 씹다가 퉤! 뱉어 버리고, 그래도 성에 차지 않아 근처 이웃에서 기르는 개들을 모조리 독살하고 말겠지.

이쪽은 가만히 있는데 느닷없이 컹! 하고 덤벼들다니, 이 얼마나 무례하고 광포한 짓인가. 아무리 짐승이라 한들 용서하기 어렵다. 짐승이라 측은히 여겨 사람들이 그 응석을 받아 주는 게 잘못이다. 가차 없이 가혹한 형벌에 처할 일이다. 지난해 가을, 친구가 겪은 재난 이야기를 듣고 개를 키우는 일에 대한 평소 나의 증오는 그 정점에 이르렀다. 파란 화염이 이글거릴 만치 골똘한 증오다.

올해 정초, 야마나시현의 고후 변두리에 방 세 개짜리 초옥을 빌리고는 몰래 숨어 살다시피 하면서 서툰 소설을 아득바득 써 나가고 있었는데, 이 고후 시내 어디를 가도 개가 있다. 엄청나다. 길거리에 더러는 우두커니 서 있고 더러는 기다랗게 엎드려 있고, 더러는 질주하고 더러는 엄니를 번득이며 마구 짖어 댔다. 자그마한 공터라도 있으면 들개의 소굴인 양 어김없이 그곳에서 밀치락달치락 격투 연습에 푹 빠지고, 밤에는 사람 없는 거리를 바람처럼 도적처럼 우르르 떼 지어 멋대로 뛰어다닌다. 고후의 집집마다, 적어도 두 마리씩은 키우고 있는 게 아닌가 싶을 만치 어마어마한 숫자다. 야마나시현은 원래 가이(甲斐)[2]견의 산지로 알려진 모양인데, 길거리에서 마주치는 개의 모습은 결코 그런 순수 혈통의 생김새가 아니다. 불그스름한 털북숭이 개가 가장 많다. 변변찮고 어리숙한 잡종견뿐이다. 애당초 나는 개 키우기에 대해선 불편한 감정을 품은 데다 친구가 재난을 겪은 이후 한층 혐오감이 커진

---

2) 지금의 야마나시현.

탓에 경계를 통 늦추지 못했는데, 이렇듯 개가 우글우글 어느 뒷골목에나 마구 나돌아 다니고 더러 진을 치고 한가로이 누워 있기도 하니, 도무지 방심할 수 없었다. 나는 참으로 고심했다. 그럴 수만 있다면, 정강이 보호대, 팔뚝 보호대에 투구라도 쓰고 시내를 걸어 다니고 싶을 정도였다. 하지만 그런 모습은 아무래도 별스럽고 사회 풍속 면에서도 결코 허용될 리 없으니, 나는 다른 방도를 찾아야만 한다. 나는 진심으로, 진지하게 대책을 강구했다. 나는 우선 개의 심리를 연구했다. 인간에 대해선 나도 조금은 터득했기에 간혹 실패 없이 정확하게 지적한 적도 있었는데, 개의 심리는 상당히 어렵다. 사람의 언어가 개와 사람 사이의 감정 교류에 얼마나 도움이 되는가. 이것이 첫 번째 난제다. 언어가 도움이 되지 않는다면, 서로의 몸짓과 표정을 읽어 내는 수밖에 없다. 꼬리의 움직임 따위, 중요하다. 하지만 이 꼬리의 움직임도 유심히 살피면 꽤 복잡하여, 쉽사리 읽어 낼 수 있는 게 못 된다. 나는 거의 절망했다. 그러고는 어지간히 졸렬하고 무능하기 짝이 없는 한 가지 방법을 떠올렸다. 딱한 궁여지책이다. 나는 아무튼 개를 만나게 되면, 얼굴 가득 미소를 머금고 눈곱만치도 해칠 마음이 없음을 내비치기로 했다. 밤에는 그 미소가 보이지 않을 수도 있는 터라, 천진스럽게 동요를 흥얼거려 내가 상냥한 인간이라는 점을 알리려고 애썼다. 이러한 노력은 다소 효과가 있었던 것 같다. 개가 내게는, 아직 덤벼들지 않는다. 그렇지만 어디까지나 방심은 금물이다. 개 옆을 지날 때는 아무리 무서워도 절대 뛰면 안 된다. 생글생글 비루하게 빌붙는 웃음을 띠고 무심한 듯 고개를 저으며 천천히 천천히, 마음속으로는 등짝에 송충이 열 마리가 기어가는 듯 거의 질식할 지경의 오한에 시달리더라도 천천히 천천히 지나간다. 절실하게 자신의 비굴함이 지겨워진다. 울고 싶을 만큼 자기혐오를 느끼지만 이렇게 하지 않으면 당장 달려들어 물 것만 같아, 나는 모든 개에게 애처로운 인사를 시도한다. 머리칼을 지나치게 길렀다간 자칫 수상쩍은 사람이라 여겨 마구 짖어 댈지도 모르기에, 그토록 싫어한 이발소에도 힘써 다니기로 했다. 지팡이 따위를 가지고 다니다 개가 위협적인 무기로 착각하여 반항심을 일으키는 일이 있어선 안 되니까, 지팡이는 영원히 폐기하기로 했다. 개의 심리를 헤아리기 힘들어 그저 닥치는 대로 막무가내로 기분을 맞춰 주는 사이, 뜻밖의 현상이 나타났다. 개가, 나를 좋아하게 된 것이다. 꼬리를 흔들며 졸졸 뒤따라온다. 나는 발을 동동 굴렀다. 참으로 얄궂은 일이다. 진작부터 내가 탐탁잖게 여기고 또한 최근에 이르러선 그들에 대한 증오가 극점까지 도달한 그 개들이 나를 좋아하게 될 바엔, 차라리 낙타가 나를 사모해 주었으면 싶다. 그 어떤 악녀라도 나를 좋아해 주면 기분 나쁠 리가 없다, 라는 말은 천박한 사고다. 프라이드가, 심상이 도저히 그걸 허용하지 못하는 경우가 있다. 참을 수가 없다. 나는 개를 싫어한다. 일찌감치 그 광포한 맹수성을 간파해, 탐탁잖게 여긴다. 기껏 하루에 한두 번 잔반을 제공받기 위해 친구를 팔고 아내와 이별하고 제 몸 하나 그 집 처마 밑에 눕히고, 자못 충성스러운 얼굴로 옛 친구에게 짖어 대고 형제 부모마저 깡그리 망각하고 오로지 주인의 표정을 살피며 아침하고 알랑거리고도 도통 부끄러운 줄 모른다. 얻어맞아도 깨갱, 하고 꼬리를 사린 채 난감한 꼴을 보이며 가족을 웃기는 그 정신의 비열함과 흉측함에 '개만도 못한 놈'이라 하니, 말 한번 잘했다. 하루에 100리를 거뜬히 주파할 수 있는 튼튼한 다리에다 사자까지도 쓰러뜨리는 예리하고 하얗게 번득이는 엄니를 지녔으면서도, 나태한 불량배의 썩을 대로 썩은 비열한 근성을 거리낌 없이 발휘한다. 한 조각 긍지도 없이 어이없게 인간계에 굴복하고 예속되어 동족끼리 적대시하여 얼굴만 마주쳤다 하면 서로 짖어 대고 물고 늘어져, 이걸로 인간의 비위를 맞추려고 애쓴다. 참새를 보라! 이렇다 할 무기 하나 없는 가냘픈 작은 새임에도 자유를 확보하고 인간계와는 아주 별개의 자그마한 사회를 이루어, 동류끼리 서로 의좋게 지내며 기쁜 마음으로 하루하루의 가난한 생활을 노래하고 즐기지 않는가! 생각하면 생각할수록 개는 불결하다. 개는 싫다. 어쩐지 나를 닮은 구석마저 있는 듯한 느낌이라, 더더욱 싫다. 참을 수가 없다. 그 개가 나를 유독 좋아하여 꼬리를 흔들며 친근감을 표명하기에 이르고 보니, 당혹스럽달까 분하달까 뭐라 말할 수가 없다. 지나치게 개의 맹수성을 경외하고 과대평가하고 절도도 없이 애교 웃음을 흩뿌리며 다닌 까닭에, 개는 도리어 지인을 얻었다고 오해하여 나를 한패로 만들어도 되겠다고 판단했으니 이런 한심한 결과에 이르렀을 테지만, 무슨 일이건 간에, 아무튼 절도가 중요하다. 나는 여태껏, 도무지 절도를 알지 못한다.

이른 봄의 일이다. 저녁 식사 직전에 나는 요 근처 49연대

연병장으로 산책하러 나갔다. 개 두세 마리가 내 뒤를 따라오는데, 당장에라도 발뒤꿈치를 덥석 물지는 않을까 싶어 거의 제정신이 아니었다. 그렇지만 번번이 있는 일인지라 각오하고 무심히 평정심을 가장하면서 냅다 쏜살같이 달아나고 싶은 충동을 힘껏 누르고 눌러, 어슬렁어슬렁 걸었다. 개들은 나를 따라오는 도중에도 서로 싸움질을 시작했고, 나는 굳이 뒤돌아보지도 않고 모르는 척 걷고 있었는데, 내심 참으로 난감했다. 권총이라도 있다면 주저 없이 탕탕 사살해 버리고 싶은 심정이었다. 개는 내가 이렇듯 외모는 보살이나 속으로는 야차(夜叉)[3] 같은 간악한 악심을 품은 줄 모른 채, 줄기차게 따라온다. 연병장을 한 바퀴 빙 돌고, 여전히 나를 연모해 쫓아오는 개들과 귀로에 올랐다. 집으로 돌아오기 전까지는 뒤따르던 개도 어디론가 흔적 없이 사라지는 것이 지금까지의 관례였건만, 그날따라 한 마리가 몹시 집요하고 사근사근하게 굴었다. 새까만, 볼품없는 작은 개다. 어지간히 작다. 몸길이가 다섯 치쯤 될 성싶다. 하지만 자그맣다고 해서 방심할 수는 없다. 이빨은 이미 빈틈없이 제법 자랐을 터다. 물렸다가는 병원에 삼칠, 이십일 일 동안 다녀야만 한다. 더구나 이처럼 어린 녀석들은 상식이 없는 까닭에, 변덕쟁이다. 한층 조심해야 한다. 작은 개는 앞서거니 뒤서거니 내 얼굴을 올려다보며 비칠비칠 내달려, 마침내 우리 집 현관까지 따라왔다.

"이봐, 이상한 녀석이 따라왔는걸."

---

3) 불교에서, 얼굴이나 몸의 생김새가 괴상하고 사나운 귀신을 이르는 말.

"어머! 귀여워라."

"귀엽기는! 내쫓아 버려. 거칠게 대했다간 덤벼든다고. 과자라도 줘 봐."

여느 때처럼 나의 당근 외교다. 작은 개는 단박에 내 마음속 두려움을 꿰뚫어 보고 그 허점을 틈타 뻔뻔스럽게도 그 후로, 어물어물 우리 집에 아예 눌러앉고 말았다. 그리고 이 개는 3월, 4월, 5월, 6, 7, 8, 이제 슬슬 가을바람이 불기 시작한 현재에 이르도록, 우리 집에 있다. 나는 이 개 탓에 얼마나 곤욕을 치렀는지 모른다. 여간 골칫덩어리가 아니다. 나는 도리없이 이 개를 포치라고 부르기는 하지만, 반년이나 함께 살고 있으면서도 아직껏 나는 이 포치를 한 가족이라고는 여기지않는다. 타인인 것 같다. 선뜻 어울리질 못한다. 불화다. 서로상대의 심리를 읽어 내느라, 불꽃 튀기며 싸우고 있다. 그러니까 서로, 도저히 개운하게 마주 웃을 수가 없다.

처음 이 집에 찾아왔을 무렵엔 어린 개였는데, 땅바닥의 개미가 수상쩍다는 듯 관찰하거나 두꺼비를 무서워하며 비명을 지르는 그 모습엔 나도 모르게 실소한 적도 있었다. 밉살스러운 녀석이긴 해도 신의 뜻에 따라 이 집으로 헤매다가 들어오게 된 것이려니 싶어, 마루 밑에 잠자리를 만들어 주고 먹을 것은 젖먹이에게 하듯 부드럽게 삶아서 주고 벼룩 잡는 가루약도 몸에 뿌려 주었다. 그랬는데 한 달이 지나자, 영 글렀다. 슬슬 잡종견의 본색을 드러내기 시작했다. 상스럽다. 애당초 이 개는 연병장 한구석에 내다 버려져 있었던 게 틀림없다. 산책 후 돌아오는 내게 엉겨 붙다시피 따라왔을 때는 볼품도

없이 앙상했고, 털도 빠져 엉덩이 부분은 거의 전체가 민둥민
둥했다. 나였으니까 이 녀석에게 과자를 주고 죽을 만들고 험
한 말 한마디 던지지도 않고, 부스럼 건드리듯 조심조심 극진
히 대접한 것이다. 다른 사람 같았으면 발길질하고 내쫓아 버
렸을 게 분명하다. 나의 그런 친절한 대접도 사실은 개에 대한
애정 표현이 아니라 개에 대한 선천적인 증오와 공포심에서
나온 교활한 술수에 지나지 않았지만, 그래도 내 덕분에 이
포치는 털 결도 잘 다듬어지고 그럭저럭 어엿한 수캐로 성장
할 수 있지 않았는가. 나는 은혜를 베풀었다고 해서 무얼 바
라는 마음은 털끝만큼도 없지만, 우리에게도 조금은 뭔가 즐
거움을 제공해 줘도 좋을 성싶은데, 역시나 버려진 개는 틀려
먹었다. 엄청난 식충이에다 식후 운동이라도 할 요량인지 게
다를 장난감 삼아 무참하게 물어뜯고, 마당에 널어 둔 빨래를
쓸데없이 건드려 질질 끌어 내리고는 진흙투성이로 만든다.
　"이런 장난 좀 하지 마. 진짜 곤란하다고. 누가 자네한테 이
런 일 해 달라고 부탁하던가요?" 나는 속에 가시가 돋친 말로
한껏 상냥하게 빈정거릴 때도 있는데, 개는 힐끗 눈알을 굴리
고는 빈정거리는 당사자인 내게 재롱부리며 달려든다. 이 응
석받이 정신! 나는 철면피 같은 이 개에게 은근히 어이가 없
었고 심지어 경멸하기도 했다. 차츰 성장하면서 이 개의 무능
은 더욱더 드러났다. 무엇보다도, 생김새가 별로다. 어릴 적에
는 제법 균형 잡힌 생김새여서 어쩌면 우수한 피가 섞인 게
아닌가 여기게끔 만드는 구석이 있었지만, 그건 새빨간 거짓
이었다. 몸통만 쭉쭉 기다랗게 자라, 팔다리가 유난히도 짧다.

거북이 같다. 도통 못 봐 줄 정도였다. 이렇듯 보기 흉한 생김 새로, 내가 외출하면 어김없이 그림자처럼 나를 졸졸 따라다 녔다. 심지어 소년, 소녀 들까지 야아, 괴상한 개다! 하고 손가 락질하며 웃기도 했는데, 다소 겉치레를 신경 쓰는 내가 아무 리 심드렁하니 걸은들 아무 소용이 없다. 차라리 상관없는 사 람인 척 재빨리 걸어 봐도, 포치는 내 곁을 떠나지 않은 채 내 얼굴을 쳐다보고 또 쳐다보며 앞서거니 뒤서거니 거의 휘감기 다시피 따라오니, 아무리 애쓴들 둘이 남남처럼 보이지는 않 으리라. 마음이 잘 맞는 주종 관계로밖에 보이지 않으리라. 덕 택에 나는 외출 때마다 상당히 어둡고 우울한 기분을 맛보았 다. 좋은 수행이 되었다. 다만 그렇게 따라 걸었을 때가 그나 마 괜찮았다. 얼마 안 가 개는 마침내 숨겨 둔 맹수의 본성을 드러내기 시작했다. 싸움과 격투를 즐기게 되었다. 나와 동행 하면서 동네를 걷다가 우연히 마주치는 개, 어쩌다 마주치는 개, 모두에게 인사하고 지나간다. 다시 말해, 닥치는 대로 싸 움질을 하고 지나간다. 포치는 다리도 짧고 어린데도, 싸움에 서는 꽤 센 것 같다. 개의 소굴인 공터에 발을 들여놓고 단번 에 다섯 마리 개를 상대로 싸웠을 때는 역시 위태로워 보였 지만, 그래도 능숙하게 몸을 돌려 피해 불상사를 막았다. 엄 청난 자신감을 지니고, 어떤 개한테라도 냅다 덤벼든다. 드물 게는 기세에 밀린 나머지, 마구 짖으면서 움찔움찔 퇴각할 때 도 있다. 목소리가 비명에 가까워지고 새까만 얼굴이 푸르뎅 뎅해진다. 한번은 송아지만 한 셰퍼드에게 덤벼들었는데, 그때 는 내가 파래졌다. 과연, 잠시도 버티지 못했다. 셰퍼드가 앞

발로 데굴데굴 포치를 장난감처럼 희롱하며 진심으로 상대해주지 않았기 때문에 포치도 목숨을 건졌다. 개는 한번 그토록 험한 꼴을 당하면, 패기만만함이 싹 사그라드는가 보다. 포치는 그 후로 눈에 띄게 싸움을 피하게 되었다. 더구나 나는 싸움을 좋아하지 않고, 아니 좋아하지 않는 정도가 아니라, 길거리에서 야수들이 맞붙어 싸우는 걸 방치하고 허용하는 일 따위는 문명국의 치욕이라 믿기 때문에, 귀가 먹먹해질 만치 컹컹 멍멍 깨갱깨갱하는 개의 야만스러운 아우성에는, 죽인들 성에 차지 않을 분노와 증오를 느낀다. 나는 포치를 사랑하지 않는다. 무서워하고 미워하긴 해도, 추호도 사랑하지는 않는다. 죽어 주었으면 좋겠다고 생각한다. 나를 뻔뻔스레 따라와서는 그리하는 것이 마치 양육받는 쪽의 의무라고 생각하는 모양인지 길에서 만나는 개라는 개에게는 어김없이 처참하도록 마구 짖어 대니, 주인으로서 나는 그때 얼마나 공포에 질려 부들부들 떨게 되는지! 자동차를 불러 세워 올라타 차 문을 탁 닫아 버리고, 쏜살같이 도망치고 싶은 심정이다. 개들끼리 맞붙어 싸우는 걸로 끝난다면 몰라도, 만약 적수인 개가 눈이 뒤집혀 포치의 주인인 내게 와락 덤벼들기라도 한다면 어쩌겠는가! 그럴 일이 없다고는 할 수 없으리라. 피에 굶주린 맹수다. 무슨 짓을 할지, 알 턱이 없다. 나는 비참하게 물어뜯겨, 삼칠 이십일 일 동안 병원에 다녀야만 한다. 개싸움은 지옥이다. 나는 기회 있을 때마다 포치에게 일렀다.

"싸움질하면 안 돼. 싸울 거면, 내게서 멀찍이 떨어진 데서 해 줘. 난, 너를 좋아하지 않아."

조금은, 포치도 알아듣는 모양이다. 그런 소릴 들으면 풀이 죽는다. 더더욱 나는 개가 으스스하게 느껴졌다. 그렇게 거듭 거듭 되풀이한 내 충고가 효과를 봤는지, 아니면 그 셰퍼드와의 한바탕 싸움에서 꼴사나운 참패를 겪은 탓인지, 포치는 비굴하리만큼 연약한 태도를 보이기 시작했다. 나와 함께 길을 걷다가 다른 개가 자기에게 으르렁거리면 포치는,

　"아아, 싫다, 싫어! 야만스러워!"

　거의 이렇게 말하는 듯 오로지 내 마음에 들려고 고상한 척 부르르 몸통을 떨어 보이거나 상대 개를, 한심한 놈이네, 하고 자못 가엾다는 듯 곁눈질하고는 내 표정을 살피며 헤헤헤 비굴하게 알랑거리는 웃음을 짓는 것 같았는데, 그 품새가 추잡하기 이를 데 없었다.

　"뭐 한 가지라도, 쓸 만한 게 없잖아, 이 녀석은! 남의 표정만 살핀다니까."

　"당신이 너무, 괜스레 참견해서 그런 거죠." 아내는 처음부터 포치에게 관심이 없었다. 세탁물 따위가 더럽혀졌을 때는 투덜투덜하지만, 곧 천연스럽게 포치 포치, 라고 부르며 밥을 주기도 한다. "성격 파탄을 일으킨 게 아닐까요?" 하고 웃는다.

　"주인을 닮게 됐다는 말이야?" 나는 더욱더 씁쓸한 기분이었다.

　7월에 접어들어, 이변이 일어났다. 우리는 간신히 도쿄 미타카에 지금 한창 건축 중인 작은 집을 구했고, 그 집이 완성되는 대로 한 달 이십사 엔에 빌리기로 집주인과 계약서를 교환하고 나서 슬슬 이사 준비를 시작했다. 집 건축이 마무리되

면 집주인이 속달로 통지해 주기로 했다. 포치는 물론, 버리고 가기로 했다.

"데려가도 될 텐데." 아내는 여전히 포치를 별로 문제 삼지 않는다. 아무래도 상관없다.

"안 돼. 난, 귀여워서 키우는 게 아니야. 개한테 복수당할까 봐 무서워서, 어쩔 수 없이 가만히 놔두는 거라고. 모르겠어?"

"그래도 포치가 잠깐이라도 안 보이면, 포치 어딜 갔나, 어딜 갔나? 하고 야단법석이잖아요."

"없어지면 한층 으스스하니까. 나 몰래 숨어서 동지를 규합하고 있을지도 모르잖아. 그 녀석은 내게 경멸당하고 있다는 걸 알아. 복수심이 강하다고 하잖아, 개는."

지금이야말로 절호의 기회라고 생각했다. 이 개를 이대로 잊어버린 척하고 여기 놔둔 채 후딱 기차를 타고 도쿄로 가 버리면, 설마 개가 사사고 고개를 넘어 미타카까지 뒤쫓아 오지는 않으리라. 우리는 포치를 버린 게 아니다. 정말이지 깜빡 데려가는 걸 잊은 거다. 죄가 되지는 않는다. 또한 포치에게 원망을 살 까닭도 없다. 복수를 당할 턱이 없다.

"괜찮겠지? 놔두고 가도 굶어 죽진 않을 테지? 원령(怨靈)의 지벌[4]이라는 것도 있으니 말이야."

"원래 버려진 개였는걸요." 아내도 조금 불안해진 낌새다.

"그렇지. 굶어 죽진 않을 거야. 그럭저럭 잘해 나갈 테지. 그런 개를 도쿄에 데려갔다간, 친구들 보기에 내가 민망하다고.

---

4) 죽은 이의 혼에 화를 당하는 일.

몸통이 너무 길어. 꼴사나워."

포치는 역시 놔두고 가기로 결정했다. 그러자 여기에 이변이 일어났다. 포치가 피부병에 걸리고 만 것이다. 매우 심각하다. 자세한 묘사를 삼가겠으나, 시선을 돌리게끔 만드는 참상이었다. 때마침 불볕더위와 겹쳐, 심상찮은 악취를 풍기게 되었다. 이번엔 아내가 못 견뎌 했다.

"이웃에 폐가 돼요. 죽여 버려요." 여자는, 이럴 땐 남자보다도 냉혹하고 배짱이 좋다.

"죽이라고?" 나는 섬뜩했다. "조금만 참으면 되잖아?"

우리는 이제나저제나 미타카의 집주인한테서 올 속달을 기다렸다. 7월 말에는 마무리될 거라는 집주인의 말이 있었건만, 7월도 이제 곧 끝이라 오늘내일 연락이 오겠지 하며 이삿짐도 죄다 챙겨 대기하고 있었는데, 좀처럼 통지가 오지 않는다. 문의 편지를 보내 보기도 하던 참에, 포치의 피부병이 시작되었다. 보면 볼수록, 비참하기 짝이 없다. 포치도 이젠 도리없이, 흉측한 제 모습을 창피하게 여기는 낌새다. 하여간 어두컴컴한 장소를 좋아하게 되었고 이따금 볕이 잘 드는 현관 포석 위에 축 늘어진 채 엎드려 누워 있는 모습을 내가 발견하고,

"와아, 처참한걸!" 이렇게 악담을 퍼부으면 황급히 몸을 일으켜 고개를 떨어뜨리고, 면목 없다는 듯 슬그머니 마루 밑으로 기어들어 가 버린다.

그러면서도 내가 외출할 때면 어디에선가 발소리를 죽이고 나타나, 나를 따라오려고 한다. 이런 도깨비 같은 녀석이 내

뒤를 졸졸 따라오는 건 못 참아! 하고 그때마다 나는 잠자코 포치를 빤히 응시했다. 조롱하는 웃음을 입가에 생생히 띠고서, 한참이나 포치를 빤히 응시한다. 이건 대단히 효과가 있었다. 포치는 흉한 제 모습에 그제야 퍼뜩 생각이 미친 듯, 고개를 떨어뜨린 채 맥없이 어딘가로 모습을 감춘다.

"도저히 못 참겠어요. 나까지 근질근질하다고요." 아내는 가끔 내게 의논한다. "되도록 보지 않으려 애쓰고 있는데, 한번 봐 버리면 그만 끝장이에요. 꿈속에까지 나오는걸요."

"이제, 조금만 더 참아." 참는 수밖에 없다고 생각했다. 설령 병이 들었다고 하더라도, 상대는 맹수의 일종이다. 섣불리 건드렸다간 물어뜯긴다. "내일이라도 미타카에서 답장이 오겠지. 이사해 버리면 그만이잖아?"

미타카의 집주인한테서 답장이 왔다. 읽고, 실망했다. 비가 연신 내리는 통에 벽이 마르지 않은 데다 일손도 부족하여, 완성까지는 열흘 남짓 더 걸리리라 예상한다는 것이었다. 진절머리가 났다. 그저 포치한테서 벗어나기 위해서라도, 빨리 이사해 버리고 싶었는데. 나는 묘한 초조감에 일도 손에 잡히지 않아, 잡지를 읽거나 술을 마시거나 했다. 포치의 피부병은 하루하루 심해져 갔고, 내 피부도 어쩐지 자꾸만 근질근질해졌다. 한밤중 바깥에서 포치가 하도 가려운 나머지 버둥버둥 몸부림치는 소리에, 몇 번이나 흠칫 놀랐는지 모른다. 참을 수 없는 기분이었다. 차라리, 단숨에! 하고 광포한 발작에 휩싸이는 일도 심심찮게 있었다. 집주인한테선 이십 일 더 기다리라는 편지가 왔다. 마구 뒤엉킨 내 울분은 단박에 가까이 있는 포치와 연결되어, 이 녀석이 있기 때문에 이처럼 만사가 어그러진다, 하는 이것저것 안 좋은 일은 죄다 포치 탓인 듯한 생각에 기묘하게 포치를 저주했다. 어느 날 밤, 내 잠옷에 개벼룩이 옮은 사실을 발견하기에 이르러서는, 드디어 그때까지 참고 또 참아 온 분노가 폭발하여 나는 은밀히 중대한 결심을 했다.

죽여 버릴 생각이었다. 상대는 무시무시한 맹수다. 평소의 나라면 이런 난폭한 결심은 물구나무서기를 한다 해도 도저히 해낼 수 없었겠지만, 분지 특유의 찜통더위에 마침 정신이 살짝 이상해져 있던 참이었고, 또한 매일 아무것도 하지 않고 그저 멍하니 집주인한테서 올 속달만 기다리자니 죽을 만치 지루한 나날을 부글부글 안절부절못하며 보낸 데다, 더구나 불면증도 한몫 거들어 발광 상태였으니 더는 참을 수 없었다. 그 개벼룩을 발견한 날 밤, 당장 아내에게 쇠고기 한 덩어리를 사 오라고 했고, 나는 약국에 가서 어떤 약품을 소량 구입했다. 이걸로 준비는 마쳤다. 아내는 적잖이 흥분했다. 우리 도깨비 부부는 그날 밤, 머리를 맞대고 나직이 의논했다.

다음 날 아침, 4시에 나는 일어났다. 자명종을 맞춰 두었지만, 시계가 채 울리기도 전에 눈이 떠지고 말았다. 희끄무레 날이 밝아 오고 있었다. 으슬으슬 추웠다. 나는 죽순 껍질로 싼 꾸러미를 들고 밖으로 나갔다.

"끝까지 지켜보지 말고 곧장 돌아오는 게 좋아요." 아내는 현관 마루에 서서 차분히 배웅했다.

"알았어. 포치, 이리 와!"

포치는 꼬리를 흔들며 마루 밑에서 나왔다.

"어서 와!" 나는 성큼성큼 걷기 시작했다. 오늘은 그렇듯 심술궂게 포치를 빤히 응시하지 않아선지, 포치도 흉측한 제 모습을 잊고 서둘러 나를 따라왔다. 안개가 짙다. 동네는 고즈넉이 잠들어 있다. 나는 연병장으로 바삐 걸었다. 도중에 엄청나게 크고 털이 적갈색인 개가 포치를 향해 맹렬히 짖어 댔다. 포치는 여느 때처럼 고상한 척하는 태도로, 뭘 그리 소란스럽게 구나? 라고 말하는 듯한 멸시를 흘끗 그 적갈색 개에게 던졌을 뿐, 재빨리 그 앞을 지나쳤다. 적갈색 개는 비열하다. 무자비하게도 포치를 등 뒤에서 바람처럼 와락 덮쳐, 포치의 쓸쓸한 고환을 노렸다. 포치는 순간적으로 홱 돌아섰지만, 잠깐 망설이며 내 표정을 슬며시 살폈다.

"해치워!" 나는 큰 소리로 명령했다. "적갈색은 비겁해! 마음껏 해치워!"

내 허락이 떨어지자 포치는 부르르 한 번 크게 몸을 떨고, 총알처럼 적갈색 개의 품으로 뛰어들었다. 순식간에 컹컹 멍멍, 두 마리 개는 마치 하나의 공처럼 뒤엉켜 격투를 벌였다. 적갈색 개는 포치의 곱절이나 덩치가 큼직했지만, 어림없었다. 얼마 못 가, 깨갱깨갱 비명을 지르며 물러났다. 게다가 포치의 피부병까지 옮았을지도 모른다. 멍청한 녀석.

싸움이 끝나고, 나는 안도했다. 문자 그대로 손에 땀을 쥐고 바라보았다. 두 마리 개의 격투에 말려들어 가, 나도 덩달아 죽게 될 성싶은 느낌마저 잠깐 들었다. 난 물어뜯겨 죽어도 상관없어. 포치! 마음껏, 싸워 봐! 하고 이상스레 기를 쓰고 있었다. 포치는 도망치는 적갈색 개를 조금 뒤쫓다가 멈춰 서서 내 표정을 슬쩍 살피고는, 갑자기 풀이 죽어 고개를 떨어뜨린 채 맥없이 내 쪽으로 되돌아왔다.

"잘했어! 힘센걸!" 칭찬을 해 주고 나는 걷기 시작했다. 달각달각 소리 나게 다리를 건너니, 어느새 연병장이다.

예전에 포치는 이 연병장에 버려졌다. 그래서 지금, 다시, 이 연병장으로 돌아온 거다. 너의 고향에서 죽는 게 좋아.

나는 멈춰 서서, 쇠고기 덩어리를 내 발치에 툭 떨어뜨리고,

"포치, 먹어." 나는 포치를 보고 싶지 않았다. 멍하니 거기 선 채로, "포치, 먹어."

발치에서 할짝할짝 먹는 소리가 난다. 일 분이 채 지나지 않아 죽으리라.

나는 새우등처럼 구부정하게, 느릿느릿 걸었다. 안개가 짙다. 바로 가까운 산이 어슴푸레 거뭇하게 보일 뿐이다. 미나미 알프스 연봉(連峯)도 후지산도, 아무것도 보이지 않는다. 아침 이슬에, 게다가 흠뻑 젖었다. 나는 더욱더 심한 새우등이 되어, 느릿느릿 귀로에 올랐다. 다리를 건너고 중학교 앞까지 와서 뒤돌아보니, 포치가 떡하니 있었다. 면목 없다는 듯 고개를 떨어뜨리고, 내 시선을 슬그머니 피했다.

나도, 이젠 어른이다. 괜스러운 감상은 없었다. 단박에 사태를 알아차렸다. 약품이 듣지 않은 거다. 고개를 끄덕이며 나는, 이미 다시금 백지상태로 되돌렸다. 집으로 돌아와서,

"글렀어. 약이 듣질 않아. 용서해 주지 뭐. 저 녀석에겐 죄가 없었어. 예술가는 애당초 약자의 편에 서는 법이거든." 나

는 오는 도중에 생각해 둔 걸 그대로 말해 보았다. "약자의 친구라고. 예술가에겐 이것이 출발점이자 최고 목적이지. 이처럼 단순한 사실을, 난 잊고 있었어. 나뿐만이 아니야. 다들, 잊고 있거든. 난, 포치를 도쿄에 데려갈 생각이야. 친구들이 만약 포치의 생김새를 비웃는다면, 흠씬 때려 줄 테다. 달걀 있나?"

"네." 아내는 시무룩한 표정이었다.

"포치에게 줘. 두 알 있거든, 두 알 다 줘. 당신도 그냥 참아. 피부병 따윈, 금방 낫는다고."

"네." 아내는 여전히 시무룩한 표정이었다.

달려라 메로스

메로스는 격노했다. 기필코, 그 간교하고 포학한 왕을 없애야겠다고 결심했다. 메로스는 정치를 알지 못한다. 메로스는 마을의 양치기다. 피리를 불며, 양들과 어울려 살아왔다. 하지만 사악함에 대해선, 남달리 민감했다. 오늘 날이 채 밝기도 전에 메로스는 마을을 출발해, 들판을 넘고 산을 넘어, 십 리 동떨어진 이 시라쿠사에 왔다. 메로스에겐 아버지도, 어머니도 없다. 아내도 없다. 열여섯 살, 내성적인 여동생과 단둘이 산다. 이 여동생은 마을의 어느 성실한 양치기를 조만간, 신랑으로 맞이하게 된다. 결혼식도 머지않다. 이 때문에 메로스는 신부 의상이며 축하연 음식 따위를 사러, 머나먼 시내를 찾아왔다. 우선 물건을 이것저것 산 다음, 도시의 큰길을 어슬렁어슬렁 걸었다. 메로스에겐 소꿉친구가 있었다. 세리눈티우스다.

지금은 이 시라쿠사에서 석공 일을 한다. 그 친구를, 지금부터 찾아갈 참이다. 오랫동안 만나지 못했으니, 찾아가는 게 마냥 즐겁다. 걸어가면서 메로스는, 거리의 낌새를 이상히 여겼다. 쥐 죽은 듯 고요하다. 이미 해도 저물어, 거리가 어두운 건 당연한데, 그래도 어쩐지 밤 때문만은 아니고, 도시 전체가 몹시 적막하다. 태평스러운 메로스도, 점점 불안해졌다. 길에서 만난 젊은이들을 붙잡고, 무슨 일 있었어? 이 년 전 이 도시에 왔을 땐 밤에도 다들 노래 부르며, 거리가 떠들썩했는데? 하고 물었다. 젊은이들은, 고개를 저으며 대답하지 않았다. 한참을 걸어 할아버지를 만나, 이번엔 한결 강한 어조로 질문했다. 할아버지는 대답하지 않았다. 메로스는 두 손으로 할아버지의 몸을 흔들며 거듭 질문했다. 할아버지는, 주위를 꺼리는 낮은 목소리로, 겨우 대답했다.

"왕이, 사람을 죽인다네."

"어째서 죽여요?"

"나쁜 생각을 품고 있다고 그러는데, 아무도 그런, 나쁜 마음을 갖고 있진 않지."

"사람들을 많이 죽였나요?"

"음. 처음엔 누이동생의 남편을. 그다음엔 자신의 후사를. 그다음엔 여동생을. 그다음엔 여동생의 자식을. 그다음엔 황후님을. 그다음엔 어진 신하인 아레키스 님을."

"놀랍네요! 국왕은 미치광이인가요?"

"아니. 미치광이는 아니야. 사람을 믿을 수가 없다, 그러시지. 요즘은, 신하의 마음조차 의심하시고, 조금이라도 화려한 생활을 하는 자에겐 인질 한 명씩을 내놓으라고 명령하신다 네. 명령을 거역하면 십자가에 매달려, 죽임을 당하지. 오늘은 여섯 명 죽임을 당했어."

듣고, 메로스는 격노했다. "어이없는 왕이로군! 살려 둘 수 없어!"

메로스는 단순한 남자였다. 시장에서 산 물건을 짊어진 채, 느릿느릿 왕이 거처하는 성으로 들어갔다. 순식간에 그는, 순찰 경관에게 포박을 당했다. 취조를 받다가 메로스의 품에서 단검이 나왔기 때문에, 큰 소란이 벌어졌다. 메로스는 왕 앞으로 끌려 나갔다.

"이 단도로 무엇을 할 작정이었나? 말하라!" 폭군 디오니스는 조용히, 그러나 위엄을 띠고 추궁했다. 왕의 얼굴은 창백하고, 미간 주름은 새겨 넣은 듯 깊었다.

"도시를 폭군의 손에서 구한다!" 메로스는 주눅 들지 않고 대답했다.

"네가?" 왕은 비웃었다. "한심한 녀석이군. 넌, 나의 고독을 이해 못 해."

"말하지 마!" 메로스는 격분하며 반박했다. "사람의 마음을 의심하는 건, 가장 수치스러운 악덕이다. 왕은, 백성의 충성마저 의심하는군."

"의심하는 것이 정당한 마음가짐이라고 내게 가르쳐 준 건, 너희다. 사람의 마음은, 믿을 게 못 돼. 인간은 원래 욕망 덩어리야. 믿어선 안 돼." 폭군은 차분히 중얼거리며, 후우 하고 한숨을 지었다. "나 역시, 평화를 바라건만."

"무엇을 위한 평화인가? 자신의 지위를 지키기 위해서?" 이번엔 메로스가 조소했다. "죄 없는 사람을 죽이고, 뭐가 평화인가?"

"닥쳐! 비천한 놈!" 왕은 휙 얼굴을 들고 반격했다. "입으로는, 어떤 깨끗한 말도 할 수 있지. 난, 사람의 뱃속 깊숙이까지 빤히 들여다보여. 네놈도, 이제 곧 기둥에 매달린 채, 울며 용서를 빈들 소용없어!"

"아아, 왕은 영리하군! 잘난 척해도 좋아. 난, 벌써 죽을 각오가 되었는데! 목숨 구걸 따윈 결코 하지 않아! 다만 — " 말하다 말고, 메로스는 발치에 시선을 떨어뜨리고 잠시 망설이다가, "다만, 내게 인정을 베풀려거든, 처형 때까지 사흘간 시간을 주시오. 하나뿐인 여동생에게, 남편을 갖게 해 주고 싶습니다. 사흘 안에, 나는 마을에서 결혼식을 치른 뒤, 틀림없이, 이곳으로 돌아오겠습니다."

"멍청하군!" 폭군은 목쉰 소리로 나직이 웃었다. "터무니없는 거짓말을 하는군. 놓아준 새가 돌아온단 말이냐?"

"그렇습니다. 돌아옵니다!" 메로스는 필사적으로 우겨 댔다. "난 약속을 지킵니다. 내게, 사흘만 허락해 주시오. 여동생이, 내가 돌아오길 기다리고 있어요. 그렇게 나를 못 믿겠다면, 좋아요, 이 도시에 세리눈티우스라는 석공이 있습니다. 내게는 둘도 없는 벗이오. 그를 인질로, 여기 두고 가겠소. 내가 도망치고 끝끝내, 사흘째 해 질 녘까지, 여기 돌아오지 않거든, 그 친구를 목 졸라 죽이시오. 부탁합니다. 그리해 주시오."

이 말을 듣고 왕은, 잔학한 기분으로 슬며시 싱글거렸다. 건

방진 말을 하는군. 어차피 돌아오지 않을 게 뻔해. 이 거짓말쟁이에게 속은 척하고, 풀어 주는 것도 재미있겠지. 그러고는 인질 사내를, 사흘째에 죽이는 일도 고소한 맛이야. 사람은, 이러니까 믿을 수 없잖아! 하면서, 난 슬픈 표정으로, 그 인질 사내를 책형에 처하면 돼. 세상의, 정직하다는 놈들에게 똑똑히 맛 좀 보여 줘야겠어!

"소원을 들어주지. 그 인질을 불러라. 사흘째 해거름까진 돌아와. 늦으면, 그 인질을, 어김없이 죽일 거야. 조금 늦게 와도 돼. 너의 죄는, 영원히 용서하겠다."

"뭐? 뭐라고?"

"하하! 목숨이 소중하거든, 늦게 오라! 네 마음을, 잘 알거든!"

메로스는 분해서, 발을 동동 굴렀다. 아무 말도 하고 싶지 않았다.

죽마고우, 세리눈티우스는 한밤중에, 왕성으로 불려 왔다. 폭군 디오니스 눈앞에서, 사이좋은 친구 둘은 이 년 만에 만났다. 메로스는 친구에게, 모든 사정을 이야기했다. 세리눈티우스는 말없이 고개를 끄덕이고, 메로스를 꽉 껴안았다. 친구와 친구 사이는, 그걸로 충분했다. 세리눈티우스는 포박당했다. 메로스는 당장 출발했다. 초여름, 온 하늘에 별이 가득하다.

메로스는 그날 밤, 한숨도 이루지 못한 채 십 리 길을 서두르고 서둘렀다. 마을에 도착한 건 다음 날 오전, 태양은 벌써 높이 떠올랐고, 마을 사람들은 들에 나가서 일을 시작하고 있었다. 메로스의 열여섯 살 여동생도, 오늘은 오빠 대신 양 떼를 지키고 있었다. 비틀거리며 걸어오는, 지칠 대로 지친 오빠의 모습을 발견하고 깜짝 놀랐다. 그리고 오빠에게 성가시도록 질문을 퍼부었다.

"아무 일도 아냐." 메로스는 억지로 웃으려 애썼다. "시내에 아직 볼일이 남았어. 곧장 다시 시내에 가 봐야 해. 내일 너의 결혼식을 치르자. 빨리 하는 게 좋겠지."

여동생은 뺨을 붉혔다.

"기쁘지? 예쁜 의상도 사 왔어. 자, 어서 가서, 마을 사람들에게 알리고 오렴. 결혼식은 내일이라고."

메로스는 다시, 비칠비칠 걸음을 옮겨, 집으로 돌아가 신단을 장식하고, 축하연 자리를 마련하기 바쁘게, 침상에 고꾸라진 채, 호흡도 하지 않을 만치 깊은 잠에 빠져들었다.

눈을 뜨니 밤이었다. 메로스는 일어나자마자, 신랑의 집을 찾아갔다. 그러고는 조금 사정이 생겼으니, 결혼식을 내일 올리자고 부탁했다. 양치기 신랑은 놀라서, 그건 안 돼요, 저희는 아직 아무런 준비도 못 했어요, 포도 철까지 기다려 주세요, 라고 대답했다. 메로스는, 기다릴 수가 없네, 부디 내일 그리해 주게, 하고 한층 밀어붙였다. 양치기 신랑도 완강했다. 좀처럼 승낙해 주지 않는다. 새벽녘까지 논의를 이어 가다가, 마침내, 겨우겨우, 신랑을 달래고 얼러서, 설득시켰다. 결혼식은 한낮에 치러졌다. 신랑 신부가 신들에게 혼인 선서를 마쳤을 즈음, 먹구름이 하늘을 뒤덮고 후드득후드득 빗방울이 떨어지더니, 급기야 억수로 퍼붓는 장대비로 바뀌었다. 축하연에 참

석한 마을 사람들은, 뭔가 불길함을 느끼면서도, 제각기 기분을 북돋워, 비좁은 집 안에서, 푹푹 찌는 더위도 꾹 참고, 신나게 노래를 부르며 손뼉을 쳤다. 메로스도 얼굴 가득 기쁨이 넘쳤고, 잠시 동안은, 왕과의 그 약속조차 잊었다. 축하연은 밤이 되자 한층 시끌벅적 흥겨워져, 사람들은 바깥의 폭우를 전혀 개의치 않았다. 메로스는 평생 이대로 여기 있고 싶다, 라고 생각했다. 이렇듯 좋은 사람들과 한평생 살아갈 수 있기를 바랐지만, 지금은 자신의 몸이되, 자신의 것이 아니다. 뜻대로 되지 않는다. 메로스는 제 몸을 채찍질하며, 끝내 출발을 결심했다. 내일 일몰까지는, 아직 시간이 충분하다. 잠깐 한숨 자고 나서, 곧장 출발하자, 생각했다. 그때쯤이면, 빗발도 약해지겠지. 조금이라도 오래 이 집에서 꾸물꾸물 머물고 싶었다. 메로스 같은 남자에게도, 역시 미련이라는 것은 있다. 오늘 밤 멍하니, 환희에 취한 신부에게 다가가,

"축하해! 난 너무 피곤해서, 실례를 무릅쓰고 좀 자야겠어. 잠이 깨면, 곧 시내로 나갈 거야. 중요한 볼일이 있거든. 내가 없더라도, 이제 네겐 상냥한 남편이 있으니, 결코 쓸쓸하진 않겠지. 네 오빠가 가장 싫어하는 건, 사람을 의심하는 것 그리고 거짓말을 하는 거야. 너도 그건 알지? 남편과의 사이에, 어떤 비밀이든 만들어선 안 돼. 네게 하고 싶은 말은, 이것뿐이야. 네 오빠는 아마도 훌륭한 남자일 테니, 너도 긍지를 가지렴."

신부는 꿈꾸는 기분으로 끄덕였다. 메로스는 그다음엔 신랑의 어깨를 토닥이며,

"준비가 안 된 건 서로 마찬가지야. 우리 집에도 보물이라 곤, 여동생과 양뿐이네. 달리, 아무것도 없어. 전부 주겠네. 또 한 가지, 메로스의 동생이 되었음을 자랑으로 여겨 주게."

신랑은 두 손을 비비고, 쑥스러워했다. 메로스는 웃으며 마을 사람들에게도 고개 숙여 인사를 하고, 연회석에서 물러나, 양 우리로 기어들어 가서, 죽은 듯 깊이 잠들었다.

눈을 뜬 건 다음 날 새벽 어스름 무렵이다. 메로스는 벌떡 일어나, 아뿔싸! 너무 오래 잤나? 아냐! 아직은 괜찮아. 지금 곧 출발하면, 약속 시간까지는 충분히 닿을 수 있어. 오늘은 반드시, 그 왕에게, 사람의 신실함이 있다는 사실을 보여 주겠어. 그러고는 웃으며 처형대에 오르겠어. 메로스는 유유히 떠날 채비를 시작했다. 빗발도 다소 약해진 것 같다. 채비를 마쳤다. 그리고 메로스는 휙휙 두 팔을 크게 내저으며, 빗속을, 쏜살처럼 달려 나갔다.

나는 오늘 밤, 죽임을 당한다. 죽임을 당하기 위해 달린다. 인질 친구를 구하기 위해 달린다. 왕의 간악 간사함을 깨뜨리기 위해 달린다. 달려야만 한다. 그리고 나는 죽임을 당한다. 젊은 날부터 명예를 지켜라! 안녕, 고향이여! 젊은 메로스는, 괴로웠다. 몇 번인가, 멈춰 설 뻔했다. 야얏! 야얏! 크게 소리쳐 자신을 꾸짖으면서 달렸다. 마을을 떠나 들판을 가로지르고, 숲을 빠져나와, 이웃 마을에 도착했을 즈음에는, 비도 그치고 해는 높이 떠올라, 슬슬 무더워졌다. 메로스는 이마의 땀을 주먹으로 훔치고, 여기까지 왔으니 됐어! 더 이상 고향에 대한 미련은 없어. 여동생네는, 분명 좋은 부부가 되리라. 난 이제, 아무 근심거리도 없어. 제때 왕성에 도착하면, 그걸로 됐어! 그렇게 서두를 필요도 없어. 천천히 걷자! 타고난 태평스러움을 되찾아, 좋아하는 노래를 멋진 목소리로 부르기 시작했다. 어슬렁어슬렁 걸어, 이십 리를 가고 삼십 리를 가서, 얼추 전체 거리의 절반쯤 도달했을 무렵, 생각지도 못한 재난에, 메로스의 걸음은 퍼뜩, 멈췄다. 보라! 눈앞에 흐르는 강을! 어제 폭우로 산의 수원지가 범람해, 탁류가 하류로 쏟아져 내리면서 맹렬한 기세로 단숨에 다리를 파괴하고, 콸콸 우렁찬 소리를 내는 격류가, 교각 위 목재를 산산조각으로 날려 보냈다. 그는 넋을 놓은 채, 서서 꼼짝도 못 했다. 이리저리 둘러보고, 또한 목청껏 소리쳐 봤지만, 나룻배는 모조리 물살에 휩쓸려 흔적도 없고, 뱃사공의 모습도 보이지 않는다. 물줄기는 한층 부풀어 올라, 바다가 되다시피 했다. 메로스는 강기슭에 웅크리고 앉아, 복받치는 사나이 울음을 곡하면서 제우스에게 손을 뻗어 애원했다. "아아! 진정시키소서! 사납게 놀치는 물살을! 시간은 째깍째깍 지나갑니다. 태양도 어느새 한낮입니다. 해가 지기 전에, 왕성에 도착하지 못하면, 그 좋은 친구가, 나 때문에 죽습니다!"

탁류는 메로스의 외침을 코웃음 치듯, 더욱더 거세게 미쳐 날뛴다. 파도는 파도를 삼키고, 소용돌이치고, 세차게 펄럭이는데, 시간은 째깍째깍 사라져 간다. 급기야 메로스도 각오했다. 헤엄치는 수밖에 없어! 아아, 여러 신이여! 굽어살피소서! 탁류에도 굽히지 않는 사랑과 진심의 위대한 힘을, 지금이야말로 발휘해 보이겠어. 메로스는 첨벙! 물살에 뛰어들어,

100마리 구렁이처럼 몸부림치며 사납게 날뛰는 파도를 상대로, 필사적인 투쟁을 개시했다. 온몸의 힘을 팔에 쏟아, 밀려들며 소용돌이치고 잡아당기는 물살을, 뭘! 요까짓 일쯤이야! 헤치고 헤치며, 무턱대고 성난 사자처럼 무섭게 분투하는 인간 아들의 모습에, 신도 가엾다 여겼는지, 마침내 연민을 내려 주셨다. 휩쓸려 떠내려가면서도, 멋들어지게, 건너편 강기슭의 수목 줄기에, 매달릴 수 있었다. 고마워라! 메로스는 말처럼 야단스레 온몸을 한 번 부르르 떨고, 곧장 다시 길을 서둘렀다. 한시라도, 허투루 할 수 없다. 해는 이미 서쪽으로 기울어지고 있다. 쌕쌕 거친 숨을 몰아쉬며 고개를 오르고, 끝까지 올라, 한숨 놓았을 때, 느닷없이 면전에 산적 무리가 뛰어나왔다.

"멈춰!"

"무슨 짓이냐! 난 해가 지기 전에 왕성에 가야만 해. 이거 놔!"

"천만에! 못 놔! 가진 걸 깡그리 놓고 가!"

"내겐 목숨 말고는 아무것도 없어. 그 단 하나뿐인 목숨도, 머잖아 왕에게 줄 거다!"

"그, 목숨을 원해!"

"그러고 보니, 왕의 명령으로, 여기서 나를 숨어 기다렸군!"

산적들은 아무 말도 않고 일제히 몽둥이를 치켜들었다. 메로스는 획, 몸을 꺾어 구부리고, 하늘을 나는 새처럼 가까이 있는 한 놈에게 와락 덤벼들어, 그 몽둥이를 빼앗고는,

"가엾지만 정의를 위해!" 맹렬한 기세로 일격을 날려, 순식간에 세 명을 때려눕히고, 나머지 녀석들이 움찔 겁먹은 틈

에, 잽싸게 내달려 고개를 내려왔다. 단숨에 고개를 뛰어 내려 왔지만, 암만 해도 지친 데다, 때마침 오후의 작열하는 태양이 정면에서, 이글이글 비쳐 와, 메로스는 몇 번이고 현기증을 느끼며, 이러면 안 돼! 마음을 다잡고는, 비틀비틀 두세 걸음 걷다가, 끝내, 털썩 무릎을 꿇었다. 일어설 수가 없다. 하늘을 우러러, 분함을 못 이기고 울음을 터뜨렸다. 아아, 아, 탁류를 헤엄쳐 건너고, 산적을 셋이나 때려눕히며 번개같이 내달려, 여기까지 돌파해 온 메로스여! 진정한 용자, 메로스여! 지금, 여기서, 녹초가 되어 꼼짝도 못 하다니 한심하구나. 사랑하는 친구는, 너를 믿은 탓에, 이윽고 죽임을 당하게 돼. 너는, 희대의 믿을 수 없는 인간, 참으로 왕의 뜻대로 되었구나! 자신을 꾸짖어 보지만, 온몸에 맥이 빠져, 더 이상 애벌레만큼도 나아갈 수 없다. 길가 풀밭에 벌렁 나뒹굴었다. 육체가 피로하면, 정신도 함께 망가진다. 이젠, 될 대로 되라는 식의, 용자에게 걸맞지 않은 비뚤어진 근성이, 마음 한구석에 깃들었다. 난, 이만큼 노력했어. 약속을 어길 마음은, 눈곱만큼도 없었어. 신도 굽어살펴, 나는 힘껏 노력해 왔어. 꼼짝도 못 할 정도로 내달렸어. 난 믿을 수 없는 자가 아니야. 아아, 가능하다면 내 가슴을 갈라, 진홍빛 심장을 보여 주고 싶어. 사랑과 진심의 혈액만으로 움직이는 이 심장을 보여 주고 싶어. 하지만 난, 이 중요한 때에, 기력도 끈기도 다했어. 난, 지지리도 불행한 남자야. 난, 틀림없이 웃음거리가 될 테고, 우리 집안도 웃음거리가 될 테지. 나는 친구를 속였어. 도중에 쓰러지는 건, 처음부터 아무것도 하지 않은 거나 마찬가지다. 아아, 이제, 될 대로 돼 버려! 이게, 나의 정해진 운명인지도 몰라. 세리눈티우스여! 용서해 다오! 넌, 언제나 나를 믿었어. 나도 너를, 속이지 않았어. 우리는, 정말로 좋은 친구였어. 단 한 번도, 어두운 의혹의 구름을, 서로 가슴에 품은 적이 없었지. 지금도, 넌 나를 순진하게 기다리고 있으리라. 아아! 기다리고 있으리라. 고마워! 세리눈티우스. 용케 나를 믿어 주었구나! 이걸 생각하면, 참기 힘들어. 친구 사이의 신뢰는, 이 세상에서 가장 자랑할 만한 보물이니까. 세리눈티우스! 나는 달렸어. 너를 기만할 생각은, 티끌만큼도 없었어. 믿어 줘! 나는 서두르고 서둘러 여기까지 왔어. 탁류를 돌파했어. 산적들의 포위도, 슬쩍 빠져나와 단숨에 고개를 뛰어 내려왔어. 나라서, 가능했던 거야. 아아, 더 이상, 내게 바라진 마! 내버려 둬! 될 대로 되라지. 나는 졌어. 칠칠맞지 못해. 비웃어라! 왕은 내게, 좀 늦게 오라. 귓속말을 했지. 늦어지면, 인질을 죽이고, 나를 살려 주겠다고 약속했어. 난 왕의 비열함을 증오했어. 하지만 이제야 생각하니, 나는 왕의 말대로 되었어. 난, 늦을 테지. 왕은 혼자 지레짐작해서 나를 비웃고는, 천연덕스레 나를 풀어 줄 테지. 그리된다면, 난, 죽는 것보다 괴로워. 난, 영원히 배반자야. 지상에서 가장, 명예롭지 못한 인간이야. 세리눈티우스여! 나도 죽을게! 너와 함께 죽고 싶어! 오직 너만은 나를 믿어 줄 게 분명해. 아니, 이것도 나의, 독선적인 생각일까? 아아, 차라리, 악덕자로 살아남을까? 마을에는 나의 집이 있다. 양도 있다. 여동생 부부는, 설마 나를 마을에서 내쫓거나 하진 않을 거야. 정의니, 신뢰니, 사랑이니, 생각해 보면, 시시해. 남을 죽이고 내가 살아남는다. 이런 게 인간 세계의 법칙이 아니었던가? 아아, 이것저것 모조리, 멍청해! 난, 추악한 배반자다. 아무려나, 멋대로 해 버려! 이젠 끝장이야. —— 사지를 쭉 뻗은 채, 꾸벅꾸벅 졸고 말았다.

문득 귀에, 졸졸 물 흐르는 소리가 들렸다. 살짝 머리를 들어, 숨죽이며 귀를 기울였다. 바로 발치에서, 물이 흐르는 모양이다. 비칠비칠 몸을 일으켜 보니, 바위 틈새로 퐁퐁, 뭔가 나직이 속삭이며 맑은 샘물이 솟아 나온다. 그 샘물에 빨려 들어갈 듯 메로스는 몸을 구부렸다. 물을 두 손으로 떠서, 한 입 마셨다. 후우, 기다란 한숨이 나오면서, 꿈에서 깬 듯한 느낌이었다. 걸을 수 있어. 가자! 육체의 피로 회복과 더불어, 어렴풋이나마 희망이 생겼다. 의무 수행의 희망이다. 나의 몸을 죽이고, 명예를 지키는 희망이다. 석양은 붉은빛을, 나무 잎사귀에 던져, 잎사귀도 나뭇가지도 불타오르듯 반짝인다. 일몰까지는, 아직 여유가 있어. 나를, 기다리는 사람이 있어. 조금도 의심하지 않고, 조용히 기대해 주는 사람이 있어. 난, 신뢰받고 있어. 내 목숨 따윈, 문제가 아니야. 죽음으로써 사죄를, 어쩌고 하며 마음 착한 이야기를 할 때가 아니야. 나는, 신뢰에 보답해야만 해. 지금은 오로지 이 한 가지. 달려라! 메로스.

나는 신뢰받고 있어. 나는 신뢰받고 있어. 조금 전, 그 악마의 속삭임은, 그건 꿈이야. 나쁜 꿈이야. 잊어버려! 온몸이 지쳤을 때는, 불쑥 그런 나쁜 꿈을 꾸는 법이지. 메로스! 너의 수치가 아냐. 역시, 넌 진정한 용자다. 다시 일어나 달릴 수 있게 되었잖아! 고맙다! 난, 정의로운 남자로 죽을 수 있어! 아아,

해가 진다! 거침없이 진다. 기다려 줘, 제우스여! 난 태어났을 때부터 정직한 남자였어. 정직한 남자 그대로, 죽게 해 줘요!

길 가는 사람을 밀어젖히고, 떨쳐 내며, 메로스는 검은 바람처럼 달렸다. 들판의 술잔치, 그 연회석 한복판을 내달려 빠져나가, 잔치 인파를 기겁하게 하고, 개를 걷어차고, 시내를 뛰어넘어, 조금씩 저물어 가는 태양보다 열 배나 빨리 달렸다. 한 무리 여행자들과 휙 스쳐 지나는 순간, 불길한 대화를 언뜻 들었다. "지금쯤, 그 남자도, 책형 기둥에 매였을 거야." 아아! 그 남자, 그 남자를 위해 나는, 지금 이렇게 달리고 있어. 그 남자를 죽게 해서는 안 돼! 서둘러, 메로스! 늦으면 안 돼. 사랑과 진심의 힘을, 지금이야말로 알려 줘야 해. 차림새 따윈, 아무래도 좋아. 메로스는 지금, 거의 알몸이나 다름없다. 숨조차 쉬지 못한 채, 두 번, 세 번, 입에서 피가 뿜어져 나왔다. 보인다! 저 멀리 건너편에 자그맣게, 시라쿠사의 탑 누각이 보인다. 탑 누각은, 석양을 받아 반짝반짝 빛나고 있다.

"아아, 메로스 님!" 신음하는 듯한 목소리가, 바람과 함께 들렸다.

"누구냐?" 메로스는 달리면서 물었다.

"피로스트라투스입니다. 당신의 친구 세리눈티우스 님의 제자입니다." 이 젊은 석공도, 메로스의 뒤를 따라 달리면서 외쳤다. "이미, 틀렸습니다! 헛일이에요! 달리는 건, 그만두세요! 이미, 그분을 살릴 수는 없어요!"

"아냐! 아직 해가 지지 않았어!"

"지금 막, 그분이 사형을 당하는 참이에요. 아아! 당신은 늦었어요. 원망스러워요! 아주 조금, 조금만이라도 더, 빨랐더라면!"

"아냐! 아직 해가 지지 않았어!" 메로스는 가슴이 찢어지는 심정으로, 붉고 커다란 석양만을 응시했다. 달리는 수밖에 없다.

"그만두세요! 달리는 건, 그만두세요! 지금은 당신 목숨이 소중합니다. 그분은, 당신을 믿으셨습니다. 형장에 끌려 나와서도, 태연했습니다. 왕이, 호되게 그분을 놀려도, 메로스는 옵니다! 라고 대답할 뿐, 굳은 신념을 지켜 내시는 모습이었습니다."

"그러니까, 달리는 거야! 신뢰받고 있으니까, 달리는 거야! 제시간에 도착하는지, 못 하는지는 문제가 아냐. 사람 목숨도 문제가 아냐. 난, 어쩐지, 훨씬 엄청나게 거대한 무언가를 위해 달리고 있어! 따라와! 피로스트라투스!"

"아아, 당신은 미쳤군요! 그렇담, 실컷 달려 봐요! 어쩌면, 늦지 않을지도 모르죠. 달려 봐요!"

물론이지. 아직 해가 지지 않았어! 마지막 사력을 다해, 메로스는 달렸다. 메로스의 머리는, 텅 비었다. 아무 생각도 없다. 오직, 영문 모를 거대한 힘에 이끌린 채 달렸다. 해는, 한들한들 지평선으로 가라앉고, 그야말로 마지막 잔광 한 조각마저, 사라지려 했을 때, 메로스는 질풍처럼 형장으로 돌입했다. 늦지 않았다!

"기다려! 그 사람을 죽여선 안 돼! 메로스가 돌아왔어! 약속대로, 지금, 돌아왔어!" 큰 소리로 형장의 군중을 향해 외쳤다고 생각했으나, 목이 잠겨 쉰 목소리가 희미하게 나왔을 뿐, 군중 어느 한 사람도 그의 도착을 알아채지 못한다. 이미 책형 기둥이 높다랗게 세워지고, 포박당한 세리눈티우스는, 서서히 매달려 올라간다. 메로스는 그 광경을 목격하고 마지막 용기, 조금 전, 탁류를 헤엄친 것처럼 군중을 헤치고, 헤치고,

"나다! 형리! 죽임을 당하는 건, 나다! 메로스다! 그를 인질로 삼은 나는, 여기 있다!" 목쉰 소리로 힘껏 소리치면서, 마침내 처형대에 올라, 매달려 올라가는 친구의 두 발을, 잡고 늘어졌다. 군중은, 술렁거렸다. 장하다! 용서해! 저마다 아우성쳤다. 세리눈티우스의 밧줄이 풀렸다.

"세리눈티우스!" 메로스는 눈가에 눈물이 그렁그렁해서 말했다. "나를 때려! 아주 힘껏 뺨을 때려! 나는, 도중에 한 번, 나쁜 꿈을 꾸었어. 네가 만약 나를 때려 주지 않는다면, 난 너와 포옹할 자격조차 없어. 때려!"

세리눈티우스는, 모든 걸 알아차린 듯 고개를 끄덕이고, 형장 가득 울려 퍼질 정도로 소리 나게 메로스의 오른쪽 뺨을 갈겼다. 때리고 나서 상냥하게 미소 지으며,

"메로스! 나를 때려! 똑같이 소리 나게 내 뺨을 때려! 나는 요 사흘 동안, 딱 한 번, 슬쩍 너를 의심했어. 태어나서, 처음 너를 의심했어. 네가 나를 때려 주지 않으면, 난 너와 포옹할 수 없어!"

메로스는 팔에 한껏 힘을 실어 세리눈티우스의 뺨을 때렸다.

"고맙다! 친구여!" 두 사람은 동시에 말하며, 서로 꽉 끌어

안고서, 기쁜 나머지 엉엉 목 놓아 울었다.

군중 속에서도, 흐느끼는 소리가 들렸다. 폭군 디오니스는, 군중 뒤에서 두 사람의 모습을, 말끄러미 응시하고 있다가, 이윽고 조용히 두 사람에게 다가가, 얼굴을 붉히며, 이렇게 말했다.

"너희 바람은 이루어졌어. 너희는, 내 마음을 이겼어. 신뢰란, 결코 공허한 망상이 아니었어. 어떤가? 나도 친구로 삼아 주지 않겠나? 부디, 내 소원을 받아들여, 너희 친구의 한 사람으로 삼아 주게나."

와아! 군중 사이에서, 환성이 일었다.

"만세! 임금님 만세!"

한 소녀가, 붉은 망토를 메로스에게 바쳤다. 메로스는 허둥거렸다. 좋은 친구는, 눈치 빠르게 귀띔해 주었다.

"메로스! 넌, 벌거숭이잖아! 어서 그 망토를 입으라고! 이 귀여운 아가씨는, 메로스의 알몸을, 모두가 지켜보는 게, 참을 수 없이 분하거든!"

용자는 몹시 부끄러워, 얼굴을 붉혔다.

(옛 전설과 실러의 시에서.)

여치

　헤어지겠습니다. 당신은 거짓말만 했습니다. 제게도 틀린 구석이 있을지 모르겠습니다. 하지만 저는, 저의 어디가 틀렸는지 알 수 없어요. 저도 벌써 스물넷입니다. 이 나이가 돼선, 어디가 틀렸다고 들어도, 저는 이제 고칠 수가 없습니다. 한 번 죽어서 그리스도처럼 부활이라도 하지 않고는, 고쳐지지 않습니다. 스스로 죽는다는 건 가장 큰 죄악이라는 느낌도 드니까, 저는 당신과 헤어져서 제가 옳다고 여기는 삶의 방식으로 당분간 살면서 애써 볼 생각입니다. 저는 당신이 무서워요. 분명히 이 세상에선 당신의 삶의 방식이 옳은 건지도 모릅니다. 그렇지만 저는 그렇게는, 도저히 살아갈 수 없을 것 같습니다. 제가 당신에게로 온 지, 어느새 오 년이 되었습니다. 열아홉 살 봄에 선을 봤고, 그러고 나서 곧장 저는 달랑 몸 하나만으로 당신에게 왔습니다. 이제야 말씀드리지만, 아버지도 어머니도, 이 결혼에는 극구 반대했습니다. 남동생도, 그 아인 대학에 막 입학했을 무렵이었는데, 누나, 괜찮아? 라며 올된 말을 하고서 언짢은 기색을 보였습니다. 당신이 싫어할까 봐 오늘까지 잠자코 있었습니다만, 그즈음 제겐 다른 두 군데, 혼담이 있었습니다. 이젠 기억조차 가물거릴 정도인데, 한 분은 아마도 제국 대학 법과를 갓 졸업한, 외교관을 지망하는 도련님이라 들었습니다. 사진도 봤습니다. 낙천가인 듯 환한 표정이었습니다. 이건 이케부쿠로[1]에 사는 큰언니가 추천했습니다. 또한 분은 아버지 회사에 근무하는 서른 남짓한 기술자였습니다. 오 년이나 전 일이라 기억도 흐릿하지만, 아마도 큰 집안의 맏아들로 인물도 반듯하다고 들었습니다. 아버지가 마음에 들어 하신 듯하고, 아버지도 어머니도 열심히 지지했습니다. 사진은 보지 못했던 것 같습니다. 이런 건 아무래도 상관없지만, 또 당신한테 흐흥! 비웃음을 당하면 괴로우니까 기억하고 있는 것만 분명히 말씀드렸습니다. 지금, 이런 말씀을 드리는 건 결코 당신을 일부러 짓궂게 괴롭힐 작정에서도 그 무엇도 아닙니다. 이건 믿어 주세요. 제가 곤란합니다. 다른 좋은 곳으로 시집을 갔더라면 좋았을 텐데, 같은 부정하고 멍청한 생각은 눈곱만큼도 하지 않으니까요. 당신 이외의 사람을, 저는 생각할 수 없습니다. 늘 그런 투로 비웃으시면, 저는 곤혹스럽습니다. 저는 진지하게, 말씀드리는 거예요. 끝까지 들어 주세

---

1) 도쿄의 한 지역.

요. 그때나 지금이나, 저는 당신 이외의 사람과 결혼할 마음은 조금도 없습니다. 그건 확실합니다. 저는 어렸을 때부터 우물 쭈물하는 게, 무엇보다 싫었어요. 그 무렵 아버지에게 어머니 에게, 또 이케부쿠로의 큰언니에게도 여러 말을 들었고, 아무튼 맞선만이라도, 하면서 재촉했지만, 저로서는 맞선도 혼례도 다 똑같은 거라는 느낌이 들어서 가벼이 대답할 수 없었습니다. 그런 분과 결혼할 마음은, 전혀 없었거든요. 다들 말하는 대로 그런 더할 나위 없는 분이라면, 굳이 제가 아니더라도 다른 훌륭한 신부를 얼마든지 찾을 테고, 어쩐지 보람 없는 일이라고 생각했습니다. 온 세상에서 (이렇게 말하면, 당신은 단박에 비웃습니다.) 내가 아니면 시집을 안 갈 것 같은 사람에게 가고 싶다고, 저는 막연히 생각했습니다. 마침 그때 당신 쪽에서 그 이야기가 있었습니다. 대단히 난폭한 이야기였던 터라, 아버지도 어머니도 처음부터 언짢아하셨습니다. 그럴 것이, 그 골동품상 다지마 씨가 아버지 회사로 그림을 팔러 와서 한바탕 수다를 늘어놓은 끝에, 이 그림의 작가는 머잖아 틀림없이 크게 될 겁니다, 어떻습니까? 따님을 한번, 어쩌고 조심성 없는 농담을 꺼냈고, 아버지는 적당히 흘려들으시고도 어쨌건 그림만은 사서 회사 응접실 벽에 걸어 두었는데, 이삼 일 지나 또 다지마 씨가 찾아와서 이번엔 진지하게 제안을 해 왔다고 하지 않겠어요? 난폭하잖아요. 심부름하는 다지마 씨도 다지마 씨지만, 그 다지마 씨에게 그런 걸 부탁하는 남자도 남자다, 하고 아버지도 어머니도 어이없다는 기색이었습니다. 하지만 나중에 당신한테 듣고, 그건 당신이 전혀 몰랐던 일, 모든 게 다지마 씨 혼자만의 충성스러운 생각이었다는 사실을 알았습니다. 다지마 씨에겐 대단히 신세를 졌습니다. 지금의 당신 출세도, 다지마 씨 덕분이에요. 정말로 당신을 위해, 장사를 떠나서 힘껏 애쓰셨어요. 당신을 내다봤다는 거죠. 앞으로도 다지마 씨를 잊으면 안 돼요. 그때 저는 다지마 씨가 무모히 제안한 이야기를 듣고 조금 놀랐으면서도, 문득 당신을 만나 보고 싶어졌습니다. 어쩐지, 무척 기뻤어요. 저는 어느 날 몰래 아버지 회사에, 당신의 그림을 보러 갔습니다. 그때 일을, 당신한테 얘기했던가요? 저는 아버지에게 용건이 있는 척하고 응접실에 들어가, 혼자 골똘히 당신의 그림을 봤습니다. 그날은 아주 추웠죠. 온기 없는 널찍한 응접실 귀퉁이에 서서 덜덜 떨면서, 당신의 그림을 봤습니다. 자그마한 뜰, 햇볕 잘 드는 툇마루 그림이었습니다. 툇마루에는 아무도 앉아 있지 않고 하얀 방석만 하나, 놓여 있었습니다. 파랑과 노랑, 하얀색뿐인 그림이었습니다. 보고 있는 사이, 저는 더 심하게, 서 있을 수 없을 정도로 떨려 왔습니다. 이 그림은 내가 아니면 이해할 수 없다고 생각했습니다. 진지하게 말씀드리는 거니까, 웃으시면 안 됩니다. 저는 그 그림을 보고 나서 이삼 일, 밤이나 낮이나, 몸이 떨려 어쩔 수 없었습니다. 어떻게 해서든 당신에게 시집을 가야겠다, 생각했습니다. 좀 경망스러워 몸에 불붙은 듯 부끄러웠습니다만, 저는 어머니에게 부탁드렸습니다. 어머니는 몹시 불쾌한 표정을 지었습니다. 하지만 저는 그건 각오한 일이었으니까 단념하지 않고, 이번엔 직접 다지마 씨에게 대답을 드렸습니다. 다지마 씨는 큰 소리로, 훌륭해! 하며 일어서

다가 의자에 걸려 비틀비틀 넘어졌는데, 그때는 저도 다지마 씨도 전혀 웃지 않았습니다. 그 후 일은 당신도 잘 아실 터입니다. 우리 집에선 당신의 평판이 날이 갈수록 더욱더 나빠지기만 했습니다. 당신이 세토나이카이[2]의 고향에서 부모님 승낙도 없이 도쿄로 뛰쳐나오는 바람에 양친은 물론 친척들 죄다 당신에게 정나미가 떨어졌다는 것, 술을 마시는 것, 전람회에 한 번도 출품하지 않은 것, 좌익으로 보인다는 것, 미술 학교를 졸업했는지 어쨌는지 수상쩍다는 것, 그 밖에도 엄청, 어디서 조사해 왔는지 아버지도 어머니도 갖가지 사실을 제게 들려주며 나무랐습니다. 그렇지만 다지마 씨의 열성적인 중재로, 가까스로 맞선까지는 이르렀습니다. 센비키야[3]의 2층에, 저는 어머니와 같이 나갔습니다. 당신은 제가 생각하고 있던 분, 그대로였습니다. 와이셔츠 소맷부리가 깔끔한 데에, 감동했습니다. 제가 홍차 접시를 들어 올렸을 때 공연스레 몸이 떨려 접시 위에서 딸각딸각 스푼 소리가 나서, 굉장히 곤혹스러웠습니다. 집으로 돌아온 뒤, 어머니는 당신의 험담을 한층 세게 했습니다. 당신이 담배를 피우기만 할 뿐, 어머니에게 제대로 말씀을 드리지 않은 게 무엇보다 틀렸던 것 같습니다. 인상이 나쁘다, 라는 말도 연신 했습니다. 장래성이 없다는 거예요. 하지만 저는 당신에게 가기로, 마음먹었습니다. 한 달 토라져 있다가, 마침내 제가 이겼습니다. 다지마 씨와도 의논해

---

2) 혼슈와 시코쿠, 규슈에 둘러싸인 내해.
3) 1834년에 문을 연 일본의 고급 과일 전문점.

서, 저는 거의 몸 하나만으로 당신에게 왔습니다. 요도바시의 아파트에서 지낸 이 년여만큼, 제게 즐거웠던 시절은 없습니다. 매일매일 내일의 계획으로 가슴이 벅찼습니다. 당신은 전람회에도, 대가라는 이름에도 아예 무관심했고, 자기 멋대로 그림만 그렸습니다. 가난해지면 가난해질수록 저는 두근두근 설레고 묘하게 기쁘고, 전당포에도 고서점에도 머나먼 추억의 고향 같은 그리움을 느꼈습니다. 돈이 정말로 깡그리 없어졌을 때는 제 힘을 한껏 시험해 볼 수 있어서 아주 보람이 있었습니다. 그게, 돈이 없을 때의 식사일수록 즐겁고 맛있거든요. 잇달아 제가 맛난 요리를 발명했잖아요? 지금은 안 돼요. 뭐든지 갖고 싶은 걸 살 수 있다고 생각하면, 아무런 공상도 솟아나지 않아요. 시장으로 나가 봐도 저는, 허무합니다. 다른 아주머니들이 사는 물건을, 저도 똑같이 사서 돌아올 뿐입니다. 당신이 갑자기 훌륭해져서 그 요도바시 아파트를 떠나, 이 미타카초의 집에서 살게 된 이후로는 즐거운 일이 하나도 없어지고 말았습니다. 제가 솜씨를 발휘할 곳이 없어졌습니다. 당신은 갑자기 말솜씨도 능숙해져서 저를 한층 아껴 주셨지만, 저는 자신이 어쩐지 집고양이처럼 여겨져, 언제나 곤혹스러웠습니다. 저는 당신을, 이 세상에서 입신하실 분이라고는 생각지 않았습니다. 죽을 때까지 가난하게 자기 좋을 대로 그림만 그리고, 세상 사람 모두에게 조소당하고, 그럼에도 태연스레 아무한테도 머리를 숙이지 않고 이따금 좋아하는 술을 마시고 평생, 속세에 더럽혀지지 않고 살아갈 분이라고만 생각했습니다. 저는 바보였던 걸까요? 그래도 한 사람쯤은 이 세상에 그런 아름다운 사람이 있겠지, 하고 저는 그때도 지금도 여전히 믿고 있습니다. 그 사람 이마의 월계관은 다른 누구에 게도 보이지 않기 때문에 틀림없이 바보 취급을 당할 테고, 아 무도 시집을 가서 돌봐 주려 하지 않을 테니까 내가 가서 평 생 섬겨야겠다고 생각했습니다. 저는 당신이야말로, 그 천사 라고 생각했습니다. 내가 아니고선 이해할 수 없다고 생각했 습니다. 그런데, 그게, 어떠한지요! 갑자기 웬일로, 훌륭해지고 말았으니! 저는 어찌 된 셈인지, 부끄러워 견딜 수 없습니다.

저는 당신의 출세를 미워하는 게 아닙니다. 당신의 신기할 만치 슬픈 그림이 나날이 많은 사람들에게 사랑받고 있음을 알고, 저는 하느님에게 매일 밤 감사를 드렸습니다. 눈물이 날 정도로 기뻤습니다. 당신이 요도바시 아파트에서 이 년간, 마 음 내키는 대로 좋아하는 아파트 뒤뜰을 그리거나 심야의 신 주쿠 거리를 그려서, 돈이 완전히 없어졌을 즈음 다지마 씨가 와서 그림 두세 장과 교환하기에 충분한 돈을 놓고 갔습니다 만, 그 무렵 당신은 다지마 씨가 그림을 가져가 버리는 게 더 없이 쓸쓸한 기색이었고 돈 따위엔 도무지 무관심했습니다. 다지마 씨는 올 때마다 저를 살짝 복도로 불러내어, 잘 부탁 합니다, 하고 으레 진지하게 말하며 고개 숙여 인사하고, 하 얀 봉투를 제 기모노 허리띠 사이에 질러 넣어 주셨습니다. 당 신은 언제나 모른 체했고 저 역시, 곧장 그 봉투 내용물을 확 인하는 식의 저속한 짓은 하지 않았습니다. 없으면 없는 대 로, 꾸려 가자고 생각했거든요. 얼마를 받았다는 둥, 당신에 게 보고한 적도 없습니다. 당신을 더럽히고 싶지 않았어요. 정말이지 저는 단 한 번도 당신에게, 돈이 필요해요, 유명해지세요, 하고 부탁한 적이 없습니다. 당신처럼 말주변이 없고 난폭한 분은, (죄송해요.) 부자도 못 되고 절대 유명해질 턱이 없다고 저는 생각했습니다. 그런데 그건, 겉치레였더군요. 왜요? 왜요?

다지마 씨가 개인전 의논 건으로 찾아왔을 때부터, 당신은 어쩐지 멋을 부리게 되었습니다. 먼저 치과에 다니기 시작했습니다. 당신은 충치가 많아서 웃으면 마치 할아버지처럼 보였는데, 그런데도 당신은 전혀 개의치 않고 제가 치과에 한번 가보시라고 권해도, 괜찮아! 이가 다 빠지면 전체 틀니를 하면 돼. 금니를 번쩍거리다가 여자들이 꼬여도 곤란하거든. 이러면서 농담만 늘어놓고 도통 치아 손질을 하지 않더니 무슨 바람이 불었는지, 작업하는 짬짬이 이따금씩 밖으로 나가 한 개두 개, 금니를 번쩍거리며 돌아오곤 했습니다. 어디, 웃어 봐요! 하고 제가 말하면, 당신은 수염 더부룩한 낯을 붉히며, 다지마 녀석이 자꾸 잔소리를 하니까, 하고 드물게도 심약한 말투로 변명했습니다. 개인전은 제가 요도바시로 오고 나서 이 년째 가을에, 열렸습니다. 저는 기뻤습니다. 당신의 그림이 한 사람이라도 더 많은 사람에게 사랑을 받는 건데, 어째서 기쁘지 않겠어요? 제겐 선견지명이 있었나 봐요. 하지만 신문에서도 그토록 극찬을 하고, 출품한 그림이 전부 팔렸다 하고, 유명한 대가한테서도 편지가 오고, 너무 지나치게 잘돼서, 저는 무시무시한 느낌이 들었습니다. 전시회장으로 보러 오라고 당신도 다지마 씨도 그렇게 힘껏 권했지만, 저는 온몸을 떨면서

방에서 뜨개질만 하고 있었습니다. 당신의 그 그림이 스무 장, 서른 장씩 죽 널려 있고 그걸 수많은 사람들이 바라보는 모습을 상상하기만 해도, 저는 울음이 터질 것 같습니다. 이렇게 좋은 일이, 이렇게 너무 빨리 와 버렸으니, 틀림없이 뭔가 나쁜 일이 일어날 거라는 생각마저 들었습니다. 저는 매일 밤, 하느님에게 용서를 빌었습니다. 부디 이제 행복은 이것만으로 충분하니까, 앞으로는 그 사람이 병에 걸리지 않도록, 나쁜 일이 일어나지 않도록 지켜 주세요, 하고 기도했습니다. 당신은 매일 밤, 다지마 씨에게 이끌려 여기저기 대가들을 찾아 인사를 다닙니다. 이튿날 아침에 귀가하기도 했는데, 저는 별로 대수롭지 않게 생각하는데도 당신은 아주 자세히 전날 밤 일을 제게 들려주며 아무개 선생은 어떻다느니 그 작자는 바보라느니, 말수가 적은 당신답지도 않게 어지간히 쓸데없는 수다를 시작합니다. 저는 그때까지 이 년 동안 당신과 살면서, 당신이 뒤에서 남의 험담을 늘어놓는 걸 들은 적이 한 번도 없었습니다. 아무개 선생이 어떻건 간에, 당신은 유아독존의 태도로 아예 무관심하지 않았던가요? 게다가 그런 수다를 떨어, 간밤엔 당신에게 무슨 뒤가 켕기는 구석이 없었다는 사실을 제게 납득시키려 애를 쓰시는 것 같지만, 그런 심약한 변명을 에둘러 하지 않더라도, 저 역시 설마, 지금까지 아무것도 모른 채 자라 온 것도 아니고 분명히 말씀해 주시는 편이, 하루쯤 괴로워도 그 뒤에 저는 오히려 편안해집니다. 결국은 평생, 마누라니까요. 저는 그런 쪽의 일로는 남자를 그다지 신용하지 않고, 또한 터무니없이 의심하지도 않습니다. 그런 쪽의 일이라면 저는 조금도 걱정하지 않고, 또한 웃으며 견딜 수도 있습니다. 다만, 달리 좀 더 괴로운 일이 있습니다.

우리는 갑작스레 부자가 되었습니다. 당신도 엄청 분주해졌습니다. 니카카이〔二科會〕[4]의 초대를 받아 회원이 되었습니다. 그리고 당신은 아파트의 비좁은 방을 창피하게 여기기 시작했습니다. 다지마 씨도 끊임없이 이사를 권유하며, 이런 아파트에 살다가는 세상의 신용이 어떨까 염려스럽기도 하고, 우선 그림 값이 암만해도 오르지 않습니다, 한번 큰맘 먹고 커다란 집을 빌리세요, 하고 마뜩잖은 비책을 전수했습니다. 당신까지도, 그건 그래! 이런 아파트에 살면 남들이 무지 깔본다고! 이런 천박한 얘기를 의욕에 넘쳐서 하기에, 저는 어쩐지 섬뜩해졌고 무척 쓸쓸해졌습니다. 다지마 씨는 자전거를 타고 여기저기 바삐 돌아다니며, 이 미타카초의 집을 구해 주셨습니다. 연말에 우리는 아주 보잘것없는 세간을 들고, 이 엄청스레 커다란 집으로 이사를 왔습니다. 당신은 제가 모르는 사이 백화점에 가서 이것저것 멋진 세간을 정말로 많이 사들였고, 그 짐들이 연거푸 백화점에서 배달되어 오는 통에, 저는 가슴이 메면서 슬퍼졌습니다. 이래서는 전혀, 주변에 흔히 있는 보통 벼락부자와 조금도 다르지 않잖아요! 하지만 저는 당신을 생각해서 애써 기쁜 듯 신나게 떠들었습니다. 어느 틈엔가 저는, 그 내키지 않는 '사모님' 비슷한 꼴을 갖추고 말았습니다. 당신은 가정부를 두자는 말까지 꺼냈지만, 그것만은 제가 무

---

4) 미술 단체. 1914년 이후, 해마다 가을에 전람회를 개최한다.

슨 일이 있든 싫어서 반대했습니다. 저는 사람을, 부릴 수가 없습니다. 이사 오기 바쁘게, 당신은 연하장을 주소 변경 통지를 겸해서 300장이나 찍었습니다. 300장. 어느 틈에, 그렇게나 지인이 생겼나요? 저는 당신이 대단히 위험한 줄타기를 시작한 것 같은 느낌이 들어, 너무도 무서웠습니다. 이제 곧 틀림없이, 나쁜 일이 일어날 거야. 당신은 그런 저속한 교제 따위를 해서, 성공하실 분이 아니에요. 이런 생각에 저는 그저 조마조마해하며 불안한 하루하루를 보내고 있었습니다만, 당신은 비틀거리고 넘어지기는커녕 연거푸 좋은 일만 일어났습니다. 제가 틀린 걸까요? 제 어머니도 이따금 이 집을 찾아오게 되어 그때마다 제 옷가지며 저금통장을 가져다주시고, 아주 기분이 좋으세요. 아버지도 회사 응접실의 그림을 처음엔 싫어해서 회사 곳간에 치우게 했다는데, 이번엔 그걸 집으로 가져와 액자도 좋은 걸로 바꿔서 아버지 서재에 걸어 두었다고 합니다. 이케부쿠로의 큰언니도, 힘내서 잘하라고 편지를 주기도 했습니다. 손님도 굉장히 많아졌습니다. 응접실이 손님들로 가득할 때도 있었습니다. 그럴 때 당신의 쾌활한 웃음소리가 부엌까지 들려왔습니다. 당신은 정말로, 수다쟁이가 되었습니다. 예전에 당신은 하도 과묵했기에, 저는 아아, 이분은 이것도 저것도 다 알고 있으면서도 뭐든지 죄다 시시하니까 이렇듯 언제나 아무 말 않는 거야, 라며 굳게 믿고만 있었는데 그렇지도 않은가 봐요. 당신은 손님 앞에서, 아주 시시한 이야기를 하십니다. 전날 손님한테서 들었을 뿐인 그림 이론을, 고스란히 자신의 의견인 양 점잔을 빼고 늘어놓거나, 또 제가 소설을 읽고 느낀 걸 당신에게 조금 이야기하면 당신은 그 이튿날 시치미를 떼고 손님에게, 모파상도 역시 신앙을 두려워했지요, 어쩌고 저의 미흡한 소견을 그대로 들려주고 있으니, 저는 차를 들고 응접실로 들어가려다 말고 너무나 부끄러워 그 자리에 선 채 꼼짝 못 한 적도 있었습니다. 당신은 예전엔 아무것도 몰랐지요? 죄송해요. 저 역시 아무것도 아는 게 없지만 자신의 말만은 갖고 있을 작정인데, 당신은 아예 과묵하거나, 아니면 남이 말한 것만을 흉내 내고 있을 뿐이잖아요. 그런데도, 당신은 신기하게 성공하셨습니다. 그해 니카카이 그림은 신문사로부터 상까지 받고, 그 신문에는 어쩐지 쑥스러워 말하기 힘든 최상급 찬사가 죽 열거되어 있었습니다. 고고함, 청빈, 사색, 우수(憂愁), 기도, 샤반[5], 그 밖에 여러 가지가 있었습니다. 당신은 나중에 손님들과 그 신문 기사에 대해 말하기를, 비교적 들어맞는 것 같더군, 하고 태연스레 이야기했습니다만, 대체 어쩌자고 그런 말씀을! 우리는 청빈하지 않습니다. 저금통장을 보여 드릴까요? 당신은 이 집으로 이사 온 뒤로는 마치 딴사람이 된 듯, 돈 이야기를 입에 올리게 되었습니다. 손님에게 그림 부탁을 받으면 당신은 반드시 가격에 대한 이야기를 주눅 들지도 않고 꺼냅니다. 분명히 해 두는 편이 나중에 분쟁이 일어나지 않고 서로 기분이 좋으니까요, 어쩌고 당신은 손님에게 이야기하지만, 저는 그걸 언뜻 듣고서 역

---

5) 퓌비 드 샤반(Puvis de Chavannes, 1824~1898). 프레스코식 채색 벽화를 주로 그린 19세기 프랑스 화가.

시나 언짢은 느낌이 들었습니다. 어째서 그토록, 돈에 구애되는지요! 좋은 그림만 그리다 보면, 생활은 저절로 어떻게든 꾸려지는 법이라고 저는 생각합니다. 좋은 일을 하고, 그리고 아무도 모르는 채로 가난하게, 소박하게 살아가는 것만큼 즐거운 건 없습니다. 저는 돈이고 뭐고 원하지 않습니다. 마음속에 멀고도 큰 프라이드를 지니고, 살그머니 살고 싶다고 생각합니다. 당신은 저의 지갑 속까지 들여다보게 되었습니다. 돈이 들어오면 당신은 당신의 큼직한 지갑, 그리고 저의 자그마한 지갑에 돈을 나누어 넣으십니다. 당신의 지갑에는 큰 지폐를 다섯 장 남짓, 제 지갑에는 큰 지폐 한 장을 네 번 접어 넣으십니다. 나머지 돈은 우체국과 은행에 맡기십니다. 저는 언제나 그걸, 그저 옆에서 바라보고 있습니다. 언젠가 제가 저금통장이 들어 있는 책장 서랍을 열쇠로 잠그는 걸 깜빡했더니, 당신은 그걸 발견하고, 큰일이네! 라며 진심으로 언짢은 듯 제게 꾸지람을 하기에, 저는 그만 맥이 빠졌습니다. 화랑으로 돈을 받으러 가면 사흘 뒤쯤에 돌아오시는데, 그럴 때도 한밤중에 취해서 덜커덩 현관문을 열고 들어오자마자, 이봐! 300엔 남겨 왔어! 확인해 보라고! 이런 슬픈 말씀을 하십니다. 당신 돈인걸요, 얼마를 쓰시건 상관없지 않아요? 가끔은 기분 전환삼아, 왕창 돈을 쓰고 싶을 때도 있으려니 생각합니다. 깡그리 써 버리면, 제가 실망이라도 할 거라 생각하시나요? 저도 돈의 고마움을 알고 있습니다만, 그렇다고 그것만 생각하며 살고 있는 건 아니에요. 300엔만 남기고, 그래서 의기양양한 얼굴로 귀가하는 당신의 기분이, 저는 쓸쓸하기 그지없습니다.

저는 조금도 돈을 갖고 싶다고 생각지 않습니다. 무얼 사고 싶다, 무얼 먹고 싶다, 무얼 보고 싶다고도 생각지 않습니다. 가재도구도 대개 폐품을 이용하면 아쉬운 대로 쓸 만하고, 기모노도 다시 염색하고 다시 꿰매 입으니까 한 벌도 사지 않아도 됩니다. 어떻게든지, 저는 꾸려 나갑니다. 수건걸이 하나도, 저는 새로 사는 건 싫습니다. 낭비인걸요. 당신은 가끔 저를 시내로 데리고 나가 비싼 중국요리를 대접해 주셨지만, 저는 전혀 맛있다고 여기지 않았습니다. 어쩐지 차분해지지 않고 흠칫흠칫 떨리는 기분으로, 정말이지 아깝고 낭비라고 생각했습니다. 300엔보다도 중국요리보다도, 제겐 당신이 이 집 뜰에 수세미외 시렁을 만들어 주는 편이 얼마나 더 기쁜지 모릅니다. 너른 방 툇마루에는 그토록 석양이 강하게 비쳐 드니까, 수세미외 시렁을 만들면 딱 알맞을 거라 생각합니다. 당신은 제가 그만큼 부탁드려도, 정원사를 부르면 되잖아. 이렇게 말씀하시고 손수 만들어 주지는 않습니다. 정원사를 부르다니, 그런 부자 흉내는, 저는 싫습니다. 당신이 만들어 주면 좋겠는데 당신은, 알았어, 알았어, 내년에. 이런 말씀뿐이고 결국 오늘까지 만들어 주지 않았습니다. 당신은 자신의 일로는 엄청 낭비를 하면서도, 남의 일에는 언제나 모른 체하십니다. 언제였던가요, 친구 아마미야 씨가 부인의 병환으로 어려움을 겪고 의논하러 오셨을 때, 당신이 일부러 저를 응접실로 부르시고, 집에 지금 돈이 있나? 하고 진지한 낯으로 물어보기에, 저는 우습기도 하고 어처구니없기도 해서 곤혹스러웠습니다. 제가 얼굴을 붉히며 머뭇거리자, 무얼 감추나? 그 언저리를 긁어

모으면 이십 엔쯤은 나올 테지? 하고 제게 놀리듯 말씀하시기에, 저는 깜짝 놀라고 말았습니다. 겨우 이십 엔. 저는 당신의 얼굴을 다시 봤습니다. 당신은 제 시선을 한 손으로 털어 내다시피 하며, 그러지 말고 나한테 빌려줘, 쩨쩨하게 굴지 말라고! 하시고는 아마미야 씨 쪽을 향해, 피차간 이럴 땐 가난뱅이는 괴롭군, 하고 웃으며 말했습니다. 저는 기가 막혀서, 아무 말도 하고 싶지 않았습니다. 당신은 청빈한 것도 아무것도, 아니에요. 우수 따위, 지금 당신의 어디에, 그런 아름다운 그림자가 있나요? 당신은 그 반대인, 제멋대로 구는 낙천가입니다. 매일 아침 화장실에서 '오이토코소다요'[6] 어쩌고 큰 소리로 노래를 부르시잖아요? 저는 이웃에 창피해서 견딜 수 없어요. 기도, 샤반. 과분하다고 생각합니다. 고고하다니, 당신은 주위를 에워싼 추종자들의 알랑거림 속에서만 살고 있다는 걸 깨닫지 못하시나요? 당신은 집으로 오시는 손님들에게 선생님이라 불리며, 이 사람 저 사람의 그림을 닥치는 대로 끽소리 못하게 만들고, 자못 자신과 똑같은 길을 걷는 이가 아무도 없다는 식으로 말씀하시지만, 만약 정말로 그리 생각한다면 그렇게 마구 남의 험담을 늘어놓으며 손님들의 동의를 얻는 것 따위, 필요 없다고 생각합니다. 당신은 손님들로부터, 그때뿐인 찬성이라도 얻고 싶은 거지요. 어디에 고고함이 있나요? 그렇게 오는 사람, 오는 사람에게 감복시킬 것까진 없지 않겠어요? 당신은 아주 거짓말쟁이입니다. 지난해 니카카이에서 탈

---

6) 미야기현 센다이 지방의 민요.

퇴하고 신(新)낭만파인가 하는 단체를 만드실 때도, 저는 혼자 얼마나 참담한 심정이었는지요! 글쎄, 당신은 뒤에서 그토록 비웃고 무시하던 분들만 모아, 그 단체를 만드신 거잖아요. 당신에겐 도무지 정견이 없습니다. 이 세상은 역시, 당신처럼 살아가는 게 옳은 걸까요? 가사이 씨가 오셨을 때는 둘이서 아마미야 씨 험담을 하며 분개하고 조소하고, 아마미야 씨가 오셨을 때는 아마미야 씨에게 아주 친절히 대하며 역시 친구는 자네뿐이야, 하고 도저히 거짓말이라 여겨지지 않을 만치 감격적으로 말씀하십니다. 그리고 이번엔 가사이 씨의 태도에 대한 비난을 시작하십니다. 세상의 성공한 사람이란, 다들 당신처럼 그런 식으로 살고 있는 걸까요? 용케도 그렇게, 삐끗 넘어지지도 않은 채 잘 살아가는구나 싶어, 저는 어쩐지 두렵기도 하고 신기하다는 생각이 듭니다. 틀림없이 나쁜 일이 일어날 거야. 일어나면 좋겠어. 당신을 위해서도, 신의 실증을 위해서도, 뭔가 한 가지 나쁜 일이 일어나기를, 제 가슴 어딘가에서 기도할 정도가 되고 말았습니다. 그렇지만 나쁜 일은 일어나지 않았습니다. 하나도 일어나지 않아요. 변함없이, 좋은 일만 계속됩니다. 당신이 만든 단체의 첫 번째 전람회는 평판이 대단한 것 같았습니다. 당신의 국화꽃 그림은, 마침내 심경이 맑아지고 고결한 애정이 그윽하니 풍긴다나요. 손님들한테 소문을 전해 들었습니다. 어째서 그렇게 되는 걸까요? 신기하기 이를 데 없습니다. 올해 설날에 당신은, 당신 그림의 가장 열성적인 지지자라는 그 유명한 오카이 선생님 댁으로 새해 인사 하러 처음 저를 데리고 갔습니다. 선생님은 그토록 유명한 대가인데도, 그럼에도 우리 집보다 더 작아 보이는 집에 살고 계셨습니다. 이런 게, 진짜라고 생각합니다. 뚱뚱하게 살이 쪄서서 지레로도 꿈쩍하지 않을 것 같은 느낌에, 책상다리를 하고서 안경 너머로 힐끗 저를 보는 그 커다란 눈도, 정말이지 고고한 분의 눈이었습니다. 저는 당신의 그림을 아버지 회사의 추운 응접실에서 처음 봤을 때와 마찬가지로, 잔잔하게, 몸이 떨려 어쩔 수 없었습니다. 선생님은 참으로 단순한 것만, 전혀 구애되지 않고 말씀하십니다. 저를 보고, 오호! 멋진 사모님인걸. 무사 집안에서 자라셨나? 하고 농담을 하셨는데, 당신은 진지하게, 예! 이 사람 어머니가 사족(士族)이신데, 어쩌고 꽤나 자랑스러운 듯 말하는 통에, 저는 식은땀을 흘렸습니다. 제 어머니가, 어째서 사족이냐고요! 아버지도 어머니도, 본디부터 평민이십니다. 머잖아 당신은 사람들이 치켜세우면, 이 사람 어머니는 화족(華族)이신데, 어쩌고 말씀을 하게 되는 건 아니에요? 어쩐지 무시무시한 일입니다. 선생님 정도 되는 분께서도 당신의 전부인 속임수를 꿰뚫어 보지 못하다니, 신기합니다. 세상은 모두, 그런 건가요? 선생님은 당신의 요즘 작업을, 오죽 괴롭겠는가! 하며 연신 위로해 주셨습니다만, 저는 당신이 매일 아침 '오이토코소다요'라는 노래를 부르시는 모습을 떠올리고, 뭐가 뭔지 알 수 없게 되면서 자꾸만 우스워, 웃음이 터질 뻔했습니다. 선생님 댁에서 나와 100미터를 채 걷기도 전에 당신은 자갈을 발로 차며, 쳇! 여자한텐 물러 터져가지고! 하시기에, 저는 깜짝 놀랐습니다. 당신은 비열합니다. 방금 전까지 그 훌륭하신 선생님 앞에서 굽실굽실한 주제에,

금세 그런 험담을 늘어놓다니, 당신은 미치광이입니다. 그때부터 저는, 당신과 헤어지려고 생각했습니다. 더 이상 참을 수가 없습니다. 당신은 확실히, 틀렸습니다. 불행한 일이 일어났으면 좋겠다, 라고 생각합니다. 하지만 역시나, 나쁜 일은 일어나지 않았습니다. 당신은 다지마 씨의 옛 은혜조차 잊은 낌새이고, 바보 다지마가 또 찾아왔군! 이런 말을 친구에게 해서 다지마 씨도 그걸 어느 틈엔가 알아채신 듯 스스로, 바보 다지마가 또 왔습니다! 하고 웃으면서 천연덕스레 부엌문으로 들어오십니다. 이제 당신들의 일을, 저는 도통 모르겠어요. 인간의 자긍심이 대체, 어디로 갔나요? 헤어지겠습니다. 당신들 모두 한통속이 되어, 저를 놀리시는 듯한 느낌마저 듭니다. 일전에 당신은 신낭만파의 시대적 의의인가에 대해, 라디오 방송을 하셨습니다. 제가 거실에서 석간을 읽고 있는데 뜻밖에 당신의 이름이 방송을 타고, 이어서 당신의 목소리가! 제겐 타인의 목소리인 듯한 느낌이 들었습니다. 어찌나 불결하고 탁한 목소리이던지! 불쾌한 사람이라고 생각했습니다. 똑똑히, 당신이라는 남자를, 멀리서 비판할 수 있었습니다. 당신은 보통 사람입니다. 앞으로도 무척이나 곧잘, 출세를 하실 테지요. 시시해! "저의, 오늘이 있음은."이라는 말을 듣고, 저는 스위치를 껐습니다. 대체, 뭐라도 된 줄 아시나 봐요? 부끄러운 줄 아세요! "오늘이 있음은." 따위 무섭고 무지한 표현은, 두 번 다시, 말씀하지 마세요. 아아, 당신은 빨리 넘어졌으면 좋겠어. 저는 그날 밤, 일찍 잠자리에 들었습니다. 전깃불을 끄고 혼자 똑바로 누워 있자니, 등줄기 아래서 귀뚜라미가 열심히 울고 있었습니다. 마루 밑에서 울고 있는 거지만, 그게 마침 제 등줄기 바로 아래쯤에서 울고 있는 탓에 어쩐지 제 등뼈 안에서 작은 여치가 울고 있는 듯한 느낌이었습니다. 이 자그마한, 희미한 소리를 평생 잊지 않고, 등뼈에 품고 살아가자고 생각했습니다. 이 세상에선 분명 당신이 옳고, 저야말로 틀렸을 거라는 생각도 합니다만, 저는 어디가 어떻게 틀렸는지, 암만해도 모르겠습니다.

도쿄 팔경〔東京八景〕

고난 속 어떤 이에게 보낸다

이즈〔伊豆〕의 남쪽, 온천이 솟아난다는 것 말고 딱히 내세울 게 없는 변변찮은 산촌이다. 서른 가구쯤 될 성싶다. 이런 곳은 숙박료도 저렴할 거라는 이유만으로, 나는 그 삭막한 산촌을 선택했다. 1940년 7월 3일의 일이다. 그 무렵은 내게도 조금 돈에 여유가 있었다. 하지만 지금부터 앞날은, 여전히 캄캄했다. 소설을 전혀 쓸 수 없게 될 수도 있다. 두 달 동안 소설을 아예 쓸 수 없게 된다면, 나는 예전처럼 무일푼이 될 터였다. 생각건대, 마음 안 놓이는 여유였지만 내겐 그만한 여유라도 요 십 년간, 처음 있는 일이었다. 내가 도쿄 생활을 시작한 것은, 1930년 봄이다. 그 무렵 이미 나는 H라는 여자와 함께 살림을 차리고 있었다. 고향의 큰형이 매달 충분한 돈을 보내 주었지만, 멍청한 두 사람은 서로 사치를 경계하면서도 월 말이면 어김없이 전당포에 하나둘씩 물건을 가져다 날라야만 했다. 마침내 여섯 해 만에, H와 헤어졌다. 내게는 이불, 책상, 전기스탠드, 고리짝 하나만 남았다. 고액의 부채도 으스스하게 남았다. 그러고 나서 이 년 지나, 나는 어떤 선배의 주선으로, 평범한 중매결혼을 했다. 다시금 이 년 지나, 비로소 나는 한숨 돌리게 되었다. 조촐한 창작집도 벌써 열 권 가까이 출간했다. 저쪽에서 청탁이 오지 않아도 이쪽에서 열심히 써서 가져가면, 세 편에 두 편은 팔릴 듯한 느낌이 들었다. 이제부턴, 애교도 뭐도 없는 어른의 일이다. 쓰고 싶은 것만, 써 나가련다.

도무지 마음 안 놓이는 불안한 여유이긴 했지만, 나는 진심으로 기쁘게 여겼다. 적어도 이제 한 달간은 돈 걱정 하지 않고 좋아하는 걸 써 나갈 수 있다. 나는 나 자신의 그때 형편이 거짓말처럼 느껴졌다. 황홀과 불안이 뒤얽힌 이상한 두근거림에, 되레 일이 손에 잡히지 않아 배겨 낼 수 없게 되었다.

도쿄 팔경. 나는 이 단편을 언젠가 천천히, 공들여 써 보고 싶다고 생각했다. 십 년간의 내 도쿄 생활을 그때그때의 풍경에 내맡겨 써 보고 싶다고 생각했다. 나는 올해 서른두 살이다. 일본의 윤리에 비추어도 이 나이는 이미 중년 단계로 들어섰음을 의미한다. 또한 내가 나의 육체와 정열을 더듬어 봐도, 슬퍼라, 이를 부정할 수 없다. 기억해 두는 게 좋아. 넌, 이미 청춘을 잃었어. 제법 점잔 빼는 얼굴을 한 삼십 줄 남자다. 도쿄 팔경. 나는 이것을 청춘에 대한 결별 인사로서, 아무한테도 알랑거리지 않고 쓰고 싶었다.

저 녀석도 점점 속물이 다 됐군. 이렇듯 무지한 힘담이 산들바람과 함께, 소곤소곤 내 귀에 들어온다. 나는 그럴 때마다 마음속으로, 꿋꿋이 대답한다. 난, 처음부터 속물이었지. 넌 모르고 있었나? 그 반대야. 문학을 평생 직업으로 삼으려 마음 다잡았을 때, 미련한 이들은 도리어 내가 만만하다고 간파했다. 나는 희미하게 웃음 지을 뿐이다. 만년 젊은이는 배우의 세계다. 문학에는 없다.

도쿄 팔경. 나는 지금 이 시기에야말로, 이걸 써야만 한다고 생각했다. 지금은 절박하게 약속된 일도 없다. 100엔 이상의 여유도 있다. 괜스레 황홀과 불안의 복잡한 한숨을 내쉬며 비좁은 방 안을, 어정버정 걸어 다니고 있을 형편이 아니다. 나는 끊임없이, 오르지 않으면 안 된다.

도쿄시 대형 지도를 한 장 사고, 도쿄역에서 마이바라〔米原〕행 기차를 탔다. 놀러 가는 게 아니야. 일생의 중대한 기념비를, 공들여 만들러 가는 거야, 라고 거듭거듭 자신에게 일렀다. 아타미〔熱海〕에서 이토〔伊東〕행 기차로 갈아타고, 이토에서 시모다〔下田〕행 버스를 타고, 이즈반도의 동쪽 해안을 따라 세 시간, 버스에 흔들리며 남쪽으로 내려가, 그 서른 가구 남짓 되는 초라한 산촌에 내려섰다. 이곳이라면 일박에 삼 엔을 넘지 않으려니 싶었다. 우울하기 짝이 없다는 듯, 허름하고 자그마한 여관이 딱 네 채 늘어서 있다. 나는 F라는 여관을 선택했다. 네 채 가운데, 그런대로 좀 더 나은 구석이 있을 것 같았기 때문이다. 심술궂어 보이고 상스러운 여종업원의 안내를 받으며 2층으로 올라가 방에 들어가 보고, 나는 나잇살을 먹고도 거의 울 뻔했다. 삼 년 전 내가 세 들어 살던 오기쿠보의 하숙집 방을 떠올렸다. 그 하숙집은 오기쿠보에서도 가장 하급이었다. 그런데 이 이불 방 옆방은 그 하숙방보다 훨씬 더 싸구려 같고 쓸쓸하다.

"다른 방은 없나요?"

"네. 모두 다 찼습니다. 여긴 시원해요."

"그런가요?"

나를 깔보는 듯했다. 옷차림이 시원찮은 탓인지도 모른다.

"숙박은 삼 엔 오십 전과 사 엔입니다. 점심 식사는 따로 받습니다. 어떻게 할까요?"

"삼 엔 오십 전짜리로 하지요. 점심 식사는 먹고 싶을 때, 말하지요. 열흘쯤 여기서 공부할 작정으로 왔습니다만."

"잠깐 기다리세요." 여종업원은 계단을 내려가더니 잠시 뒤 다시 방으로 와서, "저어, 오래 머무실 경우엔, 미리 받는 걸로 되어 있거든요."

"그런가요? 얼마를 드리면 될까요?"

"글쎄요, 얼마라도." 하고 어물거린다.

"오십 엔 드릴까요?"

"네."

나는 책상 위에, 지폐를 죽 늘어놓았다. 참기 힘들어졌다.

"전부, 드리지요. 구십 엔 있습니다. 담뱃값만, 저는 이 지갑에 남겨 놓았습니다." 왜 이런 곳에 왔을까, 생각했다.

"죄송합니다. 받아 두겠습니다."

여종업원이 나갔다. 화를 내선 안 된다. 중요한 일이 있다.

지금의 내 처지에는 이 정도 대우가 어울리는지도 모르지, 하고 억지로 자신에게 다짐을 시키며, 트렁크 바닥에서 펜, 잉크, 원고지 등을 꺼냈다.

십 년 만의 여유는, 결과가 이러했다. 하지만 이 슬픔도 내 숙명 속에 규정되어 있었던 거라고, 그럴싸하게 자신을 타이르면서 꾹 참고 이곳에서 일을 시작했다.

놀러 온 게 아니야. 힘껏 일하러 온 거야. 나는 그날 밤 어둑한 전등 아래서, 도쿄시의 대형 지도를 책상 그득하게 펼쳤다.

몇 년 만에, 이런 도쿄 전도라는 걸 펼쳐 보는지! 십 년 전 처음 도쿄에 살았을 때는, 이 지도를 사는 것조차 창피스럽고 남들이 시골뜨기라고 비웃지는 않을까 싶어 몇 번이고 망설인 끝에 드디어 한 부, 에잇! 결심하여 짐짓 난폭한 자조 어린 말투로 샀고, 그걸 품속에 지닌 채 스산한 발걸음으로 하숙집으로 돌아왔다. 밤에 방문을 죄다 닫고서, 살짝 지도를 폈다. 빨강, 초록, 노랑의 아름다운 그림 무늬. 나는 호흡을 멈추고 유심히 들여다보았다. 스미다가와〔隅田川〕. 아사쿠사〔淺草〕. 우시고메〔牛込〕. 아카사카〔赤坂〕. 아아! 뭐든 다 있다. 가려고 마음먹으면, 언제든지 당장 갈 수 있다. 나는 기적을 보는 느낌마저 들었다.

지금은 이 누에한테 파먹힌 뽕잎 같은 도쿄시 전체를 바라보아도, 거기 사는 사람들 각각의 생활 모습만 그려진다. 아무 풍취도 없는 이런 빈 들판에 일본 전역에서 우르르 사람들이 몰려들고, 땀투성이가 되어 밀치락달치락, 한 뼘 땅을 다투며 일희일비, 서로 질시 반목하고, 암컷은 수컷을 부르고, 수

컷은 그저 반미치광이가 되다시피 돌아다닌다. 참으로 느닷없이, 아무런 전후 상관도 없이 『우모레기〔埋木〕[1]』라는 소설 속 슬픈 문장 하나가 가슴에 떠올랐다. "사랑이란?" "아름다운 걸 꿈꾸고, 추잡한 짓을 하는 것." 도쿄와는 아무 관련도 없는 말이다.

도쓰카〔戸塚〕. ── 나는 처음엔, 여기에 있었다. 내 바로 위 형이 이곳에 혼자 집 한 채를 빌려, 조각을 공부하고 있었다. 나는 1930년에 히로사키 고등학교를 졸업하고 도쿄 제국 대학의 불문과에 입학했다. 프랑스어를 한 글자도 알지 못했지만, 그래도 프랑스 문학 강의를 듣고 싶었다. 다쓰노 유타카 선생님을, 어련히 경외하고 있었다. 나는 형 집에서 좀 떨어진 신축 하숙집의 안쪽에 있는 방 하나를 빌려 살았다. 비록 친형제 사이라도 같은 지붕 아래 살다 보면 거북한 일도 생기기 마련이다, 라는 말을 둘 다 입 밖에 내지는 않았지만 그런 서로의 배려를 무언중에 수긍하여, 우리는 같은 동네라도 조금 떨어져 살기로 한 것이다. 그 후 석 달 지나, 이 형은 병사했다. 스물일곱 살이었다. 형의 사후에도, 나는 그 도쓰카의 하숙집에 있었다. 2학기부터는 학교에 거의 나가지 않았다. 세상 사람들이 가장 두려워한 그 음지의 일[2]을, 태연스레 거들고 있

---

1) 흙 속에 오래 파묻혀 화석처럼 된 나무. 세상에서 버림받은 사람의 처지를 비유한다. 모리 오가이가 오스트리아 여성 작가 오시프 슈빈(Ossip Schubin, 1854~1934)의 소설 『어느 천재의 이야기』를 번역했는데, 원제를 직역하지 않고 '우모레기'라고 한 데서 옮긴이의 해석을 엿볼 수 있다.
2) 비합법 좌익 운동을 말한다.

었다. 그 일의 일익이라 자칭하는 과장된 몸짓의 문학은, 경멸로써 대했다. 나는 그 한 기간, 순수한 정치가였다. 그해 가을에, 여자가 시골에서 찾아왔다. 내가 부른 거다. H다. H와는 내가 고등학교에 들어간 해 초가을에 알게 되었고, 그 후 삼 년을 놀았다. 순진한 게이샤다. 나는 이 여자를 위해 혼조[本所]구 히가시코마가타[東駒形]에 방 하나를 얻어 주었다. 목수가 주인인 집 2층이다. 육체관계는 그때까지 한 번도 없었다. 고향에서 큰형이 그 여자에 관한 일로 찾아왔다. 칠 년 전에 아버지를 잃은 형제는 도쓰카 하숙집의 그 어두침침한 방에서 서로 만났다. 형은 급격히 변화된 남동생의 흉악한 태도에, 눈물을 흘렸다. 반드시 부부가 되게 해 준다는 조건으로, 나는 형에게 여자를 건네기로 했다. 건네는 교만한 동생보다 떠맡는 형이 몇 배나 더 괴로웠을 게 틀림없다. 건네기 전날 밤, 나는 처음으로 여자를 안았다. 형은 여자를 데리고, 일단 시골로 돌아갔다. 여자는 내내 멍하니 있었다. 방금 무사히 집에 도착했습니다, 라는 사무적인 딱딱한 어조로 편지가 한 통 왔을 뿐, 그 이후로 여자한테선 아무런 소식도 없었다. 여자는 어지간히 안심해 버린 듯했다. 나는 그게 불만이었다. 내가 모든 육친을 기겁하게 만들고 어머니에겐 지옥의 괴로움을 맛보게끔 하면서까지 싸우고 있는데, 너 한 사람, 무지한 자신감으로 축 늘어져 있는 건 꼴불견이야, 라고 생각했다. 매일매일 내게 편지를 보내야만 해, 라고 생각했다. 나를 좀 더 좀 더 좋아해 줘도 되잖아, 라고 생각했다. 그렇지만 여자는 편지를 쓰고 싶어 하지 않는 사람이었다. 나는 절망했다. 아침 일찍부터 밤

늦게까지, 예의 그 일을 거드느라 분주했다. 남한테 부탁을 받고, 거절한 적은 없었다. 그 방면에서 내 능력의 한계가, 조금씩 보이기 시작했다. 나는 이중으로 절망했다. 긴자[銀座] 뒤편의 바에서 일하는 여자가 나를 좋아했다. 사랑받는 시기가, 누구에게나 한 번 있다. 불결한 시기다. 나는 이 여자를 꾀어, 함께 가마쿠라 바다에 들어갔다. 망가졌을 때가 죽을 때라고 생각했다. 예의 반신적(反神的)인 일에도 망가지고 있었다. 심지어 육체적으로도 도저히 불가능할 정도의 일을, 나는 비겁하다는 소리를 듣고 싶지 않아서 떠맡아 버렸던 거다. H는 자기 한 사람의 행복밖에 생각하지 않는다. 너만, 여자가 아니야. 넌, 내 괴로움을 알아주지 않았으니까, 이런 응보를 받는 거야. 꼴좋군! 나는 모든 육친과 멀어져 버린 것이, 가장 괴로웠다. H와의 일로 어머니도 형도 숙모도 나한테 완전히 질리고 말았다는 자각이, 내 투신의 가장 직접적인 한 가지 요인이었다. 여자는 죽고, 나는 살았다. 죽은 사람에 대해선 이전에 몇 번 썼다. 내 생애의 흑점이다. 나는 유치장에 들어갔다. 신문 끝에, 기소 유예가 되었다. 1930년 세밑의 일이다. 형들은 죽지 못하고 살아남은 동생을 보듬어 주었다.

큰형은 H를 게이샤 신분에서 벗어나게 하여, 그 이듬해 2월, 내 곁으로 보내 주었다. 언약을 철저히 지키는 형이다. H는 태평스러운 얼굴로 찾아왔다. 고탄다[五反田]의 시마즈 분양지 옆에 삼십 엔짜리 집을 빌려 살았다. H는 바지런히 움직이며 일했다. 나는 스물세 살, H는 스무 살이다.

고탄다는 멍텅구리 시절이다. 나는 완전히, 무의지였다. 재

출발의 희망은 눈곱만치도 없었다. 이따금 찾아오는 친구들의 기분만 맞춰 주면서 지냈다. 내가 저지른 추태의 전과를, 부끄러워하기는커녕 은근히 자랑하기도 했다. 참으로 파렴치한, 저능한 시기였다. 학교에도 여전히, 거의 나가지 않았다. 모든 노력을 기피하고, 빈둥빈둥 한가로이 H를 바라보며 지냈다. 바보다. 아무것도 하지 않았다. 어물어물 다시, 예의 그 일 심부름 따위를, 시작하고 있었다. 하지만 이번엔 아무런 정열도 없었다. 유민(遊民)3)의 허무. 이것이 도쿄 한 귀퉁이에 처음 집을 가졌을 때의 내 모습이다.

그해 여름에 이사했다. 간다〔神田〕·도보초〔同朋町〕. 다시 늦가을에는 간다·이즈미초〔和泉町〕. 그 이듬해 초봄에 요도바시〔淀橋〕·가시와기〔柏木〕. 이야기할 게 아무것도 없다. 슈린도〔朱麟堂〕라는 호를 붙이고 하이쿠에 푹 빠져 있기도 했다. 노인이다. 예의 일을 거들어 준 것 때문에, 두 번이나 유치장에 들어갔다. 유치장에서 나올 때마다 나는 친구들의 지시에 따라, 다른 곳으로 이사했다. 아무런 감격도, 아무런 혐오도 없었다. 그것이 모두를 위해 좋다면 그리하지요, 라는 무기력하기 짝이 없는 태도였다. 멍하니 H와 둘이서, 하루하루 암컷 수컷의 혈거 생활을 하고 있었다. H는 쾌활했다. 하루에 두세 번은 내게 험하게 호통치지만, 그러고는 언제 그랬냐는 듯 천연스레 영어 공부를 시작한다. 내가 시간표를 만들어 주어 공부를 시키고 있었다. 별로 외우지 못한 것 같았다. 영어는 로마자

---

3) 뚜렷한 직업 없이 놀며 지내는 사람.

를 겨우 읽을 수 있을 즈음, 어느 틈엔가 그만둬 버렸다. 편지는 역시 서툴렀다. 쓰고 싶어 하지 않았다. 내가 초안을 잡아 주었다. 누나처럼 구는 걸 좋아하는 듯했다. 내가 경찰에 끌려가도, 그다지 허둥거리거나 하지 않았다. 예의 사상을, 협기 있는 것이라 이해하고 즐거워하던 날도 있었다. 도보초, 이즈미초, 가시와기, 나는 스물네 살이 되어 있었다.

　그해 늦봄에, 나는 또다시 이사해야만 했다. 다시금 경찰에게 불려 나갈 지경이라, 나는 도망쳤다. 이번엔 조금 복잡한 문제였다. 시골의 큰형에게 엉터리 얘길 늘어놓고 두 달 치 생활비를 한꺼번에 송금받아, 그걸 들고 가시와기를 떠났다. 가재도구를 이곳저곳의 친구에게 조금씩 나누어 맡기고 신변의 일상 용품만을 챙겨, 니혼바시(日本橋)·핫초보리(八丁堀)의 목재상 집 2층 방으로 옮겼다. 나는 홋카이도 출신, 오치아이 가즈오라는 남자가 되었다. 아무래도 마음이 안 놓였다. 소지한 돈을 소중히 여겼다. 어떻게든 되겠지, 라는 무능한 사념으로, 내 불안을 얼버무리고 있었다. 내일에 대한 마음가짐은 아무 것도 없었다. 아무것도 할 수 없었다. 때때로 학교에 나가 강당 앞 잔디밭에 몇 시간이고 잠자코 드러누워 있었다. 어느 날, 같은 고등학교를 나온 경제학부 학생한테서, 언짢은 이야기를 들었다. 끓는 물을 마시는 듯한 느낌이었다. 설마, 라고 생각했다. 알려 준 학생을, 도리어 미워했다. H에게 물어보면 알게 될 일이려니, 싶었다. 서둘러 핫초보리, 목재상 집 2층으로 돌아왔지만, 좀처럼 말을 꺼내기 힘들었다. 초여름 오후다. 서쪽으로 기운 햇빛이 방으로 비쳐 들어, 더웠다. 나는 오라가 맥주를 한 병, H에게 사 오게 했다. 당시 오라가 맥주는 이십오 전이었다. 그 한 병을 마시고, 한 병 더, 라고 했다가 H에게 된통 야단맞았다. 야단맞고 나니 나도 마음에 생기가 돌아, 오늘 학생한테서 듣고 온 이야기를 애써 아무 일도 아니라는 투로, H에게 전할 수 있었다. H는 숙맥 같잖아, 라며 고향 말을 쓰고, 화난 듯 언뜻 눈살을 찌푸렸다. 그뿐, 조용히 바느질을 계속했다. 흐트러진 기색은 어디에고 없었다. 나는 H를 믿었다.

그날 밤 나는 안 좋은 걸 읽었다. 루소의 『참회록』이었다. 루소 역시 아내의 예전 일로 쓰디쓴 경험을 한 대목에 맞닥뜨리자, 참을 수 없어졌다. 나는 H를 믿을 수 없게 되었다. 그날 밤, 마침내 털어놓게 했다. 학생한테서 들은 이야기는, 모조리 사실이었다. 더욱, 심했다. 더 깊이 파고들어 가면, 끝도 없을 듯한 낌새마저 느껴졌다. 나는 도중에 그만두고 말았다.

나 역시, 그 방면에선 남을 탓할 자격이 없다. 가마쿠라 사건은 어찌 된 거냐고! 하지만 나는 그날 밤, 부아가 치밀었다. 나는 그날까지 H를, 이를테면 손안의 구슬처럼 소중히 여기고 자랑스러워했다는 사실을 깨달았다. 이 녀석 때문에 살아 있었다. 나는 여자를, 무구한 채로 구해 냈다고만 생각하고 있었다. H가 하는 말 그대로, 용자처럼 단순히 수긍하고 있었다. 친구들한테도 나는, 그걸 자랑스레 이야기했다. H는 이처럼 야무지고 단단하니까 내게로 오기까지 끝내 지켜 낼 수 있었던 거라고. 어수룩하달까 뭐랄까, 형용할 말이 없었다. 멍청이다. 여자란 대체 뭔지, 알지 못했다. 나는 H의 기만을 미워할 마음은, 조금도 일지 않았다. 고백하는 H를 심지어 귀엽다고 생각했다. 등을 쓰다듬어 주고 싶다고 생각했다. 나는 그저, 유감스러웠다. 나는 지겨워졌다. 내 생활의 모습을, 곤봉으로 산산조각 내고 싶다고 생각했다. 요컨대, 더는 견뎌 내지 못하게 되고 말았다. 나는 자수했다.

검사의 신문이 일단락되고 나서, 죽지도 않은 채 나는 또다시 도쿄 거리를 걷고 있었다. 돌아갈 곳은, H의 방 말고는 없다. 나는 H가 있는 곳으로, 서둘러 갔다. 쓸쓸한 재회다. 함께 비굴하게 웃으며, 우리는 힘없이 악수했다. 핫초보리를 떠나 시바〔芝〕구·시로가네산코초〔白金三光町〕, 커다란 빈집, 별채의 방 하나를 빌려 살았다. 고향의 형들은 어이없어하면서도, 슬며시 돈을 보내 주었다. H는 아무 일도 없었다는 듯 기운을 되찾았다. 하지만 나는 조금씩, 가까스로 멍텅구리 상태에서 깨어나고 있었다. 유서를 썼다. 「추억」 100매다. 지금은 이 「추억」이 내 처녀작으로 되어 있다. 내 어린 시절부터의 악(惡)을, 꾸밈없이 써 두고 싶다고 생각했다. 스물네 살 가을의 일이다. 풀이 무성히 자란 널찍하고 황폐해진 정원을 바라보며, 나는 별채의 방에 앉아 부쩍 웃음을 잃었다. 나는 또다시, 죽을 작정이었다. 아니꼽다고 하면 아니꼽다. 우쭐거리고 있었다. 나는 역시, 인생을 드라마라고 간주했다. 아니, 드라마를 인생이라고 간주했다. 이제 지금은, 아무에게도 도움이 되지 않는다. 유일한 H에게도, 타인의 손때가 묻어 있었다. 살아갈 의욕이 전혀, 하나도 없었다. 어리석은, 멸망하는 백성의 한 사람으로 죽기로 하자, 이렇게 각오를 굳혔다. 시대가 내게 부여한 역할을 충실히 맡아 해내자고 생각했다. 반드시 남에게 져 준다, 라는 슬프고 비굴한 역할을.

하지만 인생은 드라마가 아니었다. 2막은 아무도 모른다. '멸망하는' 역할로 등장하고서도, 마지막까지 퇴장하지 않는 남자도 있다. 조촐한 유서를 남길 생각으로, 이런 추잡한 아이도 있었습니다, 하고 유년 및 소년 시절의 내 고백을 써 내려갔는데, 그 유서가 거꾸로 맹렬하게 마음에 걸리면서 내 허무에 흐릿한 등불이 켜졌다. 죽을 수 없었다. 그 「추억」 한 편만으로는, 아무래도 불만스러워졌다. 어차피 여기까지 썼잖아. 전부를, 써 두고 싶어. 지금까지의 생활 전부를, 털어 내고 싶어. 이것도 저것도. 써 두고 싶은 이야기가 잔뜩 나왔다. 먼저, 가마쿠라 사건을 쓰고서 실패. 어딘가 실수가 있다. 다시 한 작품 쓰고, 역시 불만스럽다. 한숨짓고, 다시 다음 작품에 착수한다. 피리어드를 찍지 못한 채, 작은 콤마의 연속일 뿐이다. 영원히 이리 와, 이리 와, 하는 그 악마에게 나는 슬슬 잡아먹히고 있었다. 사마귀의 도끼[4]다.

나는 스물다섯 살이 되어 있었다. 1933년이다. 나는 이해 3월에 대학을 졸업해야만 했다. 그렇지만 나는 졸업은커녕, 아예 시험조차 보러 가지 않았다. 고향의 형들은 그걸 모른다. 멍청한 짓만 저지르긴 해도, 그걸 사죄하는 뜻에서 학교 졸업

---

4) 당랑지부(螳螂之斧). 힘없는 자가 제 분수도 모르고 강한 상대에게 대항한다는 뜻.

만은 해 보일 테지. 그 정도의 성실함은 갖춘 녀석이라고, 은근히 기대하고 있는 눈치였다. 나는 멋지게 배반했다. 졸업할 마음이 없었다. 신뢰하는 사람을 속이는 것은, 미쳐 버릴 만큼 지옥이다. 그 후 이 년간, 나는 그 지옥 속에 살았다. 내년엔 반드시 졸업하겠습니다. 부디 일 년 더, 허락해 주세요, 라고 큰형에게 읍소하고는 배반했다. 그해에도 그랬다. 그 이듬해에도 그랬다. 죽을 만치 혹독한 반성과 자조와 공포 속에서, 죽지도 않은 채 나는 제멋대로 유서라 부르는 일련의 작품에 매달리고 있었다. 이것이 완성된다면. 그건 결국 유치하고 거드름 피우는 감상에 불과했는지도 모른다. 하지만 나는 그 감상에, 목숨을 걸고 있었다. 나는 완성된 작품을, 큼직한 종이봉투에 서너 편씩 채워 갔다. 차츰 작품 수도 늘었다. 나는 그 종이봉투에 붓으로 '만년(晩年)'이라 썼다. 그 일련의 유서에 붙인 제목인 셈이었다. 이제, 이걸로, 끝이라는 의미였다. 시바의 빈집을 살 사람이 나섰다기에, 우리는 그해 이른 봄에 그곳을 떠나야만 했다. 학교를 졸업하지 못했기 때문에, 고향에서 보내 주는 생활비도 상당히 줄어 있었다. 한층 절약해야 한다. 스기나미[杉並]구·아마누마[天沼] 3가. 지인의 집 방 하나를 빌려 살았다. 그 사람은 신문사에 다니는 훌륭한 시민이었다. 그로부터 이 년간, 함께 살면서 참으로 걱정을 끼쳤다. 내겐 학교를 졸업할 생각이, 도무지 없었다. 바보처럼 오로지 그 창작집 완성에만 마음을 빼앗기고 있었다. 무슨 소리를 들을까 두려워, 나는 그 지인에게도 심지어 H한테도, 내년엔 졸업할 수 있다며 그때그때 모면을 위한 거짓말을 했다. 일주일에 한

번 정도는, 제대로 교복을 입고 집을 나섰다. 학교 도서관에서 적당히 이것저것 책을 빌려다가 어지르며 읽고, 마침내 말뚝 잠을 자거나 다시 작품의 초고를 만들기도 하다가 해 질 녘에 도서관을 나와 아마누마로 돌아갔다. H도 그 지인도, 나를 조금도 의심하지 않았다. 겉보기엔 아주 평온했지만, 나는 몰래, 조바심치고 있었다. 시간이 지날수록, 안달이 났다. 고향에서 보내 주는 생활비가 끊기기 전에 글쓰기를 마치고 싶었다. 하지만 상당히 애를 먹었다. 쓰고는, 찢었다. 나는 꼴사납게도, 그 악마에게 뼛속까지 깡그리 잡아먹히고 있었다.

일 년 지났다. 나는 졸업하지 않았다. 형들은 격노했지만, 나는 늘 그렇듯, 읍소했다. 내년엔 반드시 졸업하겠습니다, 라고 확실한 거짓말을 했다. 그것 말고는, 송금을 부탁할 핑계가 없었다. 진짜 사정은 도저히 아무에게도, 말할 수 없었다. 나는 공범자를 만들고 싶지 않았던 거다. 나 한 사람을, 완전히 탕아로 남겨 두고 싶었다. 그러면 주위 사람들의 입장도 분명해지고, 전혀 내게 말려들 일은 없을 거라 믿었다. 유서를 쓰기 위해서 일 년 더, 어쩌고 하는 생뚱맞은 이야기를 꺼낼 수는 없다. 나는 독선적인, 이를테면 시적인 몽상가로 여겨지는 것이, 무엇보다 싫었다. 형들도 내가 그런 비현실적인 이야기를 꺼낸다면, 송금하고 싶어도 송금을 중단하는 수밖에 없으리라. 진짜 사정을 알면서도 송금했다고 하면, 형들은 훗날 세상 사람들로부터 나의 공범자처럼 여겨지리라. 그건 싫어. 나는 어디까지나 교활한 능변가 동생이 되어 형들을 속여야만 해. 이렇듯 도적에게도 서푼의 억지 이론이 있다는 식으로, 아주 진지하게 생각했다. 나는 여전히 일주일에 한 번은, 교복을 입고 등교했다. H도 그 신문사 지인도, 내년 졸업을 아름답게 믿고 있었다. 나는 궁지에 몰렸다. 하루하루가 깜깜했다. 난, 나쁜 사람이 아니야! 사람을 속이는 일은, 지옥이다. 이윽고, 아마누마 1가. 3가는 통근하기 불편하다는 이유로, 지인은 그해 봄에 1가의 시장 뒤쪽으로 주거를 옮겼다. 오기쿠보〔荻窪〕 역 근처다. 권유하기에 우리도 함께 따라가서, 그 집 2층 방을 빌렸다. 나는 매일 밤, 잠들지 못했다. 싸구려 술을 마셨다. 가래가, 마구 나왔다. 병이 아닐까 싶었지만, 그건 아무래도 좋았다. 빨리, 그 종이봉투 속 작품들을 한데 모아 엮고 싶었다. 제멋대로 우쭐거리는 생각일 테지만, 나는 그것을 모두에 대한 사죄로서 남기고 싶었다. 고작 그것이, 내가 힘껏 할 수 있는 일이었다. 그해 늦가을에, 나는 겨우 마무리 지었다. 스물 몇 편 가운데 열네 편만을 골라내고, 나머지 작품은 쓰다 망친 원고와 함께 태워 없앴다. 고리짝 하나는 충분히 가득 채울 분량이었다. 마당으로 들고 나가, 말끔히 태웠다.

"왜 태웠어요?" H가 그날 밤, 문득 말을 꺼냈다.

"필요 없어졌으니까." 나는 미소 지으며 대답했다.

"왜 태웠어요?" 똑같은 말을 되풀이했다. 울고 있었다.

나는 신변 정리를 시작했다. 남한테 빌린 서적은 제각각 반납하고, 편지며 노트도 폐품 가게에 팔았다. '만년' 봉투 안에는, 따로 서한 두 통을 살짝 넣어 두었다. 준비가 다 된 듯하다. 나는 매일 밤, 싸구려 술을 마시러 나갔다. H와 얼굴을 마주하는 것이, 두려웠다. 그 무렵, 어떤 학우로부터 동인잡지를 내지 않겠냐는 제의를 받았다. 나는 거의, 미적지근했다. '푸른 꽃'이라는 이름이라면, 해도 좋겠다고 대답했다. 농담이 진담이 되었다. 여기저기서 동지가 나타났다. 그중 두 사람과, 나는 급격히 친해졌다. 나는 말하자면 청춘의 마지막 정열을, 거기서 불태웠다. 죽기 전날 밤의 난무(亂舞)다. 함께 술 취해, 저능한 학생들을 구타했다. 더럽혀진 여자들을 육친처럼 사랑했다. H의 옷장은 H가 모르는 사이에, 텅 비어 있었다. 순문학 책자 《푸른 꽃》은 그해 12월에 나왔다. 단 한 권 나오고 동료는 사방으로 흩어졌다. 목적 없는 이상한 열광에 질려 버린 거다. 그러자, 우리 세 사람만 남았다. 바보 셋이라 불렸다. 하지만 이 셋은 인생의 친구였다. 나는 두 사람에게 배운 것이 많다.

이듬해 3월, 슬슬 다시 졸업의 계절이다. 나는 모 신문사의 입사 시험을 치르기도 했다. 동거하는 지인에게도 H에게도, 나는 다가오는 졸업에 들떠 있는 듯 그럴싸하게 보이고 싶었다. 신문 기자가 되어 평생 평범하게 살겠다, 라는 말로 모두를 환히 웃게 했다. 어차피 탄로 날 일이건만 하루라도 잠깐이라도 오래 평화를 지속시키고 싶어서, 또한 사람들을 경악시키는 게 아무래도 두려워서, 나는 열심히 그때뿐인 거짓말을 한다. 나는 언제나, 그랬다. 그러고는 궁지에 몰려, 죽음을 생각한다. 결국은 탄로 나서 사람들을 몇 배나 더 심하게 경악시키고 격노하게 할 뿐이건만, 도저히 그 흥을 깨뜨리는 현실을 입 밖에 내지 못한 채 잠시만 더, 잠시만 더, 하며 스스로 허위의 지옥을 더해 간다. 물론 신문사 같은 데는 들어갈 생각도 없었고, 또한 시험에 합격할 턱이 없었다. 완벽한 기만의 진지 도, 이젠 무너지기 시작했다. 죽을 때가 왔다, 라고 생각했다. 3월 중순, 나는 혼자 가마쿠라에 갔다. 1935년이다. 나는 가 마쿠라의 산에서 목을 매 죽으려고 시도했다.

역시나 가마쿠라의 바다에 뛰어들어 소동을 일으킨 지, 다 섯 해 만의 일이다. 나는 헤엄칠 수 있었으므로, 바다에서 죽 기란 어려웠다. 나는 전부터 확실하다고 들은, 목을 매 죽는 쪽을 선택했다. 그렇지만 나는 거듭, 꼴사납게 실패했다. 숨을, 다시 쉬었다. 내 목이 보통 사람보다 유독 굵은 것인지도 모른 다. 목덜미가 빨갛게 짓무른 모습 그대로, 나는 멍하니 아마누 마의 집으로 돌아왔다.

자신의 운명을 스스로 규정하려 했다가 실패했다. 비틀비 틀 집으로 돌아오니, 낯설고 신기한 세계가 펼쳐져 있었다. H는 현관에서 내 등을 살며시 쓰다듬었다. 다른 사람들도 모 두, 다행이야, 다행이야, 하면서 나를 위로해 주었다. 인생의 상 냥함에 나는 얼떨떨했다. 큰형도 시골에서 부랴부랴 달려와 있었다. 나는 큰형에게 된통 야단맞았지만, 그 형이 더없이 정 겹고 애틋하게 느껴졌다. 나는 태어나 처음이라 해도 될 만치 신기한 감정을 맛보았다.

전혀 예기치 않은 운명이, 곧이어 전개되었다. 그러고 나서 며칠 뒤, 나는 격렬한 복통에 휩싸였다. 나는 온종일 잠을 이 루지 못하고 꾹 참았다. 유단포[5]로 복부를 덮혔다. 가무러칠

---

5) 더운물을 넣어 잠자리 등을 따뜻이 하는 난방 기구.

지경이 되어, 의사를 불렀다. 나는 이불을 덮은 채 침대차에 실려, 아사가야(阿佐ヶ谷)의 외과 병원으로 옮겨졌다. 곧장 수술을 받았다. 맹장염이다. 의사한테 뒤늦게 보인 데다, 유단포로 덥힌 게 탈이었다. 복막에 고름이 흘러나와 있어, 까다로운 수술이 되었다. 수술 후 이틀째에, 목구멍에서 핏덩어리가 연신 나왔다. 전부터 앓던 흉부 질병이, 갑자기 표면으로 드러난 것이었다. 나는 숨이 다 끊어지다시피 했다. 의사조차 확실히 포기했지만, 악행이 깊은 나는, 조금씩 회복되어 갔다. 한 달이 지나, 복부의 상처는 아물었다. 하지만 나는 전염병 환자인 탓에, 세타가야(世田谷)구·교도(経堂)의 내과 병원으로 옮겨졌다. H는 내내 내 곁에 붙어 있었다. 베제[6]도 안 된다고 의사 선생님이 그러셨어요, 하고 웃으며 내게 알렸다. 그 병원 원장은 큰형의 친구였다. 나를 특별히 돌봐 주었다. 널찍한 병실을 두 개 빌려 가재도구 전부를 갖다 놓고, 병원으로 이주해 버렸다. 5월, 6월, 7월, 슬슬 각다귀가 나와서 병실에 하얀 모기장을 치기 시작했을 무렵, 나는 원장의 지시로 지바현 후나바시초로 요양을 위해 이주했다. 해안이다. 시내 변두리에 새로 지은 집을 빌려 살았다. 전지(轉地) 요양하려는 의도였지만, 이곳도 나를 위해서 좋지 않았다. 지옥의 대동란이 시작되었다. 나는 아사가야의 외과 병원에 있을 때부터 꺼림칙한 나쁜 버릇이 들어 있었다. 마취제 사용이다. 처음엔 의사도 내 환부의 고통을 진정시키려고 아침저녁 거즈를 갈아 채울 때 그걸

---

6) baiser. 프랑스어로 키스, 입맞춤.

사용했는데, 이윽고 나는 그 약품에 의존하지 않고서는 잠들수 없게 되었다. 나는 불면의 고통에는 극도로 물렀다. 나는매일 밤, 의사에게 부탁했다. 이곳 의사는 내 몸을 포기했다.내 부탁을 언제나 상냥하게 들어주었다. 내과 병원으로 옮기고 나서도, 나는 원장에게 집요하게 부탁했다. 원장은 세 번에한 번 정도는 마지못해 응했다. 이제는 육체 때문이 아니라,나 자신의 부끄러움과 초조함을 지우기 위해 의사에게 요구하게 되었다. 내겐 쓸쓸함을 견뎌 낼 힘이 없었다. 후나바시로옮긴 후에는 동네 의원에 가서 내 불면과 중독 증상을 호소하고, 그 약품을 강요했다. 나중에는 그 소심한 동네 의사에게억지로 증명서를 쓰게 하여, 동네 약국에서 직접 약품을 구입했다. 정신을 차리니, 나는 참담한 중독 환자가 되어 있었다.단박에, 돈이 궁해졌다. 나는 그 무렵, 매달 구십 엔의 생활비를 큰형한테 받고 있었다. 그 이상의 임시 비용에 대해선, 큰형도 과연 거절했다. 당연한 일이었다. 나는 형의 애정에 보답하려는 노력을 무엇 하나, 하지 못했다. 제멋대로, 함부로 목숨을 만지작거리고만 있다. 그해 가을 이래, 어쩌다 도쿄 시내에 나타나는 내 모습은, 이미 지저분한 반미치광이였다. 그 시기의 온갖 한심한 내 모습을, 나는 죄다 알고 있다. 잊을 수 없다. 나는 일본 제일의 비열한 청년이 되어 있었다. 십 엔 이십엔의 돈을 빌리러, 도쿄로 나온다. 잡지사 편집인 앞에서, 울어 버린 적도 있다. 하도 끈덕지게 부탁한 탓에, 편집인이 호통친 적도 있다. 그즈음, 내 원고도 조금은 돈이 될 가능성이 있었다. 내가 아사가야의 병원이며 교도의 병원에 누워 있는 동안 친구들이 뛰어다니며 애써 준 덕에, 나의 그 종이봉투 속 '유서'는 둘씩 셋씩, 괜찮은 잡지에 발표되었다. 그 반향으로 일어난 매도하는 말도, 지지하는 말도 죄다 내겐 너무 강렬하여 허둥지둥, 불안감에 발끈 흥분하면서 약품 중독은 한층 깊어졌다. 이것저것 괴로운 나머지 뻔뻔스레 잡지사에 나가서는 편집인이나 사장에게까지 면회를 요청하고, 원고료를 가불해 달라고 조른다. 자신의 고뇌에 미친 듯 휘둘려, 다른 사람 역시 간신히 살아가고 있다는 당연한 사실을 깨닫지 못했다. 그 종이봉투 속 작품도, 한 편 남김없이 깡그리 팔아 버렸다. 이제 아무것도 팔 것이 없다. 당장 작품을 낼 수도 없었다. 이미 재료가 고갈되어, 아무것도 쓸 수 없게 되었다. 그 무렵의 문단은 나를 가리켜, '재능은 있고 덕이 없다.'라고 평했는데, 나자신은 '덕의 싹은 있어도 재능이 없다.'라고 믿었다. 내겐 소위 문재(文才)라는 게 없다. 온몸으로 부딪쳐 가는 수밖에, 방법을 알지 못했다. 촌뜨기다. '하룻밤 숙식의 신세를 진 은혜' 따위 거북살스러운 도덕에 몹시 구애되어 더 이상 참을 수 없게 되자, 거꾸로 자포자기한 파렴치만을 저지르는 부류다. 나는 엄격한 보수적인 집안에서 자랐다. 빚을 지는 것은, 최악의 죄였다. 빚에서 벗어나려다, 더욱더 큰 빚을 졌다. 그 약품의 중독, 빚을 진 부끄러움을 지우기 위해 좀 더, 좀 더, 하고 스스로 세게 몰아갔다. 약국에 지불해야 할 돈만 늘어날 뿐이다. 나는 대낮에 긴자를 훌쩍훌쩍 울면서 걸은 적도 있다. 돈이 필요했다. 나는 스무 명 남짓한 사람들에게, 거의 억지로 빼앗다시피 돈을 빌리고 말았다. 죽을 수 없었다. 그 빚을 깨끗이 갚아 버리고 나서 죽어야지 생각했다.

나를, 사람들이 상대해 주지 않게 되었다. 후나바시로 전지 요양하러 가서 한 해 지난 1936년 가을, 나는 자동차에 태워져 도쿄 이타바시〔板橋〕구의 어떤 병원에 들어갔다. 하룻밤 자고 눈을 떠 보니, 나는 뇌병원 병실에 있었다.

한 달을 거기서 지내고 화창한 가을날 오후, 간신히 퇴원이 허락되었다. 나는 마중을 나온 H와 둘이서 자동차를 탔다.

한 달 만에 만난 셈이지만, 두 사람 모두 말이 없었다. 자동차가 달리기 시작하고, 잠시 뒤 H가 입을 열었다.

"이제 약은, 그만해요." 화가 난 말투였다.

"난, 이제부터 안 믿을 거야." 나는 병원에서 생각해 온, 단 한 가지를 말했다.

"그래요." 현실적인 H는 내 말을 무슨 금전적인 의미로 알아들은 듯 고개를 크게 끄덕이고, "사람은 믿을 게 못 돼요."

"너도 안 믿을 거야."

H는 거북스러운 표정이었다.

후나바시의 집은 내가 입원해 있는 동안 처분되었고, H는 스기나미구·아마누마 3가의 아파트에 살고 있었다. 나는 거기에 자리를 잡았다. 잡지사 두 곳에서, 원고 청탁이 와 있었다. 곧바로, 퇴원한 날 밤부터 나는 쓰기 시작했다. 소설 두 편을 완성했고, 그 원고료를 들고 아타미로 가서 한 달간, 덮어 놓고 술을 마셨다. 앞으로 어떻게 해야 좋을지, 알 수 없었다. 큰형한테서 삼 년 더 다달이 생활비를 받을 수 있게 되긴 했지만, 입원 전 산더미만큼 쌓인 부채는 고스란히 남아 있었다.

아타미에서 좋은 소설을 쓰고, 그걸로 생긴 돈으로 눈앞의 가장 마음에 걸리는 부채만이라도 갚겠다는 계획도 내겐 있었지만, 소설을 쓰기는커녕 나는 내 주위의 황량함을 견디지 못해 그저 술만 마시고 있었다. 절실하게 나 자신을, 못난 남자라고 생각했다. 아타미에서 되레 나는, 더 많은 빚을 지고 말았다. 무얼 해 봐도, 안 된다. 나는 완전히 패한 것 같았다.

나는 아마누마의 아파트로 돌아와, 모든 희망을 포기한 지저분한 육체를 벌렁 눕혔다. 나는 벌써 스물아홉 살이었다. 아무것도 없었다. 내겐 솜옷 한 벌. H도, 입은 옷뿐이었다. 이제 이 언저리가 맨 밑바닥이려니, 싶었다. 큰형이 달마다 보내 주는 돈에 매달려, 벌레처럼 잠자코 지냈다.

그렇지만 아직 아직, 그건 맨 밑바닥이 아니었다. 그해 이른 봄, 어느 서양화가가 내게 생각지도 못한 뜻밖의 의논을 해 왔다. 아주 친한 친구였다. 나는 이야기를 듣고, 질식할 것 같았다. H가 이미 슬픈 잘못을, 저질렀던 거다. 그 불길한 병원에서 나왔을 때, 자동차 안에서 내가 아무렇지 않게 내뱉은 추상적인 말에 몹시 허둥지둥하던 H의 모습이 문득 떠올랐다. 나는 H를 고생시켜 왔지만, 그래도 살아 있는 한 H와 함께 죽 지낼 작정이었다. 내 애정 표현이 서툰 탓에, H도 서양화가도 그걸 미처 눈치채지 못했다. 의논해 온들, 나는 어떻게 할 수도 없었다. 나는 아무한테도 상처를 입히고 싶지 않다고 생각했다. 셋 가운데서, 내가 제일 연장자였다. 나 혼자만이라도 차분하게 멋진 지시를 내리고 싶다고 생각했지만, 역시 나는 그 일에 너무나 당황한 나머지 허둥지둥, 갈팡질팡하고 말아,

도리어 H와 그에게 경멸당했을 정도였다. 아무것도 할 수 없었다. 머지않아, 서양화가는 점점 달아날 태세를 보였다. 나는 괴로움 속에서도, H가 가여웠다. H는 이미, 죽을 작정인 모양이었다. 도저히 어찌해 볼 수가 없게 되었을 때, 나도 죽음을 생각한다. 둘이서 함께 죽자. 하느님도, 용서해 주시리라. 우리는 사이좋은 오누이처럼, 여행을 떠났다. 미나카미〔水上〕온천. 그날 밤, 두 사람은 산에서 자살을 시도했다. H를 죽게 두어선 안 된다고 생각했다. 나는 그렇게 되도록 노력했다. H는 살았다. 나도 멋들어지게 실패했다. 약품을 사용했다.

우리는 마침내 헤어졌다. H를 더는 붙잡을 용기가 내게 없었다. 버렸다고 해도 좋다. 인도주의 어쩌고 하는 허세로 용서한 척해 봐도, 그 후 하루하루의 추악한 지옥이 훤히 보이는 느낌이었다. H는 혼자, 어머니가 계신 시골로 돌아갔다. 서양화가의 소식은 알지 못했다. 나는 홀로 아파트에 남아 자취 생활을 시작했다. 소주 마시는 걸 익혔다. 치아가 부슬부슬 빠졌다. 내 얼굴은 너절해졌다. 나는 아파트 근처 하숙으로 옮겼다. 최하급 하숙집이었다. 나는 그것이 내게 어울린다고 생각했다. 이것이 이 세상 마지막 모습인가, 문가에 서니 달빛 아래, 마른 들판은 내달리고 소나무는 서성이네. 나는 하숙집 작은 방에서 혼자 술을 마시고, 술에 취해 방을 나가 하숙집 문기둥에 기댄 채, 이런 엉터리 노래를 나직이 중얼거리는 일이 많았다. 두세 명, 서로 떨어지기 힘든 친구 외에는, 아무도 나를 상대해 주지 않았다. 내가 이 세상에서 어떻게 비치고 있는지, 나도 조금씩 알게 되었다. 나는 무지하고 교만한 무뢰

한, 또는 백치, 또는 저급하고 교활한 호색한, 가짜 천재 사기꾼, 마음껏 호화로운 생활을 하다가 돈이 궁해지면 위장 자살극을 벌여 시골의 부모님을 협박한다. 정숙한 아내를 개나 고양이처럼 학대하더니, 급기야 내쫓았다. 그 밖에 온갖 전설이 조소와 혐오, 분노로써 세상 사람들에게 전해지면서 나는 완전히 매장당했고, 폐인 취급을 받고 있었다. 나는 이를 알아차리고, 하숙집에서 한 걸음도 바깥으로 나가고 싶지 않았다. 술이 없는 밤에는, 짭짤한 센베이 과자를 오물오물 씹으면서 탐정 소설을 읽는 게 은근히 즐거웠다. 잡지사에서도 신문사에서도, 원고 청탁이 아무것도 없다. 또한 아무것도 쓰고 싶지 않았다. 쓸 수 없었다. 그런데 그 병중에 진 빚에 대해선 아무도 재촉하는 사람은 없었지만, 나는 밤에 꿈속에서조차 괴로워했다. 나는 어느새 서른 살이 되어 있었다.

무슨 계기로 그렇게 되었을까? 나는, 살아야겠다고 생각했다. 고향 집의 불행이 내게 그 당연한 힘을 준 것일까. 큰형이 국회의원에 당선된 직후에, 선거법 위반으로 기소되었다. 나는 큰형의 엄중한 인격을 경외한다. 주변에 나쁜 사람이 있었던 게 틀림없다. 누나가 죽었다. 조카가 죽었다. 사촌 동생이 죽었다. 나는 이런 소식을 풍문으로 알았다. 일찌감치 고향 사람들과는, 죄다 연락이 끊긴 터였다. 연이은 고향의 불행이, 엎드려 누운 내 상반신을 조금씩 일으켜 주었다. 나는 고향 집이 너무 큰 것을, 부끄러워했다. 부잣집 아이라는 핸디캡에, 그만 자포자기해 버렸다. 부당하게 혜택을 누리고 있다는 언짢은 공포감이, 어릴 적부터 나를 비굴하게 만들었고, 염세적으로 만들었다. 부잣집 자식은 부잣집 자식답게 대지옥으로 떨어져야 한다는 신앙을 지니고 있었다. 도망치는 건 비겁하다. 훌륭하게, 악행의 자식으로서 죽으려고 애썼다. 하지만 하룻밤 정신을 차리고 보니, 나는 부잣집 자식이기는커녕 입고 나갈 옷조차도 없는 천민이었다. 고향에서 보내 주는 돈도, 올 한 해면 끊길 참이다. 이미 호적은 나뉘어 있다. 게다가 내가 태어나 자란 고향 집도, 지금은 불행의 밑바닥에 있다. 이제 내겐, 남한테 죄송해해야 할 만한 타고난 특권이 아무것도 없다. 오히려 마이너스뿐이다. 이런 자각과 또 한 가지. 하숙집 단칸방에 죽을 기백마저 잃고 드러누워 있는 사이, 내 몸이 신기하게도 부쩍 눈에 띄게 튼튼해졌다는 사실도, 매우 중요한 한 요인이라 할 수 있겠다. 그리고 나이, 전쟁, 역사관의 동요, 나태에 대한 혐오, 문학에 대한 겸허, 신(神)은 있다, 등등 여러 가지를 꼽을 수도 있겠지만, 사람의 전환기를 설명하기란 어쩐지 뭔가 공허하다. 그 설명이 빈틈없이 정확한 것이라 하더라도, 반드시 어딘가에 거짓의 틈새가 내비치기 마련이다. 사람은 늘 이렇게 생각하고 저렇게 생각하면서 행로를 선택하는 게 아니기 때문이리라. 대체로 사람은 어느 사이엔가, 엉뚱한 들판을 걷고 있다.

나는 그 서른 살의 초여름, 처음 진심으로, 문필 생활을 지원했다. 생각하면, 늦은 지원이었다. 나는 무엇 하나 도구다운 물건이라곤 없는 하숙집 작은 방에서, 열심히 썼다. 하숙의 저녁밥이 밥통에 남으면, 그걸로 몰래 주먹밥을 만들어 놓고 심야 작업 때의 공복에 대비했다. 이번엔, 유서를 쓰는 게 아니었다. 살아가기 위해, 썼다. 한 선배가 나를 격려해 주었다. 세상 사람 모두가 나를 미워하고 조소해도, 그 선배 작가만은 한결같이 나라는 인간을 묵묵히 지지해 주셨다. 나는 그 고귀한 신뢰에도 보답해야만 한다. 드디어 「우바스테〔姥捨〕」라는 작품이 완성되었다. H와 미나카미 온천으로 죽으러 갔을 때의 이야기를, 솔직하게 썼다. 이건 금세 팔렸다. 잊지 않고, 내 작품을 기다려 준 편집자가 한 사람 있었다. 나는 그 원고료를 허투루 쓰지 않고, 우선 전당포에서 나들이옷 한 벌을 찾아 차려입고 여행을 떠났다. 고슈〔甲州〕의 산이다. 다시금 새로이 마음을 다잡고, 장편 소설에 착수할 작정이었다. 고슈에는 만 일 년 머물렀다. 장편 소설은 완성되지 못했지만, 단편은 열 편 이상 발표했다. 여기저기서 지지해 주는 목소리를 들었다. 문단을 고마운 곳이라 생각했다. 평생 이곳에서 지낼 수 있는 사람은 행복하겠구나, 생각했다. 이듬해인 1939년 정초에, 나는 그 선배의 소개로 평범한 중매결혼을 했다. 아니, 평범하지 않았다. 나는 무일푼으로 결혼식을 치렀다. 고후〔甲府〕 시내 변두리에 방 두 칸짜리 작은 집을 빌려, 우리는 살았다. 집세는 한 달에 육 엔 오십 전이었다. 나는 창작집을 연달아 두 권 출간했다. 간신히 여유가 생겼다. 나는 마음에 걸리는 빚을 조금씩 정리했지만, 이건 만만찮은 사업이었다. 그해 초가을에 도쿄 시외, 미타카초〔三鷹町〕로 이주했다. 이미, 이곳은 도쿄시가 아니다. 나의 도쿄시 생활은 오기쿠보 하숙집에서 가방 하나 들고 고슈로 나섰을 때, 이미 중단되고 말았다.

나는 지금은 그저 한 사람의 원고 생활자다. 여행을 떠나도 숙박부에는, 거리낌 없이 문필업이라 쓴다. 괴로움이 있어도, 좀처럼 말하지 않는다. 이전보다 더 심한 괴로움이 있어도 나는 미소로써 꾸며 보인다. 멍청이들은 내가 속물이 되었다고 말한다. 날마다, 무사시노[武藏野]의 석양은 큼직하다. 부글부글 끓어오르며 떨어진다. 나는 석양이 보이는 조그만 방에서 책상다리하고 앉아, 쓸쓸히 식사하면서 아내에게 말했다. "나는 이런 남자니까 출세도 할 수 없고, 부자도 될 수 없어. 하지만 이 집 하나는 어떡해서든 지켜 낼 작정이야." 그때, 문득 도쿄 팔경을 떠올렸다. 과거가 주마등처럼 가슴속에서 맴돌았다.

여기는 도쿄 시외이긴 해도 바로 근처 이노카시라[井の頭] 공원도 도쿄 명소의 하나로 꼽히고 있으니, 이 무사시노 석양을 도쿄 팔경 안에 추가한들 지장은 없다. 나머지 칠경을 결정하려고, 나는 내 가슴속 앨범을 차례로 넘겨 보았다. 그러나 이 경우, 예술이 되는 것은 도쿄의 풍경이 아니었다. 풍경 속 나였다. 예술이 나를 속였나? 내가 예술을 속였나? 결론. 예술은, 나다.

도쓰카의 장마. 혼고[本郷]의 해 질 녘. 간다[神田]의 제례. 가시와기의 첫눈. 핫초보리의 불꽃놀이. 시바의 보름달. 아마누마의 쓰르라미. 긴자의 번개. 이타바시 뇌병원의 코스모스. 오기쿠보의 아침 안개. 무사시노의 석양. 추억의 어두운 꽃이 팔락팔락 춤을 추어, 간추리기가 아주 힘들었다. 또한 억지로 모아 팔경으로 정리하는 것도, 천박하게 여겨졌다. 머지않아 나는, 올봄과 여름, 이경(二景)을 더 찾아내고 말았다.

올해 4월 4일에 나는 고이시카와[小石川]에 있는 대선배,

S씨를 방문했다. S씨에겐, 오 년 전 내가 병들었을 때 무척이나 걱정을 끼쳐 드렸다. 급기야 호되게 야단맞고 파문당하다시피 했지만, 올해 정초에 새해 인사 하러 가서 사죄와 감사를 드렸다. 그 후 다시 쭉 연락을 못 드리다가, 그날은 친구의 저서 출판 기념회 발기인이 되어 주십사 하고 찾아간 것이다. 댁에 계셨다. 부탁을 들어주셨고, 그러고 나서 그림 이야기며 아쿠타가와 류노스케의 문학에 관한 이야기 등을 들었다. "난 자네한텐 심술궂게 대했다는 느낌도 있지만, 이제 와 보니, 되레 그것이 좋은 결과가 된 것 같아 기쁘게 생각하네." 예의 묵직한 말투로, 이렇게 말씀하셨다. 자동차로 함께 우에노〔上野〕로 나갔다. 미술관에서 서양화 전시회를 보았다. 변변찮은 그림이 많았다. 나는 한 장의 그림 앞에 멈춰 섰다. 이윽고 S씨도 옆으로 오셔서, 그 그림에 한참 얼굴을 가까이 하고,

"엉성한걸." 무심히 말씀하셨다.

"글렀어요." 나도, 분명히 말했다.

H의, 그 서양화가의 그림이었다.

미술관을 나와 가야바초〔茅場町〕에서 「아름다운 투쟁」이라는 영화 시사회를 함께 본 다음, 긴자로 나가서 차를 마시고 하루를 보냈다. 해 질 무렵, S씨는 신바시〔新橋〕역에서 버스로 돌아간다고 하시기에, 나도 신바시역까지 함께 걸었다. 도중에 나는, 도쿄 팔경의 계획을 S씨에게 들려 드렸다.

"과연, 무사시노의 석양은 큼직하네요."

S씨는 신바시역 앞 다리 위에 멈춰 서서,

"그림이로군." 나직이 말하며 긴자 다리 쪽을 가리켰다.

"네." 나도 멈춰 서서, 바라보았다.

"그림이로군." 거듭, 혼잣말처럼 말씀하셨다.

바라보이는 풍경보다도 바라보고 있는 S씨와, 파문당할 뻔한 못난 그 제자의 모습을, 나는 도쿄 팔경의 하나로 편입시켜야겠다고 생각했다.

그 후 두 달 남짓 지나, 나는 더욱더 환한 일경(一景)을 얻었다. 어느 날 아내의 여동생한테서, "드디어 T가 내일 출발하게 되었습니다. 시바 공원에서 잠깐 면회할 수 있다고 합니다. 내일 아침 9시에, 시바 공원으로 와 주세요. 형부가 T에게, 제 마음을 잘 전해 주세요. 저는 바보라서, T에겐 아무 말도 못 했습니다."라는 속달이 왔다. 처제는 스물두 살인데, 몸집이 자그마해서 아이처럼 보인다. 지난해 T군과 맞선을 봐서 약혼했지만, 예물을 교환한 직후에 T군은 소집을 받아 도쿄의 어떤 연대에 들어갔다. 나도 한 번, 군복 차림의 T군을 만나 삼십 분가량 이야기한 적이 있다. 시원시원하고, 고상한 청년이었다. 내일 드디어 전지로 출발하게 된 모양이다. 그 속달이 오고 나서 채 두 시간도 지나지 않아, 다시 처제한테서 속달이 왔다. 거기엔 "곰곰이 생각해 보니, 아까 드린 부탁은 경박한 짓이었습니다. T에게는 아무 말씀 하지 않으셔도 됩니다. 그저 배웅만, 해 주세요."라고 쓰여 있기에 나도 아내도 웃음을 터뜨렸다. 혼자서 쩔쩔매고 있는 모습이, 절로 그려졌다. 처제는 그 이삼 일 전부터 T군 부모님 집에서 일을 거들어 주고 있었다.

이튿날 아침, 우리는 일찍 일어나 시바 공원으로 나갔다. 조조지(增上寺) 경내에, 배웅하러 나온 수많은 사람이 모여 있었다. 카키색 옷을 입고 분주히 군중 사이를 헤집고 돌아다니는 노인을 붙들고 물어보니, T군의 부대는 산문 앞에 잠깐 들러 오 분간 휴식한 뒤 곧장 다시 출발한다고 대답했다. 우리는 경내를 나와 산문 앞에 서서, T군 부대가 도착하기를 기다렸다. 이윽고 처제도 작은 깃발을 들고, T군 부모님과 함께 찾아왔다. 나는 T군 부모님과는 초면이다. 아직 확실하게 친척이 되지도 않았고 사교에 서툰 나는, 제대로 인사도 하지 않았다. 가볍게 눈인사만 한 뒤,

"어때? 차분해졌어?" 하고 처제에게 말을 걸었다.

"아무것도 아녜요." 처제는 쾌활하게 웃어 보였다.

"어째서 이럴까?" 아내는 얼굴을 찡그렸다. "마구 깔깔거리고 웃다니."

T군을 배웅하는 사람은 엄청 많았다. T군의 이름이 적힌 커다란 깃대가, 여섯 개나 산문 앞에 줄지어 섰다. T군 집안의 공장에서 일하는 직공들, 여공들도 공장을 쉬고 배웅하러 왔다. 나는 모두에게서 동떨어져, 산문 끄트머리 쪽에 섰다. 비뚤어져 있었다. T군의 집은, 부자다. 나는 치아도 빠졌고, 옷차림도 너저분하다. 하카마7)를 입지 않은 데다, 모자도 쓰지 않았다. 가난뱅이 작가다. 아들 약혼녀의 꾀죄죄한 친척이 왔군, 하고 T군 부모님은 생각할 게 틀림없다. 처제가 내 쪽으로 이야기하러 와도, "넌 오늘 중요한 역할이 있으니까, 아버님 곁

---

7) 일본 전통 의상으로 겉옷 하의. 넉넉하게 주름이 잡혀 있고 바지처럼 가랑이진 것이 보통이다.

에 붙어 있으렴." 하며 쫓아 보냈다. T군의 부대는 좀처럼 오지 않았다. 10시, 11시, 12시가 되어도 오지 않았다. 여학교 수학여행 단체가 관광버스를 타고, 줄줄이 눈앞을 지나간다. 버스 문에 그 여학교 이름을 쓴 쪽지가 붙어 있다. 고향의 여학교 이름도 있었다. 큰형의 큰딸도 그 여학교에 다니고 있을 터였다. 버스를 탔을지도 모른다. 이 도쿄 명소인 조조지 산문 앞에 멍청한 삼촌이 어수룩하니 서 있는 모습을, 삼촌인 줄도 모른 채 무심히 바라보며 지나갔으려니 생각도 했다. 스무 대 남짓 끊겼다가 이어지면서 산문 앞을 지나가는데, 그때마다 버스의 여자 안내원이 바로 나를 가리키며 뭔가 설명을 시작한다. 처음엔 태연한 척하다가, 나중에는 나도 포즈를 취해 보기도 했다. 발자크 상처럼 느긋하니 팔짱을 꼈다. 그러자, 나자신이 도쿄 명소의 하나가 되어 버린 듯한 느낌마저 들었다. 1시 가까이 되어, 왔다! 왔다! 하는 외침이 일더니, 얼마 안 지나 병사를 가득 실은 트럭이 산문 앞에 도착했다. T군은 닷토산[8) 운전 기술을 익힌 터라, 그 트럭 운전석에 타고 있었다. 나는 붐비는 사람들 뒤에서, 멍하니 바라보고 있었다.

"형부." 어느 틈엔가 내 곁에 와 있던 처제가 이렇게 나직이 말하고, 내 등을 세게 밀었다. 정신을 차리고 보니, 운전석에서 내린 T군이 군중의 맨 뒤에 서 있는 나를 재빨리 찾아냈는지 거수경례를 하고 있다. 나는 그래도 한순간 미심쩍어 주위를 둘러보며 주저했는데, 역시나 내게 인사를 하는 것이 틀림

---

8) 닛산에서 생산된 소형차.

없었다. 나는 결심하고 군중을 헤치며, 처제와 함께 T군 바로 앞까지 나아갔다.

"뒷일은 걱정 없네. 처제는 이렇듯 좀 어리숙하지만, 그래도 여자에게 가장 소중한 마음가짐은 알고 있을 걸세. 조금도 걱정 없네. 우리 모두가 책임지고 돌보겠네." 나는 보기 드물게, 전혀 웃지도 않고 말했다. 처제의 얼굴을 보니, 그녀도 살짝 고개를 치켜든 채 긴장하고 있다. T군은 얼굴을 조금 붉히고, 말없이 다시 거수경례했다.

"한데, 너는 할 말 없어?" 이번엔 나도 웃으며, 처제에게 물었다. 처제는,

"이제, 됐어요." 얼굴을 숙이고 말했다.

곧 출발 구령이 떨어졌다. 나는 또다시 붐비는 사람들 속으로 슬그머니 숨어들었는데, 역시 처제에게 등짝을 떠밀려 이번엔 운전석 아래까지 나아가고 말았다. 그 언저리엔 T군 부모님이 서 있을 뿐이다.

"안심하고 다녀오게!" 나는 큰 소리로 말했다. T군의 엄한 아버지는, 문득 고개를 돌려 내 얼굴을 보았다. 엄청 중뿔나게 나서는군, 이 녀석은 뭐야, 라는 심기 불편한 기색이, 그 엄부의 눈초리에 언뜻 보였다. 하지만 나는 그때는, 움츠러들지 않았다. 인간 프라이드의 궁극적 입장은, 이런 일 저런 일로 죽을 만큼 괴로워한 적이 있습니다, 라고 단언할 수 있는 자각이 아니겠는가. 나는 병종(丙種)[9] 합격이고, 더구나 가난뱅이지

---

9) 옛 일본 징병 검사의 세 번째, 최하위 신체 등급.

만, 지금은 거리낄 게 없다. 도쿄 명소는, 더더욱 큰 소리로,

"뒤는, 걱정 없어!" 하고 소리쳤다. 앞으로 T군과 처제의 결혼에서 만약 어려운 사태가 벌어진다 해도, 나는 세상 체면 따위는 개의치 않는 무법자다, 반드시 두 사람의 마지막 힘이 되어 주겠노라 생각했다.

조조지 산문의 일경을 얻고, 나는 작품의 구상에서도 이젠 한껏 활시위를 보름달처럼 팽팽히 잡아당긴 듯한 느낌이었다. 그러고 나서 며칠 뒤, 도쿄시 대형 지도와 펜, 잉크, 원고지를 들고 기운차게 이즈로 여행을 떠났다. 이즈의 온천 여관에 도착하고 나서, 어찌 되었나? 여행을 떠난 지 벌써 열흘이나 지났건만, 아직도 그 온천 여관에 있는 모양이다. 무얼 하는 것인지.

기다리다

그 자그마한 전차역에, 나는 매일 사람을 마중하러 나갑니다. 누구인지도 알 수 없는 사람을 마중하러.

시장에서 장을 보고 돌아오는 길이면 어김없이 역에 들러 차가운 벤치에 앉아, 장바구니를 무릎에 얹은 채 멍하니 개찰구를 봅니다. 상행 하행선 전차가 플랫폼에 도착할 때마다 많은 사람들이 전차 문 밖으로 토해져 나와 우르르 개찰구로 다가와서, 한결같이 화난 듯한 표정으로 정기권을 내밀거나 전차표를 건넵니다. 그러고는 허둥지둥 한눈도 팔지 않고 걸어, 내가 앉아 있는 벤치 앞을 지나 역 앞 광장으로 나가서, 각자의 방향으로 흩어져 갑니다. 나는 멍하니 앉아 있습니다. 누군가 한 사람, 웃으며 내게 말을 겁니다. 아아, 무서워! 어머, 어떡해! 가슴이 두근두근! 생각만 해도 등짝에 찬물이 끼얹어진 듯 오싹하고 숨이 멎을 것 같아요. 하지만 나는, 역시 누군가를 기다리고 있습니다. 대체 나는, 매일 여기에 앉아 누구를 기다리는 걸까요? 어떤 사람을? 아니에요, 내가 기다리는 건, 인간이 아닐지도 몰라요. 나는 인간을 싫어해요. 아니에요, 무서워요. 사람과 얼굴을 마주하고, 별일 없으세요? 추워졌네요! 어쩌고 내키지 않는 인사를 건성으로 하노라면, 어쩐지 나만 한 거짓말쟁이가 전 세계에 없을 것 같은 괴로운 심정에 죽고 싶어집니다. 그러면 또 상대방도 무턱대고 나를 경계하여, 해도 안 해도 그만인 입에 발린 말이며 거드름 피우는 거짓 감상 따위를 늘어놓습니다. 나는 그걸 듣고 상대방의 쩨쩨한 조심성이 슬퍼서, 한층 세상이 싫고 싫어져 참을 수가 없습니다. 세상 사람들이란, 서로 뻣뻣한 인사를 하고 조심하고 그러다 서로 피곤하게 평생을 보내는 걸까요? 나는 사람을 만나는 게 싫습니다. 그래서 나는 어지간한 일이 아니고선 내가 먼저 친구에게 놀러 가거나 하지는 않았습니다. 집에서 엄마와 단둘이 잠자코 바느질을 하고 있으면, 가장 마음이 편안했습니다. 하지만 마침내 큰 전쟁이 시작되어 주위가 몹시 긴장되면서부터는, 나만 집에 매일 멍하니 있는 게 굉장히 나쁜 일인 것 같은 느낌이 들어 어쩐지 불안하고 도통 차분해지지 않습니다. 몸이 부서지도록 일해서 직접, 도움이 되었으면 하는 심정입니다. 나는 지금까지의 내 생활에, 자신감을 잃어버렸습니다.

집에 가만히 앉아 있을 수 없는 마음이긴 하나, 밖으로 나가 본들 내겐 갈 곳이 아무 데도 없습니다. 장을 보고 돌아오는 길에, 역에 들러 멍하니 차가운 역 벤치에 앉아 있습니다. 누군가 불쑥 나타난다면! 하는 기대감, 그리고 아아, 나타나면 곤란해, 어떡해! 라는 공포, 그래도 나타났을 때는 어쩔 수 없어, 그 사람에게 내 목숨을 드려야지, 내 운이 그때 정해져 버리는 거야, 같은 체념 비슷한 각오. 그 밖에 온갖 괘씸한 공상 따위가 야릇하게 뒤엉키고, 가슴이 벅차올라 질식할 만큼 괴로워집니다. 살아 있는지 죽었는지 알 수 없는 듯한, 백일몽을 꾸고 있는 듯한, 어쩐지 미덥지 않은 기분이 되어, 눈앞 사람들이 왕래하는 모습도 망원경을 거꾸로 들여다본 것처럼 자그맣게 아득히 여겨지고, 세계가 잠잠해져 버립니다. 아아, 나는 대체, 무얼 기다리는 걸까요? 어쩌면 난 엄청 헤픈 여자인지도 몰라요. 큰 전쟁이 시작되고 어쩐지 불안해서 몸이 부서지도록 일해 도움이 되고 싶다는 건 거짓말이고, 사실은 그런 멋들어진 핑계를 꾸며 자신의 경망스러운 공상을 실현하려고, 뭐랄까, 좋은 기회를 노리고 있는 건지도 몰라요. 여기, 이렇게 앉아, 멍한 표정을 짓고 있지만, 가슴속에는 발칙한 계획이 훌훌 타오르고 있는 듯한 느낌도 들어요.

도대체 난, 누굴 기다리는 걸까? 확실한 형태는 아무것도 없어. 그저, 몽롱할 뿐. 하지만 나는 기다려요. 큰 전쟁이 시작된 후로 매일매일, 장을 보고 돌아가는 길에 역에 들러 이 차가운 벤치에 앉아, 기다려요. 누군가 한 사람, 웃으며 내게 말을 걸어요. 아아, 무서워! 어머, 어떡해! 내가 기다리는 건, 당신이 아니에요. 그렇다면 도대체, 난 누굴 기다리는 걸까? 바깥양반. 아뇨. 애인. 아니에요. 친구? 싫어요. 돈? 설마! 망령.

어머, 싫어요!

좀 더 부드럽고 아주 환한, 기막히게 좋은 것. 뭔지,

알 수 없어요. 이를테면 봄 같은 것. 아니, 틀렸어요. 신록.
5월. 보리밭을 흐르는 맑은 물. 역시, 틀렸어요. 아아, 그렇지만
나는 기다립니다. 가슴 두근거리며 기다려요. 눈앞을, 사람들
이 줄줄이 지나간다. 저이도 아냐, 이이도 아냐. 나는 장바구
니를 그러안은 채 바들바들 떨면서 간절히, 간절히 기다려요.
나를 잊지 말아 주세요. 매일매일, 역으로 마중 나갔다가 헛되
이 집으로 돌아오는 스무 살 아가씨를 비웃지 말고, 부디 기억
해 주세요. 그 자그마한 역 이름은, 일부러 말하지 않을래요.
알려 주지 않아도, 당신은 언젠가 나를 보겠지요.

옛이야기

서문

"앗, 소리 났다!"

아빠는 펜을 놓고 일어선다. 경보 정도로는 좀체 일어서지 않지만 고사포가 발사되기 시작하면 일을 멈추고, 다섯 살배기 딸애에게 방공 두건을 씌워 주고 아이를 끌어안고 방공호로 들어간다. 이미 엄마는 두 살배기 아들을 들쳐 업고 방공호 깊숙이 웅크리고 있다.

"근처인 모양인데."

"네. 이 방공호는 너무 비좁아서."

"그래?" 아빠는 못마땅한 듯, "하지만 이 정도가 안성맞춤이지. 너무 깊으면 생매장당할 위험이 있어."

"그래도 조금만 더 넓히면 좋겠어요."

"음, 뭐 그렇긴 한데, 지금은 땅이 꽁꽁 얼어붙었으니 파는 게 쉽지 않아. 조만간." 애매한 말로 엄마를 입막음하고, 라디오의 방공 정보에 귀를 기울인다.

엄마의 불평이 일단락되면 이번엔 다섯 살배기 딸애가, 방공호 나갈 거야, 하고 떼쓰기 시작한다. 아이를 달래는 유일한 수단은 그림책이다. 모모타로, 카치카치산, 혀 잘린 참새, 혹부리 영감, 우라시마 씨 이야기 들을, 아빠는 아이에게 읽어 준다.

이 아빠는 옷차림도 초라하고 용모도 어리숙하게 생겼으나, 원래 허투루 볼 수 없는 사람이다. 이야기를 지어낼 줄 아는, 참으로 기이한 재주를 타고난 남자다.

　　　옛날 옛적 이야기야

멍청해 보이는 묘한 목소리로 그림책을 읽어 주면서도 마음속에는 어느새 절로 또 다른 이야기가 무르익고 있다.

혹부리 영감

옛날 옛적 이야기야
오른쪽 뺨에 덜렁덜렁
혹이 달린 할아버지

    이 할아버지는 시코쿠의 아와, 쓰루기산 기슭에 살고 있었다. 그냥 그런 느낌이 들 뿐이지 달리 근거가 있지는 않다. 원래 이 혹부리 영감 이야기는 『우지슈이 이야기〔宇治拾遺物語〕』[1]에서 비롯된 모양인데, 방공호 안이다 보니 두루두루 원전을 찾아 밝히기란 불가능하다. 이 혹부리 영감 이야기뿐만 아니라, 이어서 펼쳐 보이려는 우라시마 씨 이야기도 우선 『일

---

1) 13세기 전반에 성립된 설화집, 편자 미상.

본서기〔日本書記〕』2)에 그 사실이 분명 기재되어 있고, 또한 『만요슈〔萬葉集〕』3)에도 우라시마를 노래한 장가〔長歌〕가 있으며, 그 밖에 『단고〔丹後〕4)풍토기』나 『혼초신선전〔本朝神仙伝〕』 등에도 비슷한 이야기가 전해지는 모양이다. 또한 요 근래에는 오가이5)의 희곡이 있고, 쇼요6)도 이 이야기를 무곡(舞曲)으로 만들었지 싶다. 아무튼 노가쿠〔能樂〕, 가부키〔歌舞伎〕, 게이샤의 춤에 이르기까지 이 우라시마 씨의 등장은 어마어마하다. 나는 책을 읽자마자 바로 남에게 주거나 내다 팔아 버리는 버릇이 있어, 장서 같은 건 애당초 가진 적이 없다. 그래서 이런 때는 어슴푸레한 기억을 더듬어 예전에 읽은 책을 찾아 돌아다녀야만 하는 지경에 이르고 마는데, 지금은 그마저 수월찮다. 나는 지금, 방공호 안에 웅크리고 앉아 있다. 그리고 내 무릎 위에는 그림책 한 권이 펼쳐져 있을 뿐이다. 나는 이제 이야기의 고증은 단념하고, 그저 나 혼자만의 공상을 펼쳐 보이는 수밖에 도리 없으리라. 아니, 오히려 이런 게 훨씬 생생하고 재미난 이야기를 만들어 낼 수도 있지. 이렇듯 억지나 다름없는 자문자답을 하고서, 그 아비 되는 기묘한 인물은,

옛날 옛적 이야기야

---

2) 720년에 완성된 일본의 역사책.
3) 약 4500수의 노래가 실린 가집. 8세기 후반에 완성.
4) 지금의 교토 북쪽.
5) 모리 오가이(森鷗外, 1862~1922), 소설가.
6) 쓰보우치 쇼요(坪内逍遙, 1859~1935), 소설가.

방공호 한구석에서 그림책을 읽으며, 그 그림책 이야기와 영 딴판인 새로운 이야기를 마음속에 그려 낸다.

이 할아버지는 술을 무지 좋아한다. 술꾼이란 대개 가정에서 고독한 법이다. 고독하니까 술을 마시는지, 술을 마시니까 식구들에게 미움받아 절로 고독해지는 것인지, 이는 아마도 두 손바닥을 탁 마주 쳐서 어느 손바닥에서 소리가 났는지를 가리는 것처럼 유치한 천착일 뿐이리라. 어쨌거나 이 할아버지는 집 안에서 항시 시무룩한 낯을 하고 있다. 그렇다고 이 할아버지의 가정이 딱히 나쁜 가정은 아니다. 할머니는 정정하시다. 이미 일흔 살이 다 되었음에도 이 할머니는 허리도 꼿꼿하고 눈빛도 서늘하다. 예전에 상당한 미인이었다고 한다. 젊었을 적부터 과묵하여 오직 집안일에만 부지런히 힘쓰고 있다.

"벌써 봄이야! 벚꽃이 피었어!" 할아버지가 들떠서 말을 건네도,

"그렇습니까?" 심드렁하게 대답하고, "좀 비켜 봐요. 여길 청소해야 하니까."

할아버지는 시무룩해진다.

그런데 이 할아버지에겐 어느새 마흔을 바라보는 아들 하나가 있는데, 이 아들이 세상에서 보기 드문 품행 방정에다 술도 마시지 않고 담배도 피우지 않고, 더군다나 웃지도 화내지도 기뻐하지도 않고 그저 묵묵히 농사일에 전념하니, 이웃 사람들도 이를 외경해 마지않았다. 아와 성인의 명성 드높은데 장가도 가지 않고 수염도 깎지 않고, 그야말로 목석이 아닌

가 의심스러울 정도. 결국 이 할아버지네 가정은 참으로 훌륭한 가정이라 말하지 않을 수 없는 부류에 속했다.

하지만 할아버지는 뭔가 영 시무룩하다. 그리고 가족의 눈치를 보면서도 어쩔 수 없이 술을 마실 수밖에 없는 기분이 된다. 그러나 집에서 마시면 한층 기분이 울적해질 뿐이었다. 할머니도 아들인 아와 성인도, 할아버지가 술을 마신들 그리 나무라진 않는다. 홀짝홀짝 저녁 반주를 하는 할아버지 곁에서, 말없이 밥을 먹고 있다.

"그런데 말이야," 할아버지는 슬슬 취기가 오르면 말벗을 찾게 되어, 시시한 이야기를 꺼낸다. "드디어 봄이로군. 제비도 왔어."

굳이 안 해도 될 말이다.

할머니도 아들도 말이 없다.

"춘소일각, 가천금(春宵一刻, 価千金)[7]이라." 또다시 안 해도 될 말을 중얼거린다.

"잘 먹었사옵니다." 아와 성인은 식사를 마치고, 밥상 앞에서 공손히 절하며 일어선다.

"슬슬, 나도 밥을 먹어야지." 할아버지는 슬픈 듯 술잔을 엎어 놓는다.

집에서 술을 마시면 대개 이런 형편이다.

어느 화창한 날 이른 아침

---

7) 봄밤 한 시각이 천금처럼 귀하다는 뜻.

산으로 갑니다, 나무를 하러

이 할아버지의 즐거움은 화창한 날, 허리에 호리병 하나 차고 쓰루기산에 올라 땔나무를 주워 모으는 일이다. 얼추 땔나무 줍기에 지치면 바위 위에 떡하니 책상다리를 하고 앉아, 에헴! 잘난 척 헛기침을 한 번 하고,

"좋은 경치로다."

말하고는 천천히 허리에 찬 호리병박 술을 마신다. 참으로 즐거운 표정이다. 집에 있을 때와는 딴사람이 되었나 싶다. 다만 그대로인 것은 오른쪽 뺨의 큼직한 혹 정도다. 이 혹은 지금으로부터 이십 년 전쯤 할아버지가 쉰 살 고개를 넘은 해 가을, 오른쪽 뺨이 이상스레 달아올라 근질근질해지며 생겼다. 뺨이 조금씩 부풀어 오르더니, 어루만지자 더욱더 커졌다. 할아버지는 쓸쓸히 웃으며,

"어허, 귀여운 손자가 생겼군." 하지만 아들인 아와 성인은 엄청 진지하게,

"뺨에서 아이가 태어나지는 않습니다."라며 흥을 깨고, 또한 할머니도,

"목숨에는 지장이 없겠지요?" 방긋 웃지도 않고 한마디 물어볼 뿐, 더 이상 그 혹에 아무런 관심도 보이지 않는다. 도리어 이웃 사람들이 동정하여, 어째서 그런 혹이 생겼을까요? 아프지 않아요? 오죽이나 거추장스러울까! 하고 위로의 말을 건넨다. 그러나 할아버지는 웃으며 고개를 가로젓는다. 거추장스럽기는커녕, 할아버지는 이젠 이 혹을 정말로 자신의 귀여

운 손자인 양 여기고, 자신의 고독을 위로해 주는 유일한 상
대라서, 아침에 일어나 세수할 때도 특별히 정성껏 이 혹에 물
을 끼얹어 깨끗이 씻어 준다. 오늘처럼 산에서 혼자 술을 마
시고 기분이 좋을 때면, 이 혹은 더욱 할아버지에게 없어서는
안 될 안성맞춤 말벗이다. 할아버지는 바위 위에 떡하니 책상
다리를 하고 앉아 호리병박 술을 마시며 뺨의 혹을 쓰다듬고,

"까짓것, 무서울 게 뭐 있나! 눈치 볼 거 없어. 인간은 모름
지기 취해야 하는 법. 진지한 것도 정도껏 해야지. 아와 성인
이라, 황송하구먼. 몰라뵈었네요. 훌륭하시다면서요?" 누군가
의 험담을 혹에다 속삭이고는, 에헴! 크게 헛기침을 한다.

갑자기 어두워졌습니다
바람이 휘잉휘잉 불고
비도 쏴아쏴아 내렸습니다

봄날 소나기는 드물다. 하지만 쓰루기산 정도의 높은 산에
선 이런 날씨 이변이야 흔히 있다고 생각해야 하리라. 산은 비
때문에 희뿌예지고, 꿩이며 산새가 여기저기서 파드득파드득
날아올라 화살처럼 날쌔게 비를 피하려 숲속으로 도망쳐 숨
는다. 할아버지는 허둥대지 않고 싱글벙글하며,

"이 혹이 비를 맞아 서늘해지니 썩 괜찮구먼."

말하고 잠시 더 바위 위에 책상다리를 하고 앉은 채 비 내
리는 풍경을 바라보고 있자니, 빗줄기는 점점 거세지고 쉽사
리 그칠 것 같지 않기에,

"이거 야단났군. 너무 서늘해서 추워졌어." 일어서서 요란하게 재채기를 한 번 하고 나서, 주워 모은 땔감을 짊어지고 살금살금 숲속으로 들어간다. 숲속은 비를 긋는 새들과 짐승들로 무지 혼잡하다.

"어이, 미안해! 잠깐만, 미안해!"

할아버지는 원숭이, 토끼, 산비둘기에게 일일이 반갑게 인사하고 숲 깊숙이 들어가, 산벚꽃 거목 밑둥치에 널찍하니 뚫린 구멍으로 기어들며,

"야아! 이거 멋진 방일세. 어떤가? 여러분도." 하고 토끼들에게 말을 걸어, "이 방에는 훌륭하신 할머니도 성인도 없으니 자아 사양 말고, 어서." 마구 들떠 떠들어 대더니, 쿨쿨 나직이 코를 골며 잠들었다. 술꾼이란 술에 취해 시답잖은 말도 하지만, 대개 이렇듯 순진한 사람이다.

> 소나기 그치기를 기다리다가
> 몹시 피곤해진 할아버지
> 어느새 깊이 잠들었습니다
> 구름 한 점 없이 맑게 갠 산
> 환한 달밤이 되었습니다

봄날의 하현달이다. 연초록빛이랄까, 물 같은 하늘에 그 달이 떠올라 숲속에도 달빛이 솔잎처럼 가득 흩어져 떨어진다. 그런데 할아버지는 여전히 쿨쿨 자고 있다. 박쥐가 푸드득 날아 나무 구멍에서 나갔다. 할아버지는 문득 잠이 깨어 이미

혹부리 영감

밤이 된 데에 깜짝 놀라,

"어이쿠, 야단났네."

대뜸 눈앞에 떠오르는 건 진지한 할머니 얼굴, 엄숙한 성인 얼굴. 아아, 이거 참 낭패로군. 그 사람들은 여태껏 날 야단친 적은 없으나, 그래도 이처럼 늦게 들어갔다간 아무래도 영 거북살스럽겠는걸. 에잇! 술은 벌써 없나? 하고 호리병박을 흔드니, 바닥에 찰랑찰랑 희미한 소리가 난다.

"있다!" 단박에 신이 나서 한 방울 남김없이 죄다 마시고 거나하게 취해 "야아! 달이 떴구나. 춘소일각, ─ "따위 시시한 말을 중얼거리며 나무 구멍에서 기어 나오니,

어? 뭘까요? 떠들썩한 소리
신기한 걸 봤어요 꿈일까요?

일이 이렇게 된 거다.

보라! 숲 깊숙이 초원에 이 세상 것이 아닌 듯 불가사의한 광경이 전개되고 있다. 도깨비, 이것이 어떤 건지 나는 모른다. 본 적이 없기 때문이다. 어릴 적부터 그림으로는 진절머리 날 만치 많이 봐 왔지만, 그 실물을 직접 만나는 영광을 아직까지 누리지 못했다. 도깨비에도 여러 종류가 있는 모양이다. 살인귀, 흡혈귀 등, 증오받아 마땅한 걸 도깨비라 부르는 점에서도 어쨌거나 추악한 성격을 지닌 생물인가 싶은데, 또 한편에선 문단의 귀재 아무개 선생의 걸작, 같은 문구가 신문의 신간 서적 안내란에 나오기도 하니까 갈팡질팡하게 된다. 설마 그

아무개 선생이 도깨비처럼 추악한 재능을 지녔다는 사실을 폭로하여 세상 사람들에게 경고할 작정으로, 그 안내란에 '귀재'라는 수상쩍고 기묘한 단어를 사용한 것도 아니리라. 아주 심한 경우엔 문학 도깨비 따위 무례하고 혹독한 표현을 아무개 선생에게 바치기도 한다. 이래선 어지간한 그 아무개 선생도 역정을 내시리라 싶은데 꼭 그렇지만도 않은 듯하다. 그 아무개 선생은 그런 무례하기 짝이 없는 추악한 별명을 얻고서도 딱히 싫지 않은 모양인데, 스스로 은근히 그 기괴한 칭호를 승낙한 것 같다는 소문을 듣고, 우둔한 나는 더욱더 당황스러울 뿐이다. 호랑이 가죽 훈도시[8]를 찬 시뻘건 낯짝, 그리고 어설픈 쇠몽둥이 같은 걸 손에 든 그 도깨비가 모든 예술의 신이라니, 도저히 나는 생각할 수 없다. 귀재니 문학의 도깨비니 하는 난해한 표현은, 그리 사용하지 않는 편이 좋지 않겠는가 하고 진작부터 생각해 온 참인데, 그러나 이것은 나의 견문이 좁은 탓이고 도깨비에도 여러 종류가 있는지도 모른다. 이쯤에서 일본 백과사전이라도 좀 들여다본다면 나도 순식간에 남녀노소가 존경하는 대상인 박사로 일변하여, (세상의 박식한 사람이란 대개 그런 법이다.) 짐짓 그럴싸한 표정으로 도깨비에 대해 자세히 천만 마디 말로 개진할 수도 있으련만, 공교롭게도 나는 방공호 안에 웅크리고 앉아 있고, 무릎 위엔 어린이 그림책이 한 권 펼쳐져 있을 뿐이다. 나는 단지 이 그림책의 그림에 의지하여 판단할 수밖에 없다.

---

8) 남성의 음부를 가리기 위한 폭이 좁고 긴 천.

보라! 숲 깊숙이 널찍한 초원에 괴상한 모양의 물체가 십여 명, 아니, 십여 마리라고 해야 할지, 아무튼 틀림없는 호랑이 가죽 훈도시를 찬, 바로 그 거대한 빨간 생물이 빙 둘러앉아 달빛 아래 한창 잔치를 벌이고 있다.

할아버지는 처음엔 흠칫 놀랐으나, 그래도 술꾼이란 술을 안 마셨을 땐 패기가 없이 영 글렀어도, 취했을 땐 오히려 남들보다 훨씬 배짱이 두둑한 구석을 보여 주는 법이다. 할아버지는 지금 얼근히 취했다. 엄숙한 할머니, 또한 품행 방정한 성인 아들 따위 뭐가 두려운가 싶게 상당히 용감한 사람이 되었다. 눈앞의 기이한 풍경을 마주하고 기겁해서 나자빠지는 추태를 보이진 않았다. 나무 구멍에서 엉금엉금 기어 나온 자세 그대로, 눈앞의 요상한 술잔치 모습을 응시하고,

"다들 기분 좋게 취했군." 중얼거리는데, 뭔가 가슴속 깊은 데서 묘한 기쁨이 솟구쳤다. 술꾼이란 다른 사람들이 취한 걸 봐도, 일종의 벅찬 기쁨을 맛보는 모양이다. 소위 이기주의자는 아니리라. 즉, 이웃집의 행복에 건배를 들 줄 아는 박애심 비슷한 것을 지녔는지도 모른다. 자기도 취하고 싶지만 이웃 사람 또한 더불어 즐겁게 취해 준다면, 그 기쁨은 곱절이 되는 것 같다. 할아버지는 알고 있다. 눈앞에 저기 사람인지 동물인지 분간이 안 되는 거대한 빨간 생물이, 도깨비라는 무시무시한 종족이라는 사실을 직감한다. 호랑이 가죽 훈도시 하나만 봐도, 그건 틀림이 없다. 그런데 그 도깨비들은 지금 흡족하게 취했다. 할아버지도 취했다. 이건 어쩔 수 없이 친화의 감정이 일지 않을 수 없는 장면이다. 할아버지는 엉금엉금 기어 나

온 자세 그대로, 달빛 아래 기이한 술잔치를 하염없이 바라본다. 도깨비라 해도 눈앞의 이 도깨비들은 살인귀나 흡혈귀처럼 영악한 성질을 지닌 종족이 아니라, 얼굴은 비록 빨갛고 무시무시해 보여도 엄청 쾌활하고 순진한 도깨비 같다고, 할아버지는 간파했다. 할아버지의 이 판단은 대체로 적중했다. 즉, 이 도깨비들은 쓰루기산의 은둔자라고 부를 만한 대단히 온화한 성격의 도깨비다. 지옥의 도깨비하고는 전혀 종족이 다르다. 우선 쇠몽둥이 따위 위험스러운 물건을 들지 않았다. 이는 말하자면, 해칠 마음이 없다는 증거라 할 수 있다. 하지만 은둔자라고 해도 저 죽림의 현자들처럼 넘쳐 나는 지식을 더는 감당 못 해 죽림으로 도망친 건 아니고, 이 쓰루기산 은둔자의 마음은 참으로 어리석다. 선(仙)이라는 글자는 산(山) 사람(人)이라 적는 것이니 무엇이든 상관없다, 산속 깊숙이 사는 사람이면 선인이라 불러도 된다는 아주 간명한 학설을 들은 적이 있는데, 가령 그 학설에 따른다면 이 쓰루기산의 은둔자들에게도, 그 마음이 아무리 어리석다 해도 선(仙)이라는 존칭을 마땅히 증정해야 할지도 모른다. 아무튼 지금 달빛 아래 잔치에 마냥 흥겨워하는 이 거대한 한 무리의 빨간 생물은, 도깨비라 부르기보다는 은둔자 또는 선인이라 호칭하는 편이 타당할 법한 자들이다. 그 마음이 어리석다는 건 이미 말했지만 술잔치 모양새를 보건대, 그저 의미도 없이 괴성을 내지르고, 무릎을 치며 큰 소리로 웃거나 일어서서 막무가내로 이리저리 뛰어다닌다. 또는 거대한 몸집을 동그랗게 말아 빙 둘러앉은 끄트머리에서 끄트머리까지 데굴데굴 굴러가는데, 그걸 춤이라 여기는 듯하니, 그 지능의 정도를 짐작하고도 남는 데다 재주라곤 영 젬병이다. 이 한 가지를 놓고 봐도 귀재라든가 문학의 도깨비라는 표현이 전혀 무의미하다는 것이 증명된다고 여겨진다. 이처럼 어리석고 아무 재주도 없는 자들이 모든 예술의 신이라니, 도저히 나는 생각조차 하기 어렵다. 할아버지도 이 덜떨어진 춤에는 어이가 없었다. 혼자 킬킬 웃으며,

"나 참! 형편없는 춤이로군. 어디 한번, 내 손짓춤이라도 보여 줄까나?" 하고 중얼거린다.

춤을 좋아하는 할아버지
냅다 뛰어나가 춤을 추니
혹이 덜렁덜렁 흔들거리네
너무너무 웃겨 재미있어라

할아버지는 얼근히 취해 용기가 있다. 게다가 도깨비들에게 친화의 감정을 품고 있는 터라, 아무런 두려움도 없이 빙 둘러 앉은 한복판으로 뛰어들어, 할아버지의 특기인 아와춤을 추면서,

아가씨는 올림머리, 노인은 가발
빨간 어깨띠 정말 헷갈리네
신부도 삿갓 쓰고 가자꾸나, 어서어서

이런 아와 속요를 구성지게 노래한다. 도깨비들, 기뻐하는

건지 뭔지 꺄아꺄아 히힉히힉 기묘한 소리를 내지르고, 눈물인지 침인지 질질 흘리며 포복절도한다. 할아버지는 우쭐해져,

오타니 지나니 돌무더기뿐
사사야마 지나니 조릿대뿐

한층 목청껏 소리 질러 노래를 부르다가, 마침내 사뿐사뿐 춤춘다.

도깨비들 무척 기뻐하며
달밤에는 반드시 여기 와서
신나는 춤을 보여 주시오
그 약속의 표시로
소중한 물건을 맡아 두겠소

이렇게 말하고 도깨비들은 서로 소근소근 나직이 의논하더니, 아무래도 저 뺨의 혹이 번쩍번쩍 빛나는 게 뭔가 심상찮은 보물처럼 보이는군, 저걸 맡아 두면 틀림없이 다시 찾아올 거야, 하고 어리석은 추측 끝에, 느닷없이 혹을 쥐어뜯는다. 무지하긴 해도 역시 오래도록 산속에 산 덕택에 뭔가 선술 비슷한 걸 익혔는지도 모른다. 전혀 힘들이지 않고 깔끔하게 혹을 쥐어뜯었다.

할아버지는 깜짝 놀라,

"이크! 그건 곤란해. 내 손주라니까!" 그러자, 도깨비들, 신

이 나서 와아! 환호성을 지른다.

> 아침입니다 이슬 반짝이는 길
> 혹을 빼앗긴 할아버지
> 시무룩하니 뺨을 어루만지며
> 산을 내려갔습니다

고독한 할아버지에게 혹은 유일한 말벗이었으므로, 그 혹을 빼앗긴 할아버지는 조금 쓸쓸하다. 하지만 가뿐해진 뺨을 아침 바람이 살짝 스쳐 가는 것도 썩 기분 나쁘진 않다. 결국 뭐랄까, 이득도 손실도 없이 일장일단이라 할 수 있겠지, 모처럼 마음껏 노래하고 춤춘 것만은 이득이다, 라고 할 수 있으려나? 이렇듯 태평스런 생각을 하면서 산을 내려오다, 도중에 들일하러 나가는 아들 성인과 딱 마주쳤다.

"안녕하시옵니까?" 성인은 얼굴을 감싼 수건을 벗고 정중히 아침 인사를 한다.

"어허." 할아버지는 그저 허둥거린다. 그뿐, 좌우로 헤어진다. 할아버지의 혹이 하룻밤 새 사라진 걸 알아채고 성인도 내심 약간 놀랐지만, 그래도 부모님의 용모에 대해 이러쿵저러쿵 비평처럼 말하는 건 성인의 도리에 어긋난다고 여겨, 모른 체하며 말없이 헤어졌다.

집으로 돌아오자 할머니는,

"오셨네요." 차분히 말하고, 어젯밤은 어떻게 된 거냐 무슨 일이냐 따위 전혀 묻지 않고, "된장국이 차가워져서." 낮게 중얼거리고 할아버지의 아침 식사를 준비한다.

"아니, 차가워도 괜찮아. 굳이 데울 것까진 없소." 할아버지는 무턱대고 사양하며 자그맣게 움츠려, 아침 밥상 앞에 앉는다. 할머니의 시중을 받아 밥을 먹으면서, 할아버지는 간밤에 벌어진 신기한 일을 알려 주고 싶어 근질근질하다. 그러나 할머니의 엄숙한 태도에 압도당한 나머지, 말이 목구멍께에 딱 걸려 아무 말도 할 수 없다. 고개 숙인 채, 쓸쓸히 밥을 먹는다.

"혹이, 쭈그러진 것 같네요." 할머니는 불쑥 말했다.

"음." 더 이상 아무 말도 하고 싶지 않았다.

"터져서, 물이 나왔겠네요." 할머니는 천연덕스레 말하고 새치름하다.

"음."

"다시 물이 차서 부풀겠네요."

"그렇겠지."

결국 이 할아버지 가족에게 혹 따윈 아무런 문제도 되지 않았다. 그런데 이 할아버지 이웃에 또 한 사람, 왼쪽 뺨에 거추장스러운 혹을 가진 할아버지가 있었다. 그리고 이 할아버지야말로 그 왼쪽 뺨의 혹을 정말로 거추장스러운 물건이라 여겨 미워했고, 아무튼 이 혹이 내 출세의 장애물, 이 혹 때문에 나는 얼마나 사람들에게 멸시당하고 조롱을 받아 왔던가! 하고 하루에도 몇 번씩 거울을 들여다보며 한숨을 내쉬었다. 구레나룻을 기다랗게 길러 그 혹을 수염 속에 파묻어 안 보이게 해 버리자고 꾀했지만, 슬퍼라! 혹 꼭대기가 백발 수염의 망망대해 물결 틈새로 첫 일출처럼 또렷이 드러나, 되레 천하의 장관을 연출하는 꼴이 되었다. 원래 이 할아버지의 인품은 점잖다. 체구가 당당하며 코도 큼직하고 눈빛이 날카롭다. 언행이 진중하고, 사려 분별도 충분히 있어 보인다. 복장도 상당히 멋스러운 데다 무슨 학문도 익혔다 하고, 재산도 그 술꾼 할아버지와는 비교가 안 될 만치 듬뿍 있다는 이야기다. 이웃 사람도 다들 이 할아버지를 받들어 '어르신' 또는 '선생님' 같은 존칭으로 모시니 부족한 것 하나 없는 훌륭한 분이었으나, 아무래도 그 왼쪽 뺨의 거추장스러운 혹 때문에 어르신은 밤이고 낮이고 우울하여 즐겁지 않다. 이 할아버지의 부인은 엄청 젊다. 서른여섯 살이다. 그다지 미인은 아니지만 뽀얀 피부에 오동통하고, 다소 경박하고 상스러울 정도로 늘 쾌활하게 웃으며 떠든다. 열두세 살짜리 딸이 하나 있고 상당한 미소녀인데, 성질은 조금 건방진 경향이 있다. 그래도 이 엄마와 딸은 죽이 잘 맞아 언제나 왁자지껄 웃고 떠들썩한 탓에, 이 가정은 어르신의 벌레 씹은 듯한 표정에도 불구하고 일단 밝은 인상을 사람들에게 준다.

"엄마! 아빠 혹은 어째서 저렇게 빨개요? 문어 대가리 같아." 건방진 딸은 대놓고 솔직한 감상을 늘어놓는다. 엄마는 나무라지도 않고 호호호 웃으며,

"그러게. 그렇지만 목탁을 뺨에 매달고 있는 것 같기도 해."

"시끄러워!" 어르신은 벌컥 화를 내고 부릅뜬 눈으로 처자식을 쏘아보며 벌떡 일어나, 어두컴컴한 안채로 퇴각해 슬쩍 거울을 들여다보고 낙담하여,

"다 틀렸어."라고 중얼거린다.

차라리 그만 주머니칼로 싹뚝 잘라 버릴까? 죽어도 좋아! 이렇게까지 골똘히 생각했을 때, 근처 술꾼 할아버지의 혹이 요즘 감쪽같이 없어졌다는 소문을 귓결로 얻어들었다. 한밤 중 몰래, 어르신은 술꾼 할아버지의 초가집을 찾아가, 바로 그 달빛 아래 벌어진 신기한 잔치 이야기를 들었다.

　　듣고 나서 무척 기뻐하며
　　"옳다구나! 나도 이 혹을
　　반드시 떼어 달라고 해야지!"

　　용기가 불끈 솟는다. 다행히 그날 밤도 달이 떠 있었다. 어르신은 싸움터로 나가는 무사인 양 눈빛 부리부리, 입술을 삐쭉 치올려 앙다물고는, 무슨 일이 있어도 오늘 밤은 멋들어진 춤을 한바탕 춰서 도깨비들을 감복시키고, 만약 감복하지 않으면 이 쇠부채로 몰살시켜 버리겠어! 기껏해야 술주정뱅이 얼간이 도깨비 무리, 무슨 대수랴! 도깨비에게 춤을 보여 주러 가는 건지 도깨비를 물리치러 가는 건지 영 헷갈리는데, 못 말리게 의기양양 쇠부채를 오른손에 쥐고 어깨를 치켜세운 채 쓰루기산 속 깊숙이 발을 들여놓는다. 이와 같이 소위 '걸작 의식'에 사로잡힌 사람이 펼치는 재주란, 하여튼 형편없는 솜씨이게 마련이다. 이 할아버지의 춤도 워낙 지나치게 의기양양 우쭐댄 탓에 급기야 완전한 실패로 끝났다. 할아버지는 도깨비들이 빙 둘러앉아 벌이는 술잔치 한복판으로 공손하고 엄숙히 발을 내딛어,

"보잘것없지만." 가볍게 절하고, 쇠부채를 사르르 펼쳐 달을 휙 쳐다보며 거목인 듯 꼼짝도 하지 않는다. 잠시 지나 타닥, 가볍게 제자리걸음을 하고 천천히 신음하듯 읊조리는데,

"저는 아와의 나루토에서 여름 한철 보내는 스님이옵니다. 한데 이 포구는 헤이케 일족 쇠망한 곳이라 안타까이 여겨, 매일 밤 이 바닷가로 나와 불경을 읽어 드립니다. 해안 바위 아래 잠시 기다리는데, 바위 아래 잠시 기다리는데, 누구의 밤배인가 흰 파도에 노 젓는 소리뿐, 나루토 포구 오늘 밤도 조용하여라, 포구는 오늘 밤도 조용하여라. 어제 지나가고 오늘도 저물어, 내일 또한 이러하여라." 슬그머니 아주 조금 움직여, 다시 휙 달을 쳐다보고 꿈적도 하지 않는다.

도깨비들 기가 막혀
너도나도 일어나 도망칩니다
깊은 산속으로

"기다려!" 어르신은 비통한 소리를 내지르며 도깨비 뒤를 쫓아가, "지금 도망치면 안 됩니다."

"도망쳐! 도망쳐! 귀신일지도 몰라."

"아니, 귀신이 아니오." 어르신도 이젠 필사적으로 뒤쫓아 매달리며, "부탁이 있습니다. 이 혹을 부디, 부디 떼어 주시오!"

"뭐? 혹을?" 도깨비는 허둥거리는 통에 잘못 알아듣고, "아하! 그거? 그건 요전에 할아버지가 맡긴 소중한 물건인데, 그래도 당신이 그토록 원한다면 주겠소. 어쨌건, 그 춤만은 정말

참아 줘. 아까운 술기운이 싹 가신다니까. 부탁이야. 제발 좀 놔줘. 지금부터 또 딴 데 가서 새로 마셔야겠어. 부탁해. 제발 부탁이니 놔줘. 이봐, 거기 누구 없나? 이 이상한 사람에게, 요전에 맡아 둔 혹을 돌려줘 버려. 갖고 싶다잖아."

도깨비는 요전에 맡아 둔
혹을 붙입니다 오른쪽 뺨에
어머어머! 드디어 혹 두 개
덜렁덜렁 무거워라
창피한 듯 할아버지
마을로 돌아갔습니다

참으로 딱한 결과가 되고 말았다. 옛이야기에서는 대개 나쁜 짓을 한 사람이 나쁜 벌을 받는 결말이 되는 법인데, 이 할아버지는 별로 나쁜 짓을 저지른 것도 아니다. 너무 긴장한 나머지, 춤이 괴상야릇한 꼴이 되었을 뿐인데! 더구나 이 할아버지 가정에도 이렇다 할 나쁜 사람은 없었다. 또한 그 술꾼 할아버지도, 그 가족도, 그리고 쓰루기산에 사는 도깨비들 역시 전혀 나쁜 짓을 하지 않았다. 즉 이 이야기에는 소위 '부정한' 사건은 하나도 없었는데도 불행한 사람이 나오고 말았다. 따라서 이 혹부리 영감 이야기에서 일상의 윤리적 교훈을 끌어내자면, 일은 상당히 복잡해진다. 그렇다면 대체 무슨 생각으로 당신은 이 이야기를 썼나? 성미 급한 독자가 혹시 내게 다그치며 묻는다면, 나는 그 질문에 이렇게라도 대답해 두는 수밖에 없으리라.

　성격의 희비극이라는 겁니다. 인간 생활의 밑바닥엔 늘, 이런 문제가 흐르고 있습니다.

우라시마 씨

우라시마 다로(浦島太郎)라는 사람은 단고의 미즈노에라는 곳에 실제로 살았던 모양이다. 단고는 지금의 교토 북부다. 그 북쪽 해안의 어느 한촌에 아직까지도 다로를 모시는 신사(神社)가 있다는 이야기를 들은 적이 있다. 나는 그 부근에 가 본 적은 없지만, 사람들 말에 따르면 꽤나 황량한 바닷가인 듯하다. 거기에 우라시마 다로가 살고 있었다. 물론 혼자 지낸 건 아니다. 부모님도 있다. 남동생도 여동생도 있다. 또한 일꾼도 여럿 있다. 요컨대, 이 해안에서 유명한, 유서 있는 집안의 장남이다. 명문가의 장남에게는 예나 지금이나 일관된 어떤 특징이 있는 것 같다. 취향, 바로 이거다. 좋게 말하면, 풍류. 나쁘게 말하면, 도락. 하지만 도락이라 해도 여색에 빠지거나 고주망태가 되는 일 같은, 이른바 방탕과는 느낌이 크게 다르다.

천박하게 벌컥벌컥 말술을 들이켜고 못된 여자에게 걸려들어 부모 형제의 얼굴에 먹칠하는 식의 거친 방탕자는, 차남이나 삼남에게서 흔히 찾아볼 수 있다. 장남에겐 그런 야만성이 없다. 조상이 물려준 유산이라는 게 있다 보니 절로 항상심도 생겨, 상당히 예의가 바르다. 다시 말해 장남의 도락은 차남 삼남의 술주정처럼 푹 빠져드는 게 아니라, 그저 짬짬이 놀이다. 그리하여 그 놀이로써 명문가 장남에게 걸맞은 멋스러움을 사람들에게 인정받아 자신도 그 생활의 품위에 황홀해질 수 있다면, 그걸로 이미 모든 게 만족스럽다.

"오빠는 모험심이 없어서, 틀렸어." 올해 열여섯 살 말괄량이 여동생이 말한다. "쩨쩨해."

"아니, 그런 게 아냐." 열여덟 살 난봉꾼 남동생이 반대하며, "지나치게 남자다운 척하는 거지."

이 남동생은 피부가 거뭇하고 못생겼다.

우라시마 다로는 동생들의 이런 막무가내 비평을 듣고도 별로 화내지 않고 그저 쓴웃음을 지으며,

"호기심을 폭발시키는 것도 모험, 또한 호기심을 억제하는 것 역시 모험, 둘 다 위험해. 사람에겐 숙명이라는 게 있어." 무슨 말인지 알아들을 수 없는 내용을 마치 도통한 듯한 어조로 말하고, 뒷짐을 진 채 혼자 집에서 나와 여기저기 해안을 거닐며,

베어 낸 줄풀
어지러이 그득하고

보이네

어부의 낚싯배

　예의 풍류스러운 시구 하나를 읊조리고,

　"사람들은 어째서 서로 비평을 하지 않고는 살아갈 수 없을까?"라는 소박한 의문에 대해 대범하게 고개를 저으며 생각한다. "바닷가 싸리꽃도, 기어 다니는 작은 게도, 물가에 쉬는 기러기도, 그 무엇도 나를 비평하지 않아. 인간도 모름지기 이러해야 할 터. 사람은 제각기 살아가는 방식을 갖고 있지. 그 방식을 서로 존경할 수 없나? 아무에게도 폐를 끼치지 않도록 애쓰며 고상하게 살고 있는데, 그런데도 사람들은 이러쿵저러쿵 말이 많아. 성가셔 죽겠어." 하고 힘없이 한숨짓는다.

　"여보세요, 우라시마 씨!" 그때, 발밑에서 나직한 소리.

　이것이 바로 문제의 거북이다. 딱히 아는 척하는 건 아니지만, 거북에도 여러 종류가 있다. 담수에 사는 것과 짠물에 사는 것은 자연스레 그 생김새도 다른 것 같다. 변재천(辯才天)[1]님의 연못가에 벌렁 드러누워 등딱지를 말리고 있는 건 남생이라던가, 그림책에는 더러 우라시마가 그 남생이 등에 올라탄 채 손을 이마 앞에 올리고 저 멀리 용궁을 바라보는 그림이 있는 모양인데, 그런 거북은 바다에 들어가자마자 짠물에 숨이 막혀 급사하리라. 그러나 혼례 때의 시마다이[島台][2], 예

---

1) 말재주, 음악, 재복, 지혜를 주관하는 인도의 여신.
2) 들쭉날쭉한 판자 위에 소나무, 대나무, 매화나무, 늙은 부부 인형, 거북 따위의 모형을 늘어놓은 것. 봉래산을 본떠 만든, 결혼식 때의 장식품.

의 봉래산에서 학과 더불어 할멈 곁을 지키니, 학은 천년, 거북은 만년이라 하여 경사스럽게 기리는 건 아무래도 이 남생이로, 대모거북이나 자라가 놓인 시마다이는 별로 찾아볼 수 없다. 그런 까닭에 그림책 화가도 그만 (봉래산이나 용궁이나, 다 비슷한 장소니까) 우라시마의 안내자 역시 이 남생이가 틀림없다고 믿는 것도 무리가 아니다. 하지만 어쩐지 그 손톱 있는 투박한 손으로 물을 휘저어 바닷속 깊숙이 잠수해 들어가는 건, 부자연스럽게 여겨진다. 이 장면은 반드시 대모거북의 손처럼 넙적한 지느러미 손으로 유유히 물을 휘저어 헤쳐 나가야 한다. 그런데 또, 아니 뭐 결코 아는 척하는 건 아니지만, 여기에 또 한 가지 난처한 문제가 있다. 대모거북의 산지는 일본에선 오가사와라, 류큐, 타이완 등 남쪽 지방이라는 이야기를 들었다. 단고의 북부 해안, 즉 일본해 주변 바닷가엔 유감스럽게도 대모거북이 기어올라 올 것 같지 않다. 그렇다면 차라리 우라시마를 오가사와라 혹은 류큐 사람으로 할까 생각도 했으나, 옛적부터 우라시마는 단고의 미즈노에 사람이라 정해진 듯하다. 게다가 단고 북부 해안에는 우라시마 신사가 현존하는 모양이니, 아무리 옛날이야기가 허황된 내용일 게 뻔하다 해도, 일본의 역사를 존중한다는 이유에서도 그런 너무나 경솔한 엉터리는 용납할 수 없다. 어떤 일이 있어도, 오가사와라 혹은 류큐의 대모거북을 일본해까지 데려와야만 한다. 그런데 다시, 그건 곤란해, 하고 생물학자 측에서 항의하면서, 하여간 작가라는 치들에겐 과학 정신이 결여되어 있다니까, 하고 경멸당하는 것도 마뜩잖다. 그래서, 나는 생각했다.

대모거북 외에 지느러미 모양의 손바닥을 지닌 바다거북은 없을까? 붉은바다거북, 이라는 게 있었지? 십 년 전쯤, (나도 꽤 나이가 들었다.) 누마즈 바닷가 여관에서 여름 한철을 보낸 적이 있는데, 그때 그 바닷가에 등딱지 지름이 다섯 자 남짓한 바다거북이 올라왔다면서 어부들이 법석을 떨었고 나도 분명이 눈으로 보았다. 붉은바다거북, 이라는 이름이었다고 기억한다. 그거야! 그걸로 하자! 누마즈 바닷가에 올라왔다면, 한번 일본해 쪽으로 빙 돌아 단고 바닷가로 데려오더라도 생물학계에 그다지 큰 소동은 일어나지 않으리라 생각된다. 그럼에도 조류가 이러니저러니 들먹이며 소란을 피운다면, 더 이상, 난 모르겠다. 바로 그, 나타날 리 없는 장소에 출현했다는 게 신기하잖아. 보통 바다거북이 아닐 거야. 이렇게 시치미를 떼기로 하자. 과학 정신이라는 것도 별로 믿을 게 못 된다. 정리(定理), 공리(公理)도 가설 아닌가? 으스대지 마! 한데, 그 붉은바다거북은, (붉은바다거북이라는 이름은 하도 기다래서 혀가 꼬부라지는 탓에, 이하 그냥 거북이라 호칭한다.) 목을 쑥 내밀어 우라시마를 쳐다보며,

"여보세요!" 부르고 "그럴 만도 하지. 이해해."라고 했다. 우라시마는 깜짝 놀라,

"뭐야, 넌! 요전에 살려 준 거북이잖아! 아직도 이런 데서 어슬렁거리는 거야?"

이게 바로, 아이들이 골리며 괴롭히는 것을 보고, 우라시마가 가여워라, 하며 사서 바다에 놓아주었다는 그 거북이다.

"어슬렁거리는 거야? 라니, 쌀쌀맞군. 섭섭하네요, 도련님.

난 이래 봬도 당신에게 은혜를 갚고 싶어 그때부터 날마다 밤마다 이 바닷가에 와서 도련님이 오시길 기다렸는데."

"그건 사려 부족, 이라는 거야. 어쩌면 무모하다고 할 수도 있겠지. 또 아이들 눈에 띄었다간 어쩌려고? 이번엔 살아 돌아갈 수 없겠지."

"잘난 척하기는! 또 붙잡히면, 또 도련님이 사 주시면 되지. 사려 부족이라 죄송하네요. 난 어떡해서든 도련님을 한 번 더 뵙고 싶었으니까 어쩔 수 없어. 이 어쩔 수 없어, 라는 게 반했다는 약점이지. 간절한 마음을 헤아려 주시게."

우라시마는 쓴웃음을 짓고,

"염치없는 녀석." 중얼거린다. 거북은 귀에 거슬려 따지며,

"뭐라고요? 도련님. 자가당착이군요. 아까는 스스로 비평이 싫다느니 말씀하신 주제에, 자기는 나더러 사려 부족이니 무모하다느니, 이번엔 염치없다느니, 된통 비평을 해 대시네! 도련님이야말로 염치없군. 내겐 나만의 살아가는 방식이 있답니다. 조금은 인정해 주시죠." 멋지게 역습했다.

우라시마는 낯을 붉히고,

"내가 한 건 비평이 아니라 훈계야. 풍간(諷諫)[3]이라 할 수 있지. 풍간은 귀에 거슬리나 그 행실에 이롭다, 뭐 이런 뜻이지." 제법 그럴싸하게 얼버무렸다.

"잘난 척만 않으면 괜찮은 사람인데." 거북은 나직이 말하고,

"아니, 난 이제 아무 말 않겠어. 내 이 등딱지 위에 앉으세요."

---

3) 넌지시 빗대어 말함.

우라시마는 기가 막혀,

"넌 대체, 그게 무슨 말이야? 난 그런 야만스러운 짓은 싫다네. 거북 등딱지에 걸터앉다니, 그건 미친 짓이나 다름없어. 결코 풍류스러운 몸짓이 아니야."

"그게 뭐 어떻다고 그러나? 난 요전 일 답례로 이제부터 용궁성으로 안내해 드리려는 것뿐이야. 자아! 어서 내 등딱지에 올라타세요."

"뭐? 용궁?" 하면서 웃음을 터뜨리고, "웃기지 마. 넌 술이라도 마시고 취했구나. 터무니없는 얘길 꺼내다니. 용궁이란 옛날부터 노래로 읊거나 신선 이야기로 전해져 그건 이 세상에 없는 것, 이제 알겠어요? 그건 예로부터 우리 풍류인의 아름다운 꿈, 동경, 이렇게 말할 수 있으려나." 고상함이 지나쳐, 약간 아니꼬운 말투가 되었다.

이번엔 거북이 웃음을 터뜨리고,

"못 참겠군. 풍류 강의는 나중에 천천히 들을 테니, 우선 내 말을 믿고 아무튼 내 등딱지에 올라타세요. 당신은 도무지 모험의 맛을 알지 못하니 틀렸어."

"맙소사! 너도 역시나 내 여동생과 마찬가지로 무례한 말을 하는군. 어쨌건 난, 모험이라는 건 별로 안 좋아해. 이를테면 그건 곡예 같은 거야. 화려해 보이지만 역시 천박해. 부정한 사도(邪道)라 할 수도 있지. 숙명에 대한 체념이 없어. 전통에 대한 교양이 없어. 장님, 뱀을 무서워 않는다, 뭐 이런 셈이지. 우리네 정통 풍류인의 빈축을 크게 사는 점이지. 경멸한다고 할 수도 있어. 난 선인들의 평온한 길을, 똑바로 걸어가고 싶어."

"푸핫!" 거북은 다시 웃음을 터뜨리고, "그 선인들의 길이야말로 모험의 길이 아닌가요? 아니, 모험 따위 어쭙잖은 단어를 쓰니까 왠지 피비린내 나고 지저분한 불량배 같은 느낌이 드는데, 믿는 힘이라고 바꿔 말하는 게 어떨까요? 저 골짜기 너머에 분명 아름다운 꽃이 피어 있다고 믿을 수 있는 사람만이, 아무 주저 없이 등나무 덩굴에 매달려 저편으로 건너갑니다. 그것을 사람들은 곡예라 여겨 더러 갈채도 보내고, 더러는 무슨 인기몰이 수작이냐며 비난합니다. 하지만 그건 곡예사의 줄타기와는 전혀 다릅니다. 등나무 덩굴에 매달려 골짜기를 건너는 사람은 오로지 저 너머 꽃을 보고 싶을 뿐입니다. 자신이 지금 모험을 하고 있다는, 그런 비속한 허세 따위 갖고 있지 않습니다. 그 어떤 모험이 자랑이 되겠습니까? 멍청해라. 믿는 거지요. 꽃이 있다고 굳게 믿는 겁니다. 그런 모습을 그저, 모험이라 부를 뿐입니다. 당신에게 모험심이 없다는 건, 당신에게 믿는 능력이 없다는 것입니다. 믿는다는 게, 천박한가요? 믿는다는 게, 부정한 사도인가요? 어쩐지 신사 여러분은 믿지 않는 걸 자랑 삼아 살아가고 있으니, 영 꼴불견이야. 그건 똑똑한 게 아니에요. 훨씬 치사한 것이지요. 인색하다는 것이지요. 손해를 보기 싫다는 생각뿐이라는 증거입니다. 안심하세요. 아무도 당신에게 무얼 달라고 조르지 않아요. 다른 사람의 친절조차 당신들은 순수하게 받아들일 줄 모른다니까. 나중에 되갚을 게 큰일이다, 싶어서지. 하여간, 도무지 풍류인이란 쩨쩨해."

"말이 심한걸! 여동생 남동생한테 된통 잔소리를 듣고 바닷가로 나왔더니, 이번엔 목숨을 구해 준 거북이까지 똑같이 무례한 비평을 퍼붓는군. 아무래도 스스로 자신에 대해 전통의 긍지를 자각하지 못하는 녀석이, 제멋대로 지껄이는 법이지. 일종의 자포자기라고 할 수 있겠지. 난 뭐든지 다 알고 있어. 내 입으로 직접 말하기는 뭣하지만, 너희들 숙명과 나의 숙명에는 엄청난 계급 차이가 있어. 태어났을 때부터 이미 달라. 내 탓이 아냐. 그건 하늘이 주신 거야. 하지만 너희들은 그게 어지간히 억울한 모양이더군. 이러쿵저러쿵하면서 나의 숙명을 너희들 숙명으로까지 끌어 내리려 하지만, 하늘의 조화는 사람이 어찌할 수 없는 부분이지. 넌 나를 용궁으로 데려간다고 엄청 허풍을 떨며 나와 대등한 교제를 해 볼 속셈인 모양인데, 그만 됐어. 난 뭐든지 훤히 알고 있으니까 괜한 헛수고 말고 당장 바닷속 네 집으로 돌아가. 맙소사, 애써 내가 살려 줬는데 또 아이들한테 붙잡혔다간 끝장이야. 너희야말로 사람의 친절을 순수하게 받아들이는 법을 몰라."

"하하!" 거북은 넉살 좋게 웃으며, "애써 살려 주셨다니 황송하네요. 신사 양반은 이래서 싫다니까. 자신이 남에게 친절을 베푸는 건 대단한 미덕이고, 그래서 내심 은근히 보답을 기대하는 주제에, 남의 친절에는 어쩌나 경계가 심한지, 저 녀석과의 대등한 교제는 도저히 못 참겠다고 생각하고 있으니, 어이없는 노릇. 그렇담 나도 말해 보겠는데, 당신이 나를 살려 준 것은 내가 거북이고 또한 날 괴롭히는 상대가 아이였기 때문 아닌가요? 거북과 아이라면, 그 사이에 끼어들어 중재해도 뒤탈이 없을 테니까. 더구나 아이들에겐 다섯 푼이라도 큰돈이니까. 그렇긴 해도, 겨우 다섯 푼이라니 엄청 깎았어. 난 좀 더 내겠지 싶었는데. 당신의 쩨쩨함에는 두 손 다 들었어. 내 몸값이 겨우 다섯 푼인가 생각하니, 스스로도 한심하더군. 그건 그렇다 해도, 그때 상대가 거북과 아이였기 때문에 당신은 다섯 푼이라도 줘서 중재한 거야. 변덕쟁이거든. 그런데 그때의 상대가 거북과 아이가 아니고, 이를테면 우락부락한 어부가 병든 거지를 괴롭히고 있었다면 당신은 다섯 푼은커녕 단 한 푼도 내지 않고, 그냥 낯을 찌푸리며 급한 걸음으로 지나쳤을 게 틀림없어. 당신들은 인생의 절실한 모습과 맞닥뜨리게 되는 걸 몹시 꺼리니까. 그야말로 자신의 고귀한 숙명에 분노를 뒤집어쓴 느낌이 드는 모양이야. 당신들의 친절은, 놀이야. 향락이야. 거북이라서 살려 준 거야. 아이라서 돈을 준 거야. 우락부락한 어부와 병든 거지였다면, 어림도 없지. 실생활의 비릿한 바람이 얼굴을 어루만지는 게, 너무너무 싫은 거지. 손을 더럽히기 싫은 거야. 뭐, 이런 게, 입바른 소리랍니다. 우라시마 씨, 당신은 설마 화내진 않겠죠? 글쎄, 난 당신을 좋아하거든요. 아니, 화를 내려나? 당신처럼 상류층의 숙명을 지닌 분들은, 우리네 비천한 치들이 좋아해 주는 것조차 불명예로 여기는 듯하니 꼴불견이지. 하필, 난 거북이니까. 거북이 좋아한다니까 언짢으신가? 하지만 용서하세요. 좋고 싫음은 따질 게 못 돼요. 당신이 나를 살려 줘서 좋아하는 것도 아니고, 당신이 풍류인이라서 좋아하는 것도 아니야. 그냥, 문득 좋아해. 좋아하니까, 당신의 험담도 하고 당신을 놀리고 싶어졌어. 이게 바로 우리 파충류의 애정 표현 방식이지. 아무래도 파충류니까, 뱀의 친척이니까, 신용이 없는 것도 당연해. 하지만 난, 에덴동산의 뱀이 아니야. 외람되나마 일본 거북이야. 당신한테 용궁행을 꼬드겨 타락시킬 꿍꿍이를 꾸미는 게 아냐. 간절한 마음을 헤아려 주셔야지. 난 단지, 당신과 함께 신나게 놀고 싶어. 용궁으로 가서 놀고 싶어. 그 나라에는 성가신 비평 따위 없어. 다들 한가로이 지내. 그러니까 놀기에는 안성맞춤인 곳이지. 나는 이처럼 뭍에도 올라올 수 있고 깊은 바닷속에도 잠수해 들어갈 수 있으니까, 양쪽 생활을 비교해 바라볼 수 있는데, 어쩐지 육지 생활은 시끄럽더군. 서로들 비평이 너무 많아. 육지 생활의 대화가 온통 남의 험담, 아니면 자기 광고야. 지긋지긋해. 나도 이렇듯 뻔질나게 뭍에 올라온 덕분에 육지 생활에 다소 물들어 어지간히 입바른 비평 따위를 늘어놓게 되니, 아무래도 엉뚱한 악영향을 받았구나 싶으면서도, 이런 비평 버릇에도 쉬 끊기 힘든 맛이 있어, 비평 없는 용궁성 생활에 적잖이 따분함을 느끼게 되었답니다. 참말로 나쁜 버릇을 배운 셈입니다. 문명병의 일종일까요? 이젠 나 자신이 바다의 물고기인지 뭍의 곤충인지, 알 수 없어졌어요. 이를테면 그, 새인지 짐승인지 알 수 없는 박쥐 같은 거죠. 슬픈 천성이 되었습니다. 뭐, 바닷속 이단자인 셈이죠? 점점 고향인 용궁성에도 머물기 힘들어지더군요. 하지만 그곳은 놀기엔 딱 좋은 곳이다, 이것만은 보증합니다. 믿어 주세요. 노래와 춤, 미식과 술의 나라입니다. 당신들 풍류인에겐 안성맞춤의 나라입니다. 당신은 아까 비평이 싫다고 사무치게 개탄하지 않았던가요?

용궁에는 비평이 없습니다."

우라시마는 거북의 놀랄 만한 입담에 어안이 벙벙했으나, 그래도 그 마지막 한마디에 슬쩍 마음이 끌렸다.

"정말로, 그런 나라가 있다면야."

"거참, 아직도 의심하는군! 난 거짓말하는 게 아니에요. 어째서 나를 믿지 않나요? 화가 나네요. 실행하지 않고 그저 동경하면서 한숨을 내쉬는 게 풍류입니까? 구질구질해."

인품이 온후한 우라시마도 이토록 호되게 매도당하고 보니, 그대로 물러날 수도 없었다.

"그렇다면 뭐 도리 없군." 쓴웃음을 지으며, "말씀을 따라, 네 등딱지에 올라타 볼까?"

"하는 말마다 죄다 맘에 안 들어." 거북은 진짜로 부루퉁해져서, "올라타 볼까? 라니, 무슨 말인가요? 올라타 보는 것도, 올라타는 것도, 결과는 똑같잖아요? 의심하면서 시험 삼아 오른쪽으로 꺾는 것이나, 믿고 단호하게 오른쪽으로 꺾는 것이나, 그 운명은 똑같습니다. 어느 쪽이건 되돌릴 수 없어요. 시도한 순간, 당신의 운명은 바로 결정되어 버립니다. 인생에 연습 따위 존재하지 않아요. 해 보는 것은 이미 한 것과 똑같아요. 참으로 당신들은 깨끗이 체념을 못 해. 되돌릴 수 있다고 생각하지."

"알았어, 알았다니까! 그럼 믿고 타겠네!"

"옳지, 그거야!"

거북의 등딱지에 우라시마가 걸터앉자마자 거북의 등은 순식간에 다다미 두 장만 한 너비로 넓어지고, 흔들거리며 바다

로 들어간다. 물가에서 얼마간 헤엄쳐 나가다 거북은,

"잠깐 눈을 감아!" 매섭게 명령했다. 우라시마가 고분고분 눈을 감으니, 소나기 비슷한 소리가 나면서 주변이 훈훈해지고, 봄바람인 듯한데 봄바람보다 조금 묵직한 바람이 귓불을 어루만진다.

"수심 천 길." 거북이 말한다.

우라시마는 뱃멀미하듯 가슴이 답답해졌다.

"토해도 괜찮은가?" 눈을 감은 채 거북에게 묻는다.

"뭐? 토악질한다고?" 거북은 이전의 익살맞은 말투로 돌아가, "지저분한 손님이잖아! 엉? 고지식하게 아직도 눈을 감고 있다니. 이래서 난, 다로 씨를 좋아하거든. 이젠 눈을 떠도 좋습니다. 눈을 떠 사방의 경치를 보시면, 메슥거리는 것 따윈 금세 가라앉습니다."

눈을 뜨니 명망모호(冥茫模糊), 연초록 빛깔로 이상스레 환한 가운데, 그림자 하나 없이 그저 아득히 넓다.

"용궁인가?" 우라시마는 잠에서 덜 깬 듯 얼떨떨하게 물었다.

"무슨 소리! 아직 겨우 수심 천 길인걸! 용궁은 해저 만 길이야."

"호오오!" 우라시마는 묘한 소리를 냈다. "바다는 참 넓기도 하지!"

"바닷가에서 자란 주제에, 산골 원숭이 같은 소리 그만해. 당신 집의 연못보단 쪼끔 더 넓지."

전후좌우 어디를 봐도 그저 망망대해, 발밑을 들여다봐도 역시 끝없이 연초록 빛깔이 은은하게 이어질 뿐이고, 위를 올려다봐도 이 또한 창공 아닌 광활한 동굴, 두 사람의 이야기 소리 말고는 아무 소리도 없고, 봄바람인 듯 봄바람보다는 약간 진득한 바람이 우라시마의 귓불을 간질일 뿐이다.

우라시마는 마침내 저 멀리 오른편 위쪽에 희미한, 한 줌의 재를 뿌린 듯한 얼룩을 발견하고,

"저건 뭐지? 구름인가?" 거북에게 묻는다.

"농담 마시게. 바닷속에 구름 따윈 떠다니지 않아."

"그럼 뭐지? 먹물 한 방울 떨어뜨린 것 같군. 그냥 먼지인가?"

"당신 참 멍청해. 보고서도 모르겠어? 저건 도미 떼잖아."

"엉? 얼마 안 되는군. 저래 봬도 이삼백 마리는 될 테지?"

"바보로군!" 거북은 코웃음 치고, "제정신으로 하는 말인가?"

"그럼 이삼천?"

"정신 차려요. 얼추 오륙백만."

"오륙백만? 겁주지 마."

거북은 히죽히죽 웃으며,

"저건 도미가 아냐. 바다의 화재야. 연기가 엄청나군. 저런 연기라면, 그렇지, 일본을 스무 개쯤 그러모은 정도로 광대한 장소가 불타고 있어."

"거짓말! 바닷속에서 불이 붙겠어?"

"생각 참 짧아, 짧아. 물속에도 산소는 있으니까. 불이 안 붙을 까닭이 없지."

"얼버무리지 마. 그건 무식한 궤변이야. 농담 그만하고, 대체 저 쓰레기 같은 건 뭐지? 역시나 도미? 설마, 화재는 아닐 테지."

"아니, 화재야. 한데 당신은, 육지 세계의 무수한 하천이 밤낮없이 바다로 흘러들어 가는데도 바닷물이 불어나지도 줄지도 않고 늘 똑같은 양을 한결같이 유지하는 까닭이 뭔지 생각해 본 적이 있나요? 바다도 역시 곤혹스럽답니다. 그렇게 쫠쫠 쉴 새 없이 물이 흘러들면, 대책이 없잖아요. 그래서 이따금 저런 식으로 불필요한 물을 태워 없애는 거죠. 야아! 탄다! 잘 탄다! 큰불이야!"

"뭐야, 연기가 전혀 퍼지지 않잖아. 대체 저건 뭐지? 아까부터 통 꿈쩍 않는 걸 봐선, 물고기 떼는 아닌 것 같은데. 짓궂은 농담 따윈 그만하고, 가르쳐 줘."

"그럼 가르쳐 줄게요. 저건 달그림자입니다."

"또 속일 셈이지?"

"아니요. 바다 밑바닥엔 뭍의 그림자는 아무것도 비치지 않지만, 천체의 그림자는 역시 바로 위에서 떨어져 내리니까 비칩니다. 달그림자뿐만 아니라 별그림자도 모두 비칩니다. 그래서 용궁에선 그 그림자를 따라 달력을 만들고 사계절을 정합니다. 저 달그림자는 보름달보다 살짝 이지러졌으니, 오늘이 열사흘 밤이려나?"

진지한 말투인지라, 우라시마도 어쩌면 그럴지도 모르겠다고 생각했지만, 그래도 어쩐지 이상하다 싶었다. 그럼에도 주변을 둘러보건대 그저 연초록 빛깔 망망대해의 거대한 동굴한 귀퉁이에 희미한 흑점 하나가 자리 잡은 것이, 설령 그게 거짓말일지라도 달그림자라고 듣고 보니, 도미 떼나 화재라 여겨 바라보기보다는 풍류인 우라시마에게는 훨씬 운치가 있고

향수를 불러일으킬 만했다.

그러다 주변이 이상스레 어둑해지면서 쏴아 엄청난 소리와 함께 열풍 같은 게 밀려와, 우라시마는 하마터면 거북 등짝에서 굴러떨어질 뻔했다.

"잠깐 다시 눈을 감아!" 거북은 엄숙하게, "여기가 바로 용궁의 입구입니다. 인간이 바닷속을 탐험해도 대개 이곳이 해저의 막다른 곳이라 판단해 그만 돌아갑니다. 이곳을 넘어가는 건, 인간으로선 당신이 처음이자 마지막일지도 모릅니다."

빙그르르 거북이 몸을 뒤집었나 보다, 하고 우라시마는 생각했다. 뒤집힌 채, 즉 배를 위로 한 채 헤엄치고 우라시마는 거북의 등딱지에 찰싹 달라붙어 공중제비를 반쯤 돈 모습이다. 그런데도 굴러떨어지지 않고 거꾸로 거북과 함께 위로 쑥 나아가는 듯한, 참으로 묘한 착각을 느꼈다.

"눈을 떠 봐요." 하고 거북이 말했을 때는, 이미 거꾸로 뒤집힌 느낌은 없이 당연히 거북 등딱지 위에 앉아 있다. 거북은 아래로 아래로 헤엄쳐 간다.

사위는 새벽인 듯 어슴푸레하고, 발밑으로 희뿌연 게 보인다. 아무래도 어쩐지, 산 같다. 탑이 늘어서 있는 듯 보이는데, 탑치고는 엄청 크다.

"저게 뭐지? 산인가?"

"그렇습니다."

"용궁의 산인가?" 흥분한 탓에 목이 쉬었다.

"그렇습니다." 거북은 부지런히 헤엄친다.

"새하얗네! 눈이 내리나?"

"역시 고귀한 숙명을 지닌 사람은 생각하는 것도 다르네요. 훌륭해요. 바다 밑에도 눈이 내린다고 생각하다니."

"하지만, 바닷속에도 화재가 난다는데," 하고 우라시마는 조금 전 일에 앙갚음을 할 요량으로, "눈인들 안 내릴까? 어차피 산소가 있으니까!"

"눈하고 산소는 인연이 멀어. 인연이 있어 봤자, 바람과 나무통 장수 정도의 관계 아닌가? 멍청하기는. 그런 식으로 나를 짓누르려 한들 어림없지. 하여간 고상하신 분들은 말재주가 어설프다니까. 눈은 좋아 좋아 귀갓길은 무서워, 이건 어때요? 영 신통찮아요? 그래도 산소보다야 낫겠죠. 산소를 들먹이다니. 누런 이똥 같네. 산소는 아무래도 잘못 짚었어." 역시, 입으로는 거북을 못 당하겠다.

우라시마는 쓴웃음을 지으며,

"한데, 저 산은." 말을 꺼내자마자 거북이 또 코웃음 치고,

"한데, 라니 거창하게 나오시는군. 한데 저 산은, 눈이 내린 게 아닙니다. 저건 진주 산입니다."

"진주?" 우라시마는 깜짝 놀라 "아냐, 거짓말이겠지. 설령 진주를 십만 알 이십만 알씩 잔뜩 쌓아 올려도, 저토록 높은 산이 될 리 없어."

"십만 알 이십만 알이라니, 쩨쩨한 계산법이군. 용궁에선 진주 한 알 두 알, 그따위 자잘한 셈법은 쓰지 않아. 한 무더기 두 무더기, 이렇게 해. 한 무더기는 약 삼백억 알이라는 이야기가 있지만, 아무도 그걸 일일이 세어 본 적이 없어. 그걸 약 백만 무더기쯤 쌓아 올리면, 얼추 저 정도의 산봉우리가 생기

지. 진주를 내다 버릴 데가 없어, 골칫거리야. 알고 보면 물고기 똥이니까."

그럭저럭 용궁의 정문에 닿았다. 뜻밖에 자그맣다. 진주 산기슭에 형광을 띠고 오도카니 세워져 있다. 우라시마는 거북의 등딱지에서 내려 거북의 안내를 받으며, 허리를 조금 굽히고 그 정문으로 들어간다. 사위는 어슴푸레하다. 그리고 죽은 듯 고요하다.

"조용하군. 으스스할 정도야. 지옥은 아니겠지?"

"정신 차려요, 도련님!" 거북은 지느러미로 우라시마의 등짝을 치며, "왕궁이란 모두 이처럼 조용하지. 단고 바닷가의 풍어 춤사위 같은 난리 법석을 일 년 내내 벌이는 게 용궁이라는 진부한 공상을 했겠지? 가여워라. 간소하면서 그윽한 것이, 당신들 풍류의 극치 아닌가? 지옥이라니, 한심스럽군. 익숙해지면 이 어둑함이 뭐라 말할 수 없이 부드럽게 마음을 편히 해 주지. 발밑을 조심하세요. 미끄러져 넘어지면 추태니까. 맙소사, 당신은 아직도 짚신을 신고 있네. 벗으세요, 예의 없긴."

우라시마는 낯을 붉히며 짚신을 벗었다. 맨발로 걸으니, 발바닥이 무지 미끈미끈하다.

"뭐지? 이 길은? 기분이 안 좋아."

"길이 아니야. 여긴 복도예요. 당신은 이미 용궁성에 들어와 있습니다."

"그래?" 깜짝 놀라 주위를 둘러봤지만, 벽도 기둥도 아무것도 없다. 옅은 어둠이 그저 주변에 일렁인다.

"용궁에는 비도 내리지 않고, 눈도 내리지 않습니다." 거북은 묘하게 자애로운 어조로 일러 준다. "그래서 육지의 집들처럼 갑갑한 지붕이며 벽을 만들 필요가 없습니다."

"그래도, 문에는 지붕이 있던걸?"

"그건 표지입니다. 문뿐만 아니라 용궁 선녀님 방에도 지붕과 벽은 있습니다. 하지만 그것도 선녀님의 존엄을 유지하기 위해 만든 것이지, 비와 이슬을 막기 위한 게 아닙니다."

"그런가?" 우라시마는 여전히 의아한 표정으로 "그 선녀님 방이라는 건, 어디 있지? 죽 둘러보건대, 저승길이 이러랴, 고적한 유경(幽境), 나무 한 그루 풀 한 포기 안 보이잖아?"

"하여간 촌뜨기는 못 말려! 큼지막한 건물이나 번지르르한 장식에는 입을 쩍 벌리고 화들짝 놀라면서, 이런 그윽한 아름다움엔 도통 감흥이 없어. 우라시마 씨, 당신의 고상함도 믿게 못 되는걸. 하긴 단고의 거친 바닷가 풍류인이니 어련하실까. 전통의 교양 어쩌고, 들으면 식은땀이 나잖아. 정통 풍류인? 말씀도 잘하셔. 이렇게 직접 현장을 마주하니, 촌뜨기 본색이 훤히 드러나 어처구니없네. 어쭙잖은 흉내 내기 풍류 놀이는, 이제부턴 그만둬요."

거북의 독설은 용궁에 도착하자, 어쩐지 한층 더 매서워졌다.

우라시마는 안절부절 어쩔 바를 몰라,

"글쎄, 통 아무것도 안 보이는 걸 어떡해." 거의 울먹이다시피 말했다.

"그러니까, 발밑을 조심하라고 했잖아요? 이 복도는 그냥 복도가 아니에요. 물고기 다리예요. 유심히 잘 보세요. 수억 마리 물고기가 빼곡히 뭉쳐 복도 마루처럼 되어 있는 거죠."

우라시마는 흠칫 놀라 발끝으로 섰다. 안 그래도 아까부터 발바닥이 미끈미끈하다 싶었다. 보니까, 과연 크고 작은 무수한 물고기 떼가 빈틈없이 등짝을 나란히 한 채 꼼짝도 않고 가만히 있다.

"이건 너무해." 우라시마는 별안간 흠칫흠칫 겁먹은 걸음걸이로, "악취미야. 이게 바로 간소하고 그윽한 아름다움인가? 물고기 등짝을 마구 짓밟고 다니다니! 야만스럽기 짝이 없군! 무엇보다 이 물고기들이 가여워. 이런 기묘한 풍류는 나 같은 촌뜨기는 이해할 수 없어." 아까 촌뜨기 소리를 들은 울분을 이렇게 풀고 나니, 속이 후련해졌다.

"아니에요." 그때, 발밑에서 가녀린 목소리로, "우리는 여기 매일 모여 선녀님의 거문고 소리를 넋을 잃고 듣는답니다. 물고기 다리는 풍류를 위해 만든 게 아니에요. 개의치 마시고, 어서 건너가세요."

"그런가요?" 우라시마는 은근히 쓴웃음을 짓고, "난 또, 이것도 용궁의 장식 가운데 하나인가 싶어서."

"그뿐만은 아닐 테지." 거북은 놓치지 않고 말참견하며, "어쩌면, 이 다리도 우라시마 도련님을 환영하기 위해 선녀님이 특별히 물고기들에게 명하여,"

"아, 이거!" 우라시마는 허둥지둥 낯을 붉히고, "설마, 그 정도로 난 잘난 체하지 않아. 하지만 네가 이걸 두고 복도 마루 어쩌고 엉터리 얘길 하길래, 나도 그만, 그 물고기들이 밟히면 아프겠구나, 싶었지."

"물고기 세계엔 마루 같은 건 필요 없습니다. 그저 육지의 집에 비유한다면, 복도의 마루에 해당될까 싶어 내가 그런 설명을 해 드린 것이지, 결코 엉터리 얘길 한 게 아니에요. 어째서 물고기들이 아플 거라 생각합니까? 바다 밑에선 당신의 몸도 종이 한 장 무게 정도밖에 안 되는데. 어쩐지 몸이 둥실둥실 떠 있는 느낌이 들지요?"

들고 보니, 둥실둥실 그런 느낌이 없지도 않다. 우라시마는 거듭거듭, 거북에게 공연히 조롱을 당하는 것 같아, 몹시 부아가 났다.

"난 이제 아무것도 못 믿겠어. 이래서 난, 모험이란 걸 싫어해. 속임을 당해도, 그걸 간파할 방도가 없으니까. 그냥 무조건, 길 안내자의 말을 따라야 해. 이건 이러한 것이다, 라고 말하면 그뿐이거든. 참으로, 모험은 사람을 속이지. 거문고 소리고 뭐고, 하나도 안 들리잖아!" 급기야 마구잡이로 화풀이 논법으로 바뀌었다.

거북은 차분히,

"당신은 아무래도 육지의 평면 생활만 하니까, 목표는 동서남북 그 어딘가에 있다고만 생각하지요. 하지만 바다에는 두가지 방향이 더 있어요. 즉, 위와 아래입니다. 당신은 아까부터 선녀님의 처소를 앞쪽에서만 찾으시네요. 여기에 당신의 중대한 오류가 존재합니다. 어째서 당신은 머리 위를 보지 않나요? 또한, 발밑을 보지 않나요? 바다 세계는 일렁이며 떠다닙니다. 아까 본 정문, 또한 그 진주 산도, 모두 조금 뜬 채 움직입니다. 당신 스스로 역시 상하좌우로 흔들리니까, 다른 물체가 움직이는 걸 알 수 없을 뿐입니다. 당신은 아까부터 상당

히 앞쪽으로 나아간 듯 여기실지 모르겠지만, 그저 똑같은 위
치예요. 오히려 후퇴했는지도 몰라요. 지금은 조류 관계상, 성
큼성큼 뒤로 떠내려가고 있습니다. 그리고 아까보다는 백 길
남짓 다들 함께 위로 떠올랐습니다. 뭐, 아무튼, 이 물고기 다
리를 좀 더 건너가 볼까요? 보세요! 물고기 등짝도 점점 드문
드문해졌지요? 발을 헛디디지 않도록 조심하세요. 뭐, 발을 헛
디뎌도, 쿵! 낙하할 염려는 없지만 말이죠, 어차피 당신도 종
이 한 장 무게니까. 즉, 이 다리는 끊어진 다리예요. 이 복도를
건넌들 앞쪽엔 아무것도 없어요. 하지만 발밑을 좀 보세요. 이
봐, 물고기들! 좀 비켜! 도련님이 선녀님을 만나러 가잖아. 이
녀석들은 이처럼 용궁성 주성의 천장을 이루고 있지요. 해파
리로 된, 떠다니는 천장이라면, 당신들 풍류인은 기뻐할까요?"
　물고기들은 조용히 말없이 좌우로 흩어진다. 희미하게 거문
고 소리가 발밑에 들린다. 일본 거문고 소리와 흡사하나, 그만
큼 강하지는 않고 좀 더 부드럽고 덧없고, 묘하게 나긋나긋한
여운이 있다. 국화 이슬. 얇은 옷. 저녁 하늘. 다듬잇돌. 선잠.
꿩. 어느것도 아니다. 풍류인 우라시마조차 도무지 짐작이 안
가는 가련하고 가냘픈, 그러나 육지에선 들을 수 없는 고상한
처연함이 그 밑바닥에 흐르고 있다.
　"신기한 곡입니다. 저건 무슨 곡인가요?"
　거북도 잠시 귀 기울여 듣고,
　"성체(聖諦)." 한마디, 대답했다.
　"성체?"
　"신성(神聖)의 성 자에, 체념."

"아아! 그래, 성체." 중얼거리며 우라시마는 비로소 바닷속 용궁 생활에, 자신들의 취미와 격이 다른 숭고한 무엇을 감지했다. 아무래도 나의 품위 따윈 믿을 게 못 돼. 전통의 교양이니 정통 풍류 어쩌고 하는 내 말을 듣고 거북이 식은땀을 흘리는 것도 그럴 만해. 내 풍류는 흉내 내기야. 촌뜨기 산골 원숭이인 게 틀림없어.

"이제부터 네가 하는 말은 뭐든 믿을게. 성체! 과연." 우라시마는 멍하니 우뚝 선 채, 더욱 그 신기한 성체라는 곡에 귀를 기울였다.

"자아, 여기서 뛰어내립니다. 위험하진 않아요. 이렇게 두 팔을 벌리고 한 걸음 내딛으면, 한들한들 기분 좋게 낙하합니다. 이 물고기 다리가 끝나는 지점에서 곧장 내려가면, 바로 용궁 정전의 계단 앞에 닿습니다. 자아, 무얼 그리 멍하니 있어요? 뛰어내려요! 괜찮아요?"

거북은 한들한들 침하한다. 우라시마도 정신을 바짝 차리고 두 팔을 벌려 물고기 다리 밖으로 한 걸음 발을 내딛자, 쑤욱 아래로 기분 좋게 빨려 들어가면서 산들바람이 뺨을 스치듯 시원하다. 이윽고 주위가 초록 나무 그늘 빛깔이 되고 거문고 소리도 한층 가까이서 들린다 생각하는 사이, 거북과 나란히 정전 계단 앞에 서 있었다. 계단이라지만 한 계단 한 계단 분명하진 않고, 흐릿하니 빛나는 잿빛 작은 구슬이 잔뜩 깔린 완만하게 경사진 언덕 같다.

"이것도 진주?" 우라시마는 나직이 묻는다.

거북은 불쌍하다는 눈길로 우라시마의 얼굴을 보고,

"구슬만 보면 뭐든 진주라니! 진주는 내다 버려서, 저렇듯 높다란 산이 되었잖아요? 아무튼 그 구슬을 손으로 한번 떠 보세요."

우라시마는 시키는 대로 두 손으로 구슬을 떠 보는데, 선뜩 차갑다.

"아, 싸라기눈!"

"농담 마시고. 이번엔 그걸 입안에 넣어 봐요."

우라시마는 순순히 그 얼음처럼 차가운 구슬을, 대여섯 개 우물거렸다.

"맛있어."

"그렇죠? 이건 바다 앵두예요. 이걸 먹으면 삼백 년간, 늙지 않습니다."

"그래? 몇 개 먹어도 마찬가지야?" 풍류인 우라시마도 그만 체면치레를 잊고, 좀 더 떠서 먹으려는 태세였다. "난 정말로 노추해지는 게 싫어. 죽는 건 그리 무섭지 않은데, 정말로 노추만은 내 취향에 안 맞아. 좀 더 먹어 볼까!"

"웃고 있잖아요. 위를 보세요. 선녀님이 마중 나오셨네요. 야아! 오늘은 한결 아름다우세요!"

앵두 언덕이 끝나는 자리에, 푸르고 얄따란 천을 몸에 두른 자그마한 여성이 살포시 미소 지으며 서 있다. 얄따란 천 아래 새하얀 살결이 비친다. 우라시마는 허둥지둥 시선을 돌리고,

"선녀님?" 거북에게 속삭인다. 우라시마의 낯이 새빨갛다.

"당연하잖아요! 무얼 그렇게 쩔쩔매요? 자아, 어서 인사드리세요."

우라시마는 더욱더 갈팡질팡,

"한데, 뭐라고 해야 하지? 나 같은 자가 이름을 밝혀 봤자 쓸데없는 일, 애당초 우리 방문이 좀 느닷없어. 의미가 없어. 돌아가자." 고귀한 숙명을 지닌 우라시마도, 선녀 앞에선 완전히 비굴해져 도망칠 채비를 갖추었다.

"선녀님은 당신에 대해 이미 다 아세요. 계전만리(階前萬里)[4]라 하지 않습니까? 단념하고, 그저 공손히 인사하시면 됩니다. 설령 선녀님이 당신에 대해 아는 게 전혀 없다 한들, 선녀님은 경계 따위 쩨쩨한 건 아예 모르는 분이니, 그리 조심스러워하지 않아도 돼요. 놀러 왔습니다, 그러면 돼요."

"설마! 그런 실례를. 아아! 웃으시네. 아무튼, 인사드려야지."

우라시마는 두 손이 자기 발끝에 닿을 만치 공손하게 인사했다.

거북은 조바심이 나서,

"너무 공손해. 못 봐주겠어. 당신은 내 은인이잖아요? 좀 더 위엄 있는 태도를 보이세요. 부들부들 그토록 정중하게 예를 올리다니, 품위고 뭐고 눈 씻고 봐도 없네요. 저기, 선녀님이 부르세요. 갑시다! 자아, 가슴을 쫙 펴고, 난 일본 제일의 미남자에, 일류 풍류인이다, 하는 얼굴로 뽐내며 걸으세요. 당신은 우리에겐 엄청 거만하고 멋스런 척하면서도, 여자에겐 도무지 패기가 없네요."

"아니 아니, 고귀한 분께는 거기에 걸맞은 예를 다해야지."

---

4) 임금이 백성의 사정을 소상히 아는 것.

긴장한 탓에 목이 쉬고 다리가 꼬여 비틀비틀 갈지자걸음으로 계단을 올라가 빙 둘러보니, 거기엔 다다미 만 장을 깔아 놓았다고 할 만치 드넓은 방이 있었다. 아니, 방이라기보다는 정원이라 하는 편이 적절할지도 모른다. 어디서 비쳐 드는지 나무 그늘 같은 초록 광선을 받아 안개 낀 듯 뿌연 그 넓디넓은 광장에는 역시나 싸라기눈처럼 자잘한 구슬이 잔뜩 깔려 있고 군데군데 검은 바위가 무질서하게 뒹굴고 있을 뿐이다. 지붕은 물론 기둥도 하나 없고, 둘러보건대 폐허라 할 만큼 황량한 대광장이다. 유심히 살피니, 그나마 자잘한 구슬 틈새로 드문드문 자줏빛 작은 꽃이 얼굴을 내민 게 보인다. 그것이 되레 쓸쓸함을 더하는데, 이런 게 그윽한 고요의 극치인지도 모르겠지만, 그래도 용케 이런 적적한 장소에서 생활해 가는구나 싶어, 감탄 어린 한숨이 휴우, 나오면서 새로운 기분으로 선녀의 얼굴을 살짝 훔쳐보았다.

선녀는 말없이 빙그르 뒤돌아 슬슬 걸어 나간다. 그때 비로소 알아챘는데, 선녀 뒤로 송사리보다 훨씬 작은 금빛 물고기가 무수히 떼 지어 나풀나풀 헤엄치며 선녀가 걸으면 그대로 따라 이동한다. 그 모습이 마치 금빛 비가 쉴 새 없이 선녀 주변에 쏟아져 내리는 것 같아, 과연 이 세상의 것이 아닌 고귀함이 느껴졌다.

선녀는 몸에 두른 얄따란 천을 너울거리며 맨발로 걷고 있는데, 자세히 보니 그 푸르스름한 자그만 발은 밑의 자잘한 구슬을 밟지 않는다. 발바닥과 구슬 사이에 아주 조금 틈이 있다. 그 발바닥은 지금껏 한 번도 무얼 밟은 적이 없을지도 모른다. 갓난아기 발바닥과 똑같이 부드럽고 아름다울 게 틀림없다고 생각하니, 이렇다 할 눈에 띄는 장식 하나 없는 선녀의 몸이 더욱 진정한 기품을 지닌 듯 그윽하게 여겨졌다. 용궁에 와 보길 잘했다고, 절로 이번 여행의 모험에 감사하고 싶은 기분이 생겨, 넋 놓고 선녀 뒤를 따라 걷는데,

"어때요? 나쁘지 않죠?" 거북은 우라시마의 귓전에 나직이 속삭이고, 지느러미로 우라시마의 옆구리를 살랑살랑 간질였다.

"아아, 뭐?" 우라시마는 당황하여, "이 꽃이, 이 자줏빛 꽃이 예쁘군." 하고 엉뚱한 말을 했다.

"이거 말인가요?" 거북은 심드렁하게, "이건 바다의 앵두꽃이에요. 제비꽃을 조금 닮았지요. 이 꽃잎을 먹으면 거나하게 취합니다. 용궁의 술이죠. 그리고 저기 바위처럼 생긴 건 바닷말입니다. 수만 년이나 지난 탓에 이렇게 바위처럼 뭉쳐 있지만 양갱보다 더 부드럽습니다. 저건 육지의 어떤 진수성찬보다도 맛있지요. 바위마다 하나씩 맛이 다 다릅니다. 용궁에선 이 바닷말을 먹고 꽃잎에 취하고 목이 마르면 앵두를 입에 넣고, 선녀님의 거문고 소리를 넋 놓고 듣고, 살아 움직이는 꽃보라 같은 작은 물고기들의 춤을 바라보며 지냅니다. 어때요? 용궁은 노래와 춤, 미식과 술의 나라라고, 내가 함께 가자고 권했을 때 이미 당신에게 말씀드렸는데, 어때요? 상상한 거와 다른지요?"

우라시마는 대답하지 않고, 심각하게 쓴웃음을 지었다.

"알고 있습니다. 당신이 상상한 건, 그저 시끌벅적 야단법석

에, 커다란 접시에 도미회, 참치회, 빨간 기모노를 입은 아가씨들의 손짓춤, 그리고 넘쳐 나는 금은, 산호, 아름다운 옷들이 — ."

"설마!" 우라시마도 어지간히 좀 언짢은 표정으로, "난 그렇게 저속한 남자가 아닙니다. 하지만 난 자신이 고독한 남자라고 생각한 적은 있는데, 여기 와서 참으로 고독한 분을 뵙게 되니, 지금껏 내가 젠체하며 지내 온 생활이 너무나 부끄럽습니다."

"저분 말이에요?" 거북은 나직이 말하고 버릇없이 선녀 쪽을 턱으로 가리키며, "저분은 전혀 고독하지 않아요. 태연합니다. 야심이 있으니까 고독 따위에 마음을 쓰는 거지, 딴 세계 일 따위 전혀 문제 삼지 않는다면 백 년 천 년 혼자 있어도 편안합니다. 그야말로, 비평을 신경 쓰지 않는 사람에게는 말이죠. 그런데, 당신은 어디로 가시나요?"

"아니, 뭐, 그냥." 우라시마는 뜻밖의 질문에 놀라, "글쎄, 저분이 — ."

"선녀는 굳이 당신을 어딘가로 안내하려는 게 아닙니다. 저분은 이미, 당신을 잊었습니다. 저분은 이제 자기 방으로 돌아가겠죠. 정신 차려요. 여기가 용궁이에요, 이 장소가! 그 밖에 달리 안내해 드리고 싶은 곳도 없습니다. 그저 여기서, 내키는 대로 놀아요. 이것만으론 부족한가요?"

"골리지 말아 줘! 난, 대체 어떻게 하면 돼?" 우라시마는 울상을 짓고, "글쎄 저분이 마중을 나와 주셨으니까, 뭐 내가 잘난 체하는 건 아니지만, 저분 뒤를 따라가는 게 예의라고 생각했어. 딱히 부족하다고 생각하진 않아. 그런데도 내가 무슨 추잡한 흑심을 품기라도 한 듯 말투가 이상하잖아! 넌 정말, 심술이 고약해. 너무해! 태어나서 이렇게 체면이 구겨진 적이 없어. 정말 너무해!"

"신경 쓸 것 없어요. 선녀는 너그러운 분입니다. 그야, 머나 먼 육지에서 찾아온 귀한 손님인 데다, 당신은 내 은인이잖아 요. 마중 나오는 건 당연하지요. 더구나 당신은 성격도 시원시 원하고 남자답게 잘생겼으니, 아니 이건 농담이에요, 괜히 또 잘난 체하면 못 당하지. 아무튼 선녀는 자기 집으로 찾아온 귀한 손님을 계단까지 마중 나와 안심했고, 그다음엔 당신이 내키는 대로 며칠이건 여기서 편히 계시도록 일부러 모르는 체하며 저렇듯 자기 방으로 물러나는 게 아닐까요? 사실 우리 도 선녀가 무얼 생각하는지 잘 모릅니다. 어쨌든 참으로 너그 러우시니까."

"아니, 그 말을 듣고 보니, 난 좀 알 것 같은데. 네 추측도 대 체로 틀리지 않은 것 같아. 즉 이런 게 진정한 귀인의 접대법 인지도 모르지. 손님을 맞이하고는 손님을 잊는다. 게다가 손 님 주변에는 미주 진미가 아무렇게나 널려 있어. 가무음곡도 특별히 손님을 환대하려는 노골적인 의도로 이루어지는 게 아냐. 선녀는 누군가에게 들려주려는 마음도 없이 거문고를 타지. 물고기들은 누군가에게 솜씨를 뽐내려 하지 않고 자유 로이 흥겹게 춤추며 놀지. 손님의 찬사를 바라지 않아. 손님 또한 그런 걸 일부러 의식해 감탄하는 표정을 지을 필요도 없 어. 드러누운 채 모른 척한들 상관없는 거지. 주인은 이미 손님에 대해선 잊었어. 게다가 멋대로 행동해도 좋다는 허락을 받았어. 먹고 싶으면 먹고, 먹기 싫으면 안 먹어도 돼. 술에 취해 비몽사몽 거문고 소리를 듣고 있어도, 그다지 실례가 되진 않아. 아아, 손님을 접대하려면 모름지기 이러해야 할 터! 이것저것 변변찮은 요리를 성가시게 권하고, 쓸데없는 발림소리를 교환하고, 우습지도 않은데 무턱대고 아하하! 웃고, 신기할 것도 없는 이야기에 어머나! 과장스레 깜짝 놀란 척하고, 하나부터 열까지 거짓말뿐인 사교를 하면서 멋들어진 일류 손님 접대를 한다고 자부하는 쩨쩨하고 약아빠진 바보 녀석들에게, 이 용궁의 대범한 접대 방식을 보여 주고 싶군. 그 녀석들은 오직 자신의 품위가 떨어지진 않을까, 그것만 걱정하며 조마조마 이상스레 손님을 경계하여 혼자 겉돌 뿐, 진심이라곤 손톱의 때만큼도 갖고 있지 않아. 대체, 그게 뭐냐고! 술 한 잔에도 내가 산 거야! 잘 마셨어! 하고 증서를 주고받으니, 못 당해."

"그렇지, 그 느낌 좋은데!" 거북은 무척 기뻐하며, "하지만 너무 그렇게 흥분했다가 심장 마비라도 일으키면 곤란해. 자, 이 바닷말 바위에 앉아, 앵두술이라도 드세요. 앵두 꽃잎만으로는 처음 맛보는 사람에겐 향이 너무 강할지도 모르니까, 앵두 대여섯 알과 함께 혀에 얹으면, 사르르 녹아 알맞게 청량한 술이 됩니다. 혼합 방식에 따라 여러 가지 맛으로 바뀌니까, 손수 조절해서 입에 맞는 술을 만들어 드세요."

우라시마는 지금, 약간 강한 술을 마시고 싶었다. 꽃잎 세 장에 앵두 두 알을 곁들여 혀끝에 얹자마자 입안 가득 향긋한 술, 입에 머금고만 있어도 황홀하다. 산뜻하게 목구멍을 간질이며 넘어가, 몸 안에 환한 등불이 켜진 듯 흐뭇해진다.

"좋은데! 참으로 근심을 쓸어 내는 빗자루네!"

"근심?" 거북은 곧장 따져 묻고, "무슨 우울한 일이라도 있나요?"

"아니 별로, 그런 건 아니지만, 아하하하!" 머쓱함을 감추려고 억지로 웃고 나서 후우, 작은 한숨을 쉬고는 흘끗 선녀의 뒷모습을 바라본다.

선녀는 혼자서 말없이 걷고 있다. 연초록 광선을 받아 투명하고 향기로운 해초처럼 보이는데, 한들한들 일렁이면서 홀로 걷고 있다.

"어디로 가는 걸까?" 무심결에 중얼거린다.

"방이겠죠." 거북은 아주 뻔하다는 표정으로 새치름히 대답한다.

"아까부터 넌 자꾸 방, 방, 하는데 그 방은 대체 어디에 있어? 아무것도, 아무 데도 안 보이잖아."

빙 둘러봐도 그저 평평한 광야라 할 만치 뿌옇게 빛나는 널찍한 방이고, 궁전 같은 그림자는 어디에도 없다.

"저어기 건너편, 선녀가 걸어가는 방향으로 저어기 건너편에, 뭔가 보이지 않습니까?" 거북의 말에 우라시마는 눈살을 찌푸리며 그 방향을 응시하고,

"아아! 그러고 보니 뭔가 있는 것 같네."

거의 십 리 앞이라 여겨질 정도로 저 멀리, 깊디깊은 못의 바닥을 들여다볼 때처럼 흐릿한 게 몽롱하니 일렁대는 부근

에, 자그맣고 새하얀 꽃 같은 게 보인다.

"저거야? 작은데?"

"선녀가 혼자 쉬는 데에 커다란 궁전이 무슨 필요가 있겠어요?"

"뭐, 그렇기도 하지만." 우라시마는 다시 앵두술을 조합해 마시고, "저분은 뭐랄까, 늘 저렇듯 말이 없으세요?"

"네, 그렇습니다. 말이란, 살아 있다는 불안감에서 싹튼 게 아닌가요? 썩은 땅에서 붉은 독버섯이 돋아나듯, 생명의 불안이 말을 발효시키는 게 아닌가요? 기쁨의 말도 있긴 하지만, 그것조차도 천박하게 꾸며져 있잖아요? 인간은 기쁨 속에서조차 불안을 느끼는 걸까요? 인간의 말은 모두 꾸밈이에요. 잘난 척하는 거죠. 불안이 없는 곳엔 구태여 천박한 꾸밈 따윈 필요 없겠지요. 난 선녀가 무슨 말 하는 걸 들은 적이 없어요. 하지만 또한 말 없는 사람에게 흔히 있는, 피리양추(皮裏陽秋)[5]랄까, 그렇게 마음속으로 몰래 행하는 신랄한 관찰 따위도, 선녀는 결코 안 하세요. 아무 생각도 하지 않아요. 그저 저렇듯 살포시 미소 지으며 거문고를 타거나, 이 너른 방을 한들한들 돌아다니며 앵두 꽃잎을 입에 머금기도 하고 놀지요. 참으로 한가롭습니다."

"그래? 저분도 역시 이 앵두술을 마시는구나. 하긴, 이건 좋으니까! 이것만 있으면 아무것도 필요없어. 좀 더 먹어도 될까?"

---

5) 마음속으로는 옳고 그름, 선악을 비판하지만, 겉으로 드러내지 않는 것.

"네, 그럼요. 여기 와서 체면 차리는 건 멍청한 짓이지요. 당신은 무한히 허락받았습니다. 내친김에 무얼 먹어 보는 게 어때요? 눈에 보이는 바위 죄다 진미입니다. 기름진 게 좋아요? 깔끔하고 약간 새콤한 게 좋아요? 어떤 맛이건 다 있습니다."

"아아! 거문고 소리가 들리네. 드러누워 들어도 괜찮겠지?"

무한히 허락받았다는 사상은, 실은 난생처음 접하는 것이다. 우라시마는 풍류인의 몸가짐이고 뭐고 다 잊은 채 기다랗게 똑바로 드러누워, "아아, 아! 취해서 뒹구니까, 기분 좋아! 이참에 뭘 좀 먹어 볼까? 꿩고기 구이 맛 나는 바닷말이 있어?"

"있습니다."

"그리고 또, 오디 맛 나는 바닷말은?"

"있겠지요. 그런데 당신은 묘하게 야만스러운 음식을 먹네요."

"본성 폭로! 난 촌놈이야." 말투조차 어쩐지 바뀌어, "이런 게 풍류의 극치라고!"

눈을 들어 보니, 아득한 저 위쪽에 물고기 천장이 한가로이 떠다니는 게, 푸르스름하니 보인다. 그러자 순식간에 그 천장에서 물고기 떼가 우글우글 흩어지며, 제각기 은비늘을 반짝이고 하늘 가득 어지러이 눈발 흩날리듯 춤추며 논다.

용궁에는 밤도 낮도 없다. 늘 5월 아침처럼 상쾌하고 나무그늘 같은 초록 광선이 가득해, 우라시마는 여기서 며칠을 지냈는지 짐작도 할 수 없다. 그동안, 우라시마는 그야말로 무한히 허락받았다. 우라시마는 선녀 방에도 들어갔다. 선녀는 아무런 혐오감도 보이지 않았다. 그저 살포시 미소 짓는다.

그리하여, 우라시마는 마침내 싫증 났다. 허락받은 것에 싫증 났는지도 모른다. 가난한 육지 생활이 그리워졌다. 서로 타인의 비평을 신경 쓰고, 울거나 화내며, 쩨쩨하고 구차하게 살아가는 육지 사람들이 참을 수 없이 가련하고, 어쩐지 아름답게조차 여겨졌다.

우라시마는 선녀에게, 안녕히! 하고 인사했다. 이 갑작스러운 작별 또한 무언의 미소로 허락받았다. 즉, 뭐든지 허락받았다. 처음부터 끝까지 허락받았다. 선녀는 용궁 계단까지 배웅을 나와, 말없이 작은 조가비를 내민다. 눈부신 오채색 빛을 발산하며 입을 꽉 다문 쌍각류 조개다. 이것이 소위 용궁의 선물인 보물 상자였다.

가는 길 좋아 좋아 귀갓길은 무서워. 다시 거북 등짝을 타고, 우라시마는 멍하니 용궁에서 멀어졌다. 묘한 우수가 우라시마의 가슴속에서 북받친다. 아아! 감사 인사를 잊었어! 저렇게 멋진 곳이 또 어디에 있을까! 아아, 언제까지나 거기에 있었으면 좋았을걸! 하지만 난 육지의 인간이야. 아무리 안락하게 지낸들 내 집이, 내 고향이, 내 머리 한 귀퉁이에 들러붙어 떨어지지 않아. 향긋한 술에 취해 잠들어도, 꿈은 늘 고향 꿈인걸! 진짜 못 말려. 난 그토록 멋진 곳에서 놀 자격이 없어.

"아이, 참, 어떡하지? 쓸쓸해!" 우라시마는 자포자기하듯 큰 소리로 외쳤다. "무슨 영문인지 모르겠는데, 이거 어떡하지? 이봐, 거북이! 뭐라고 또 한바탕 욕이라도 해 줘. 넌 아까부터 도통 말 한마디 안 하잖아!"

거북은 조금 전부터 그저 묵묵히 지느러미를 움직일 뿐.

"화났어? 내가 용궁에서 실컷 얻어먹고 도망치다시피 돌아간다고, 넌, 화났어?"

"삐딱하기는! 육지 사람은 이 모양이라서 싫어! 돌아가고 싶으면 돌아가. 무엇이든 당신 내키는 대로라고, 처음부터 몇 번이고 말했잖아?"

"그런데 어쩐지 넌, 기운이 없어 보여!"

"그렇게 말하는 당신이야말로 괜스레 풀 죽은 모습인걸. 난 아무래도 마중하는 건 좋은데, 배웅하는 게 서툴거든."

"가는 길 좋아 좋아! 이거야?"

"말장난할 기분이 아냐. 도무지 배웅하는 건 신바람이 안 나. 한숨만 나오고 무슨 말을 해도 맨송맨송하고, 차라리 그만 이쯤에서 헤어졌으면 싶기도 해."

"역시 너도 쓸쓸하구나." 우라시마는 뭉클 눈시울이 뜨거워지며, "이번엔 정말 신세를 졌습니다. 고맙습니다."

거북은 대답 없이, 무슨 그런 말을! 하듯 등딱지를 씰룩 흔들더니, 다시 부지런히 헤엄친다.

"그분은 여전히 그곳에서, 홀로 놀고 있겠지?" 우라시마는 더없이 안타까운 한숨을 내쉬며, "내게 이처럼 아름다운 조개를 주었는데, 이건 설마, 먹는 건 아닐 테지?"

거북은 쿡쿡 웃음을 터뜨리고,

"잠시 용궁에 머문 사이, 당신도 엄청 게걸스러워졌네요. 그건 먹는 게 아닌 듯합니다. 나도 잘 모르겠지만, 그 조개 속에 뭔가 들어 있지 않나요?" 거북은 이쯤에서, 저 에덴동산의 뱀처럼, 어쩐지 사람의 호기심을 돋우는 묘한 말을 불쑥 했다. 이것 역시 파충류의 공통된 숙명일까? 아니 아니, 이렇게 단정 지어 버리면 이 선량한 거북이 가엾다. 거북 자신도 요전에 우라시마에게, "하지만 난 에덴동산의 뱀이 아니야, 외람되나 마 일본 거북이야."라고 호언했다. 믿어 주지 않으면 불쌍하다. 게다가 이 거북이 지금껏 우라시마를 대하는 태도로 판단하더라도, 결코 저 에덴동산의 뱀처럼 사악하고 간사스러워 무서운 파멸의 유혹을 속삭이는 성질이 있어 보이진 않는다. 그렇기는커녕 오히려 5월의 장식 잉어처럼 활달하고 애교스러운 다변가에 불과한 게 아닌가 싶다. 즉, 아무런 악의도 없었다. 나는 이렇게 해석하고 싶다. 거북은 더욱더 말을 이어, "그런데 그 조개는 열어 보지 않는 편이 좋을지도 모릅니다. 분명그 속에는 용궁의 정기 같은 것이 들어 있을 테니까요. 그걸 육지에서 열면, 기이한 신기루가 피어올라 당신을 발광시키거나 어떻게 할지 알 수 없어요. 또 어쩌면 바닷물이 분출해 대홍수를 일으킬 수도 있으니, 아무튼 해저의 산소를 육지에 흩뜨렸다간, 어차피 심상찮은 일이 생길 것 같은 느낌이 듭니다." 진지하게 말한다.

우라시마는 거북의 친절을 믿었다.

"그럴지도 모르지. 그토록 고귀한 용궁의 분위기가 만약 이 조개 속에 감춰져 있다면, 육지의 속악한 공기와 만나는 순간 당혹스러워 대폭발을 일으킬지도 몰라. 그렇담, 이건 이렇게, 언제까지나 소중하게, 집안의 보물로 보존해 둬야겠어."

어느새 바다 위로 떠올랐다. 태양이 눈부시다. 고향 바닷가가 보인다. 우라시마는 이제 한시라도 빨리 집으로 달려가, 부모 형제 그리고 여러 일꾼들을 불러 모아, 용궁의 생김새를 낱

낱이 들려주고, 모험이란 믿는 힘이다, 이 세상의 풍류 따윈 쩨쩨한 원숭이 흉내다, 정통이라는 건 통속의 별칭이지, 알겠어? 진정한 품위란 성체의 경지야, 단순한 체념이 아니야, 알겠어? 비평 따위 성가신 것도 없어, 무한히 허락받지, 그리고 오직 미소가 있을 뿐이야, 알겠어? 손님을 잊어버린다고! 알 턱이 있나? 하면서 그야말로 방금 얻어듣고 온 신지식을 뒤죽박죽 뽐내고, 그 현실주의자인 남동생 녀석이 만약 조금이라도 의심스러운 표정을 보일 때는, 곧장 이 용궁의 아름다운 선물을 그 녀석의 코끝에 들이대어 찍소리도 못 하게 한 방 먹이자! 이렇듯 의기양양, 거북에게 작별 인사 하는 것도 잊은 채 물가로 뛰어내려 허둥지둥 집을 향해 서두르는데,

> 어찌 된 셈일까요 고향은
> 어찌 된 셈일까요 집은
> 보이는 건 허허벌판
> 사람 그림자 없고 길도 없고
> 솔숲 스치는 바람 소리뿐

이런 순서로 진행된다. 우라시마는 한참을 망설인 끝에 급기야 그 용궁의 선물인 조가비를 열어 보게 되는데, 이에 대해 거북이 책임질 필요는 없을 것 같다. '열어선 안 된다.'라고 하면, 더욱더 열어 보고 싶은 유혹을 느끼는 인간의 심리적 약점은, 이 우라시마 이야기뿐만 아니라 그리스 신화의 판도라 상자 이야기에서도 마찬가지로 다루고 있는 듯하다. 하

지만 그 판도라 상자의 경우는, 처음부터 신들의 복수가 꾸며져 있었다. '열어선 안 된다.'라는 한마디가 판도라의 호기심을 자극해, 틀림없이 후일 판도라가 그 상자를 열어 볼 거라는 심술궂은 예상하에 '열지 말라!'라는 금제를 선고했다. 이에 반해, 우리의 선량한 거북은 오로지 친절한 마음에서 우라시마에게 그리 말했다. 그때 거북의 무심한 듯한 말투를 보더라도, 이건 믿어도 좋다고 생각한다. 그 거북은 정직해. 그 거북에겐 책임이 없어. 이건 나도 확신을 가지고 증언할 수 있지만, 또한 가지, 여기에 납득이 안 가는 묘한 문제가 남아 있다. 우라시마가 용궁의 선물을 열어 보니 그 속에서 하얀 연기가 피어올라 순식간에 그는 삼백 살 할아버지가 되었고, 그러니까 열지 않았으면 좋았을 텐데, 어이없게 됐군. 정말 딱해! 이런 식으로 끝나는 게 일반적으로 알려진 「우라시마 씨」 이야기인데, 나는 이에 대해 깊은 의혹에 사로잡혀 있다. 그렇다면 이 용궁의 선물도, 인간의 온갖 재앙을 부르는 씨앗으로 가득한 판도라 상자처럼, 선녀의 심각한 복수 혹은 징벌의 뜻이 숨겨진 선물이었나? 그렇게 아무 말 없이 오직 미소 지으며 무한히 허락하는 몸짓을 보이면서도, 그 이면에 은밀히 잔혹한 비판을 품은 채, 우라시마의 무례함을 하나도 허락하지 않고 엄벌하는 의미에서 그 조가비를 주었나? 아니, 이런 극단적인 비관론을 펼치지 않더라도, 어쩌면 귀인이란 흔히 끔찍한 조롱을 태연스레 일삼는 법이니까, 선녀 역시 천진난만한 장난질로 이런 고약한 농담을 던졌나? 어쨌건 진정한 품위를 갖춘 그 선녀가 이토록 곤혹스러운 선물을 주었다니, 참으로 이해하기 어렵다. 판도라 상자 속에는 질병, 공포, 원한, 슬픔, 의심, 질투, 분노, 증오, 저주, 초조감, 후회, 비굴함, 탐욕, 허위, 나태, 폭행 등, 온갖 불길한 요괴가 들어 있고, 판도라가 그 상자를 살짝 열자마자 엄청난 날개미 떼처럼 일제히 튀어나와, 이 세상 구석구석 빈틈없이 만연하게 되었다는 것인데, 하지만 망연자실한 판도라가 고개를 떨구고 텅 빈 상자 밑바닥을 응시했을 때, 그 밑바닥 어둠 속에 한 점 별처럼 반짝이는 작은 보석을 발견했다지 않는가! 그리고 그 보석에는 놀랍게도, '희망'이라는 글씨가 적혀 있었다고 한다. 그러자, 판도라의 창백한 뺨에도 어렴풋이 혈색이 돌았다고 한다. 이후, 인간은 어떤 고통의 요괴에 엄습당해도, 이 '희망'에 기대어 용기를 얻으며 어려움을 참고 견딜 수 있게 되었다고 한다. 이에 비해, 용궁의 이 선물은 애교고 뭐고 없다. 연기뿐이다. 그리고 순식간에 삼백 살 할아버지다. 설령 그 '희망'의 별이 조가비 밑바닥에 남아 있었다 한들, 우라시마 씨는 이미 삼백 살이다. 삼백 살 할아버지에게 '희망'을 주는 건, 지나친 장난이나 마찬가지다. 애당초, 무리다. 그렇다면 여기서 한번, 예의 '성체'를 준다면 어떨까? 그러나 상대는 삼백 살이다. 새삼스레 그런 젠체하는 아니꼬운 걸 주지 않아도, 인간은 삼백 살이나 되면 어지간히 체념하거든! 결국 이것저것 다 글렀다. 구제의 손길을 뻗칠 수가 없다. 정말이지, 몹쓸 선물을 받아 왔어. 하지만 여기서 포기한다면, 어쩌면 일본 옛이야기는 그리스 신화보다도 잔혹하다. 이렇게 외국인들이 말할지도 모른다. 이건 너무나 억울하다. 또한 그리운 용궁의 명예를 걸고서라도, 어떡하든지 이 불가해한 선물에서 고귀한 의의를 발견하고 싶다. 아무리 용궁에서의 며칠이 육지의 수백 년에 해당한다고는 하나, 구태여 그 세월을 까다로운 선물 따위로 만들어 우라시마에게 들려 보내지 않아도 좋았으련만! 우라시마가 용궁에서 바다 위로 떠오른 그 순간, 호호백발 삼백 살로 변한 거라면 그나마 이해가 된다. 또한 선녀가 인정을 베풀어 우라시마를 영원히 청년으로 남겨 둘 마음이었다면, 그런 위험한 '열어선 안 될' 물건을 일부러 우라시마에게 들려 보낼 필요가 없다. 용궁 어딘가 구석에 내다 버려도 되잖아! 아니면, 네가 싼 똥오줌은 네가 갖고 가야지, 뭐 이런 의미일까? 그렇다면 어쩐지 지독히 저속한 '앙갚음' 같다. 설마 그 성체를 지닌 선녀가, 그런 가정집 부부 싸움 같은 짓을 꾸미리라고는 생각할 수 없다. 도통 모르겠다. 나는 이 점에 대해 오랫동안 고심했다. 그리고 이제야 마침내 조금 알 것 같기도 하다.

즉, 우리는 우라시마의 삼백 살이 우라시마에게 불행이었다는 선입감으로 인해 잘못 이해해 왔다. 그림책에도 우라시마가 삼백 살이 된 후에, "참으로 비참한 신세가 되고 말았어. 정말 딱해." 이런 내용은 쓰여 있지 않다.

순식간에 호호백발 할아버지

이걸로 끝이다. 딱해! 멍청해! 이런 말은 우리네 속인이 제멋대로 내린 판단일 뿐이다. 삼백 살이 된 것은, 우라시마에게 결코 불행이 아니었다.

조가비 밑바닥에 '희망'의 별이 있어 그걸로 구제받았다는 건, 생각해 보면 다분히 소녀 취미에다 억지스러운 느낌이 없지도 않아 보이지만, 우라시마는 피어오르는 연기 그 자체로 구제받았다. 조가비 밑바닥에, 아무것도 남아 있지 않아도 괜찮다. 그런 건 문제가 되지 않는다. 말하기를,

세월은, 인간의 구원이다.
망각은, 인간의 구원이다.

용궁의 고귀한 대접도, 이 멋진 선물로 인해 그야말로 최고조에 달한 느낌이다. 추억은 아득히 멀어질수록 아름답다지 않는가! 더구나 그 삼백 년의 도래조차, 우라시마 자신의 기분에 맡겼다. 여기에 이르러서도, 우라시마는 선녀에게 무한히 허락받았다. 쓸쓸하지 않다면, 우라시마는 조가비를 열어 보지 않으리라. 어찌할 도리 없이 이 조가비 하나에 구원을 요청할 때는, 열어 볼지도 모른다. 열어 버리면, 순식간에 삼백 년 세월 그리고 망각이다. 더 이상 설명은 않으련다. 일본 옛이야기에는 이처럼 깊은 자비심이 있다.

우라시마는 그 후 십 년, 행복한 노인으로 살았다고 한다.

카치카치산

    카치카치산 이야기에 나오는 토끼는 소녀, 그리고 비참한 패배를 맛보는 너구리는 그 토끼 소녀를 사랑하는 추남. 이것은 더 이상 의심할 여지 없는 엄연한 사실로, 나는 여긴다. 이는 고슈〔甲州〕 후지 다섯 호수 가운데 하나인 가와구치〔河口〕 호반, 지금의 후나쓰〔船津〕 뒷산 부근에서 벌어진 사건이라고 한다. 고슈 인심은 좀 거칠다. 그래서일까, 이 이야기도 다른 옛이야기에 비해 다소 투박스럽다. 우선 이야기의 발단부터 잔혹하다. 할멈탕이라니, 무시무시하다. 익살이나 말장난이라고 할 수도 없다. 너구리도 참, 허튼 장난질이 심했다. 마루 밑에 할머니의 뼈가 어지러이 널려 있었다는 대목에서는 그야말로 음산함이 극도에 이르러, 소위 아동 도서로는 유감스럽게도 발매 금지 처분을 당하지 않을 수 없으리라. 현재 발행되고 있는 카치카치산 그림책은, 이 때문에 너구리가 할머니에게 상처를 입히고 도망쳤다는 정도로 현명하게 얼버무리고 있는 모양이다. 그러면 발매 금지도 피할 수 있고 대단히 바람직한 일이겠지만, 그런데 단지 고만한 장난질에 대한 징벌로서 아무래도, 토끼의 처사는 너무나 집요하다. 일격에 냅다 쓰러뜨리는 산뜻한 앙갚음이 아니다. 초주검을 만들어 골려 먹고 또 골려 먹고, 마지막엔 진흙배로 부글부글 가라앉힌다. 그 수단은 하나에서 열까지, 속임수다. 이건 일본 무사도의 예법이 아니다. 하지만 너구리가 할멈탕이라는 악랄한 술책을 저질렀다면, 그 보복으로 그 정도 집요한 학대를 당하는 것도 어쩔 수 없는 일이겠거니 충분히 납득할 수도 있다. 그러나 동심에 끼치는 영향 및 발매 금지를 염려하여, 너구리가 단지 할머니에게 상처만 입히고 도망친 벌로서 토끼한테 그토록 온갖 치욕과 고통, 급기야 꼴사납기 짝이 없는 익사를 당하는 건, 다소 부당하게 여겨진다. 원래 이 너구리는 아무 잘못도 없이 산에서 태평스레 놀다가 할아버지에게 붙잡혔고, 그러다 너구리탕이 되어야 하는 절망적인 운명에 도달했다. 그럼에도 어떻게든 한 가닥 혈로를 뚫어 헤치고자 힘껏 발버둥 치고, 궁여지책으로 할머니를 속여 구사일생 살아났다. 할멈탕 따위 못된 짓을 꾸민 것은 고약하지만, 요즘 그림책처럼 도망치는 와중에 할머니를 할퀴어 상처를 입혔다 정도는, 너구리도 그때 필사적인 노력으로, 소위 정당방위를 위해 무아지경 상태로 몸부림치다가 저도 모르게 할머니에게 상처를 입혔을 수도 있으니, 그건 그다지 몹쓸 죄가 아닌 듯하다. 우리 집 다섯 살 딸애는 생김새가 아버지를 닮아 엄청 못생겼는데, 두뇌 또한 불행히도 아버지를 닮아 이상한 구석이 있는 것 같다. 내가 방공호 안에서 이 카치카치산 그림책을 읽어 주었더니,

"너구리, 불쌍해!"

뜻밖의 말이 튀어나왔다. 하긴 이 딸애의 '불쌍해'는 요사이 아이가 딱 하나 익힌 단어로, 보는 것마다 '불쌍해'를 연발함으로써 저한테 무른 엄마의 칭찬을 받아 내려는 속셈이 빤히 드러나 보이는 터라, 그리 놀랄 것까진 없다. 어쩌면 이 아이는 아버지를 따라 근처 이노카시라 동물원에 갔을 때, 우리 안을 연신 촐랑촐랑 돌아다니는 너구리 떼를 구경하며 사랑스러운 동물이라 믿어 버린 까닭에, 이 카치카치산 이야기에서도 이유 여하를 불문하고 너구리 편을 들었는지도 모른다. 어쨌건 우리 집 어린 동정자의 말은 그다지 믿을 게 못 된다. 사상의 근거가 허약하다. 동정하는 이유가 몽롱하다. 애당초, 도무지 문제 삼을 가치가 없다. 하지만 나는 이 딸애가 더없이 무책임하게 내뱉은 말을 듣고, 어떤 암시를 받았다. 이 아이는 아무것도 모른 채 그저 요사이 익힌 단어를 제멋대로 중얼거렸을 뿐이지만, 아버지는 그 말로 인해, 그렇지! 이래선 토끼의 앙갚음이 너무 심하잖아, 이렇게 어린아이들이라면 대충 어물어물 넘길 수 있겠지만, 좀 더 자라 무사도나 정정당당 같은 관념을 이미 교육받은 아이들에게 이 토끼의 징벌은 이를테면 '수법이 비열하다.'라고 여겨지진 않을까? 이건 문제다, 하면서 어리석은 아버지는 눈살을 찌푸렸다.

요즘 그림책처럼 너구리가 할머니를 할퀴어 겨우 생채기를

낸 것 정도로, 이토록 토끼에게 심술궂은 농락을 당하고 등짝에 불이 붙고, 불에 덴 자리에 고춧가루가 발리고, 결국 진흙 배에 태워져 죽임을 당하는 비참한 운명에 이른다는 줄거리에는, 초등학교에 다닐 정도의 아이라면 금세 의심을 품게 될 것은 물론이고, 설령 너구리가 괘씸한 할멈탕 따위를 만들었다 한들, 어째서 정정당당히 본인을 밝히고 그 녀석에게 응징의 단칼을 내리치지 않았는가. 토끼가 무력해서, 따원 이 경우, 변명이 안 된다. 복수는 모름지기 정정당당해야 한다. 신은 정의의 편에 선다. 적수가 못 될지라도 '천벌이다!' 한마디 외치고 똑바로 덤벼들어 가야 한다. 실력 차이가 너무나 벌어진다면 그때는 와신상담, 구라마산에라도 들어가 열심히 검술 수행을 할 일이다. 옛적부터 일본의 훌륭한 사람들은 대개 그렇게 했다. 어떤 사정이 있건, 속임수를 쓰고 더구나 실컷 골려 먹다 죽이는 따위 복수 이야기는 일본에 아직 없는 듯하다. 그런데 이 카치카치산만은, 아무래도 그 복수 방식이 못마땅하다. 도무지 남자답지 않아! 아이나 어른이나, 적어도 정의를 동경하는 사람이라면 누구나 이 점에 대해 다소 불쾌한 기분을 느끼지 않을까?

안심하게. 나도 그 점을 생각했네. 그리고 토끼의 수법이 남자답지 못한 건, 그야 당연하다는 사실을 알았지. 이 토끼는 남자가 아니야. 그건 분명해. 이 토끼는 열여섯 살 처녀야. 아직은 뭐 성적 매력은 없지만, 그래도 미인이다. 그리고 인간 가운데 가장 잔혹한 것은, 흔히 이런 기질의 여성이다. 그리스 신화에는 아름다운 여신이 많이 나오는데, 그중에서도 비너스를 제외하곤 아르테미스라는 처녀신이 가장 매력 있는 여신인 모양이다. 아시다시피 아르테미스는 달의 여신으로 이마엔 푸르스름한 초승달이 빛나고, 민첩하며 고집이 센, 한마디로 말해 아폴론이 고스란히 여자가 된 듯한 신이다. 그래서 인간 세계의 무서운 맹수는 전부 이 여신의 부하다. 하지만 그 자태는 결코 우락부락하고 튼실한 여자가 아니다. 오히려 자그마하고 호리호리하며, 손발도 가냘프고 앙증맞아, 오싹해질 만큼 신비스럽고 아름다운 얼굴이긴 하나, 비너스처럼 '여자다움'이 없고 가슴도 작다. 마음에 안 드는 자에겐 태연스레 잔혹하게 군다. 자신이 미역 감는 모습을 훔쳐본 남자에게 휙, 물을 끼얹어 사슴으로 만들어 버린 적도 있다. 미역 감는 모습을 슬쩍 봤을 뿐인데, 그토록 화를 낸다. 손을 잡기라도 했다면, 얼마나 지독한 보복을 할지 알 수 없다. 이런 여자에게 반한다면 남자는 참담하기 그지없는 치욕을 당할 게 뻔하다. 하지만 남자는, 더욱이 우둔한 남자일수록 이런 위험한 여성에게 홀딱 반하기 쉬운 법이다. 그리고 그 결과는, 대개 뻔하다.

의심스럽다면, 이 딱한 너구리를 보시라. 너구리는 그런 아르테미스 타입의 토끼 소녀에게 전부터 은근히 사모의 정을 키워 왔다. 토끼가 이 아르테미스 타입의 소녀라고 규정하면, 그 너구리가 할멈탕이건 생채기건 어떤 죄를 저지른 경우라도, 그 징벌이 묘하게 심술궂은 데다 '남자답지' 못한 게 당연하다고, 한숨과 더불어 수긍하지 않을 수 없다. 게다가 이 너구리는 아르테미스 타입의 소녀에게 반하는 남자들이 대개 그러하듯, 너구리 또래 사이에서도 풍채가 시원찮고 그저 둥글

둥글, 우둔한 대식가 촌뜨기라 하니, 그 비참한 앞날을 짐작하고도 남는다.

너구리는 할아버지에게 붙잡혀 하마터면 너구리탕이 될 뻔했는데, 그 토끼 소녀를 한 번 더 만나고 싶어 힘껏 발버둥질쳐서 간신히 피해 산으로 돌아와, 무얼 중얼중얼하면서 어정버정 토끼를 찾아 다니다가 드디어 발견하고,

"기뻐해 줘! 난 죽다 살아났어. 할아버지가 집을 비운 틈에, 그 할머니를 에잇! 단숨에 해치우고 도망쳐 왔어. 난 운 좋은 남자야!" 득의만면, 이번에 겪은 대재난 돌파 과정을, 사방으로 침 튀겨 가며 이야기한다.

토끼는 깡충 뛰어 물러서 침을 피하고, 흥! 하는 표정으로 이야기를 듣더니,

"근데, 왜 내가 기뻐해야 해요? 지저분해! 침 튀기지 마요! 그리고 그 할아버지 할머니는 내 친구예요. 몰랐어요?"

"그래?" 너구리는 깜짝 놀라, "몰랐어. 용서해 줘. 그런 줄 알았다면 난, 너구리탕이든 뭐든 될 수 있었는데." 한풀 꺾였다.

"이제 와서 그런 말 해 봤자 이미 늦었어요. 그 집 마당에 내가 가끔 놀러 가서, 몰랑몰랑 맛있는 콩 같은 거 얻어먹은 걸, 당신도 알잖아요? 그런데도 몰랐다고 거짓말하다니, 너무해! 당신은 내 적이에요!" 매정하게 선고한다. 토끼에겐 이미 이때부터 너구리한테 모종의 복수를 가하려는 마음이 꿈틀거리고 있다. 처녀의 분노는 신랄하다. 특별히 추악하고 우둔한 것에 대해선 용서가 없다.

"용서해 줘. 난, 진짜 몰랐어. 거짓말 아니야. 믿어 줘." 어지

간히 끈덕지게 탄원한다. 그리고 목을 기다랗게 빼서 축 늘어
뜨려 보이고는, 곁에 나무 열매가 하나 떨어져 있는 걸 발견하
고 냉큼 주워 먹고, 좀 더 없나 싶어 주위를 두리번두리번 둘
러보면서, "진짜로 그만, 네가 그렇게 화를 내면, 난 그만 죽고
싶어져!"

"무슨 말이야? 온통 먹는 생각만 하는 주제에!" 토끼는 경
멸스럽기 짝이 없다는 듯, 새치름히 딴 데를 바라보고, "호색
가에다 또 식탐이 어찌나 너저분한지!"

"못 본 척해 줘. 난, 배가 고파!" 여전히 그 주변을 어슬렁어
슬렁 찾아 돌아다니며, "정말이지, 지금 나의 괴로운 이 심정
을 네가 알아준다면!"

"가까이 오지 말랬잖아! 퀴퀴한 냄새! 저만치 더 떨어져요.
당신은 도마뱀을 먹었다면서요? 난 들었어요. 그리고, 아아,
우스워라! 똥도 먹었다던데?"

"설마." 너구리는 맥없이 쓴웃음을 지었다. 그런데도 어째선
지 강하게 부정하지 못하는 낌새인 데다, 거듭 맥없이, "그럴
리가!" 입을 비쭉거리며 말할 뿐이었다.

"고상한 척해 봤자 소용없어. 당신의 그 냄새는 보통 퀴퀴한
게 아니거든요!" 토끼는 태연히 혹독한 선언을 내리고는, 문득
뭔가 다른 멋진 생각이라도 떠오른 듯 갑자기 눈을 반짝이면
서 억지로 웃음을 꾹 참는 표정으로 너구리 쪽을 돌아보고,
"그럼 이번 딱 한 번만 용서해 줄게요. 어머! 가까이 오지 말
랬는데도! 잠시도 방심할 수가 없다니까. 침이나 좀 닦지 그래
요? 아래턱이 후줄근하잖아요. 차분히 잘 들어요. 이번 딱 한

196

번만 특별히 용서해 주지만 조건이 있어요. 그 할아버지는 지금쯤 틀림없이 엄청 낙담해서 산에 나무하러 갈 기력이고 뭐고 없을 테니, 우리가 대신 땔감을 해 드리자고요."

"같이? 너도 같이 가?" 너구리의 작고 흐리멍덩한 눈은 환희로 타올랐다.

"싫어?"

"싫기는! 오늘 지금, 당장 가자!" 하도 기쁜 나머지, 목소리가 쉬었다.

"내일 가요. 응? 내일 아침 일찍. 오늘은 당신도 피곤할 테고, 또한 시장할 테니까." 되게 상냥하다.

"고마워! 난 내일 도시락을 잔뜩 만들어 가져가 일심불란하게 일하고 열 관쯤 땔감을 해서 할아버지 집에 갖다드릴게. 그러면 넌, 날 꼭 용서해 줄 거지? 사이좋게 지낼 거지?"

"지겹게 장황하시네. 그때 당신의 성적 나름이죠. 어쩌면 사이좋게 지낼지도 몰라요."

"에헤헤!" 너구리는 갑자기 징글맞게 웃으며, "저 입이 얄미워. 고생시킨다니까, 빌어먹을! 난 정말." 말하다 말고, 곁으로 엉금엉금 다가온 큼직한 거미를 잽싸게 날름 먹어 치우고, "난 정말, 얼마나 기쁜지! 차라리 한바탕 실컷 울어 보고 싶어." 코를 훌쩍이며 우는 시늉을 했다.

여름 아침은 상쾌하다. 가와구치 호수의 수면은 아침 안개에 뒤덮여, 연기처럼 부옇게 피어오른다. 산꼭대기에선 너구리와 토끼가 아침 이슬에 온몸을 적시며, 부지런히 잡목을 베고 있다.

너구리가 일하는 품새를 보면, 일심불란은커녕 거의 반미치광이나 다름없는 한심스러운 꼬락서니다. 으으음, 으으음! 야단스레 신음하면서 엉망진창으로 낫을 휘두르고, 이따금 아야야야야! 일부러 들으라는 듯 비명을 지르고, 오로지 자신이 이처럼 죽도록 고생하는 모습을 토끼에게 보이고 싶은 낌새이고, 종횡무진 미쳐 날뛴다. 한바탕 무섭게 설치더니, 그제야 더 이상 못 하겠다는 듯 녹초가 된 표정으로 낫을 내던지고,

"이것 보라고! 손에 이렇게 물집이 생겼어. 아아, 손이 따끔따끔해. 목이 말라. 배도 고파! 아무튼, 엄청난 노동이니까. 잠시 휴식을 취하자고! 도시락을 열어 볼까요? 우후후후." 겸연쩍은 듯 묘하게 웃으며, 큼지막한 도시락 그릇을 펼친다. 석유통만 한 도시락에 코끝을 쑥 처박은 채, 우적우적 와작와작 쩝쩝, 시끄러운 소리를 내면서, 그야말로 일심불란하게 먹어 댄다. 토끼는 어안이 벙벙하여 멍한 표정으로 땔감 하던 손을 멈추고, 언뜻 그 도시락 그릇을 들여다보고 아! 낮게 소리치며 두 손으로 얼굴을 덮었다. 뭔지 몰라도, 그 도시락에는 굉장한 것이 들어 있었던 모양이다. 그런데 오늘 토끼는 무슨 비밀스런 생각에 잠겼는지, 여느 때처럼 너구리에게 모욕적인 말도 내뱉지 않고, 아까부터 말없이 그저 기교적인 미소를 입가에 띤 채 바지런히 잡목을 베고 있을 뿐, 우쭐해진 너구리의 온갖 미친 짓도 모른 척 눈감아 주고 있다. 너구리의 큼지막한 도시락 그릇을 들여다보고 섬뜩했지만, 여전히 아무 말도 않고 어깨를 움찔 움츠리고는 다시 땔감을 하기 시작한다.

너구리는 토끼에게 오늘 유독 관대한 대우를 받으니 그저 싱글벙글, 드디어 저 녀석도 땔감 하는 데 몰입한 내 모습에 홀딱 반했나? 나의, 이 남자다움에 안 넘어올 여자가 없겠지! 아아, 먹었더니 졸려! 한숨 자 볼까? 완전히 마음을 놓고 거침없이 제멋대로 행동하다, 드르렁드르렁 코를 골며 잠들었다. 자면서도 무슨 희롱대는 꿈을 꾸는지, 반했는데 약이 있나? 소용없어, 약발이 안 들어, 어쩌고 엉뚱한 잠꼬대를 하다가 잠이 깬 건 점심 무렵.

"실컷 잤어요?" 토끼는 여전히 상냥하게, "나도 이제 땔감 한 다발 했으니, 지금부터 짊어지고 할아버지네 마당까지 갖다드리기로 해요."

"으음, 그러자." 너구리는 크게 하품하면서 팔을 북북 긁적이고, "엄청 배고픈걸! 이렇게 배가 고파서야, 도저히 잠을 잘 수가 없어. 난 예민하거든." 그럴싸한 표정으로 말하고, "그렇담 나도 어서 서둘러 땔감을 주워 모아 하산할까? 도시락도 이미 바닥났고, 이 일을 빨리 해치우고 나서 당장 먹이를 찾아야 해."

두 사람은 제각기 모은 땔감을 짊어지고, 돌아간다.

"당신이 앞장서요. 이 부근엔 뱀이 있어서, 난 무서워."

"뱀? 뱀 따위, 뭐가 무섭나? 눈에 띄는 대로 내가 잡아서 —." 먹지! 말하다 말고 우물거리며, "내가 잡아서, 죽여 버리지. 자아! 내 뒤에 따라와."

"역시 남자는, 이럴 땐 믿음직해!"

"비행기 태우지 마!" 우쭐하여 싱글거리며, "오늘은 너, 되게 얌전하네. 으스스할 정도야. 설마, 나를 지금 할아버지 집으로 데려가서, 너구리탕을 만들 속셈은 아닐 테지? 아하하하! 그 것만은 싫어."

"어머? 그렇게 괜히 의심할 거면, 그만 됐어요. 나 혼자 가요."

"아니, 그게 아니야. 같이 가는데, 난 뱀이건 뭐건 이 세상에 무서운 거라곤 없는데, 아무래도 그 할아버지만은 못 당해. 너구리탕을 만든다 어쩐다 떠들어 대서 싫어. 도대체, 천박하잖아? 적어도, 고상한 취미는 아니라고 봐. 난, 그 할아버지네 마당 앞 팽나무 한 그루 있는 데까지 이 땔감을 짊어지고 갈 테니까, 그다음은 네가 옮겨 줘. 난, 그쯤에서 자리를 뜰 생각이야. 아무래도 그 할아버지 얼굴을 보면, 난 말도 못 하게 언짢아지거든. 엉? 저게 뭐지? 이상한 소리가 나네. 뭘까? 넌, 안 들려? 무슨, 카치, 카치, 하는 소리가 나!"

"당연하잖아요? 여긴 카치카치산이에요."

"카치카치산? 여기가?"

"네, 몰랐어요?"

"응. 몰랐어. 이 산에 그런 이름이 있는 줄은, 오늘까지 몰랐어. 그런데 묘한 이름이군. 거짓말 아냐?"

"어머! 산에는 죄다 이름이 있는 법이죠? 저건 후지산, 저건 나가오산, 저건 오무로산, 모두 이름이 있잖아요. 그러니까, 이 산은 카치카치산이라는 이름이에요, 자, 봐요, 카치, 카치, 소리가 들려요."

"응, 들려. 근데, 이상해! 지금껏 난 한 번도, 이 산에서 이런 소리를 들은 적이 없어. 이 산에서 태어나, 삼십몇 년인가 지

200

낳어도, 이런 —."

"맙소사! 당신은 벌써 그런 나이예요? 요전엔 나한테 열일곱 살이라고 알려 주고선, 심하잖아요! 얼굴이 쭈글쭈글, 허리도 구부정한데 열일곱이라니 이상하다 싶었지만, 아무리 그래도, 나이를 스무 살이나 숨겼으리라곤 생각 못 했네요. 그럼 당신은, 마흔이 다 됐겠네요! 어머, 너무해요!"

"아니, 열일곱이야, 열일곱! 열일곱 살이야. 내가 이렇게 허리를 구부리고 걷는 건, 결코 나이 탓이 아냐. 배가 고파서 자연스레 이런 모습이 되는 거지. 삼십몇 년, 이라는 건, 그건 우리 형 이야기야. 형이 늘 입버릇처럼 그리 말하니까, 그만 나도 깜빡, 그런 말이 튀어나와 버렸어. 즉, 다소 전염이 된 셈이지. 그런 거야! 자네." 당황한 나머지, 자네라는 단어를 썼다.

"그런가요?" 토끼는 냉정하게, "그렇지만, 당신한테 형이 있다는 얘긴, 처음 듣네요. 당신은 언젠가 내게, 난 쓸쓸해, 고독해, 부모 형제도 없어, 이 고독의 쓸쓸함을, 넌 모르겠니? 하셨잖아요? 그건 어찌 된 셈이죠?"

"그래, 그래." 너구리는 자신도 무슨 말을 하고 있는지 알 수 없어, "참말로 세상이란, 이처럼 상당히 복잡한 법이거든. 그렇게 딱 부러지진 않아. 형이 있었다가 없었다가."

"전혀 의미 없잖아요!" 토끼도 그만 어이가 없어, "엉망진창이야."

"응, 실은 말이야, 형이 하나 있어. 말하는 것조차 괴로운데, 술주정뱅이 건달이라서, 난 정말 창피스럽고 면목 없어. 태어나 삼십몇 년간, 아니, 형 말이야, 형이 태어나 삼십몇 년간을,

바로 나한테, 쭉 폐를 끼쳐 온 거지."

"그것도, 이상해. 열일곱 살짜리가, 삼십몇 년간이나 폐를 입었다니!"

너구리는 이제 들리지 않는 척,

"세상엔 한마디로 말할 수 없는 일이 많아. 지금은 그냥 내 쪽에서 형은 없다 여기고, 인연을 끊고, 엉? 이상해! 타는 냄새. 넌, 아무렇지 않아?"

"아아니."

"그런가." 너구리는 늘 퀴퀴한 냄새 나는 걸 먹어 버릇하다 보니, 코에는 자신이 없다. 의아스러운 표정으로 고개를 갸우뚱하며, "기분 탓인가? 으이크! 뭔가 불에 타는 듯한, 타닥타닥 이글이글, 소리가 나잖아?"

"그야 당연하죠. 여긴 타닥타닥 이글이글산이니까."

"거짓말 마! 넌, 조금 전엔 여기가 카치카치산이라 한 주제에."

"그래요, 똑같은 산이라도 장소에 따라 이름이 달라요. 후지산 중턱에도 고후지[小富士]라는 산이 있고, 또 오무로산이건 나가오산이건, 모두 후지산과 이어지는 산이잖아요. 몰랐어요?"

"응, 몰랐어. 그런가? 여기가 타닥타닥 이글이글산이라니, 내가 삼십몇 년간, 아니, 형 이야기로는, 여긴 그냥 뒷산이라던데, 아니, 이거, 엄청 따스해졌어! 지진이라도 일어나는 게 아닐까? 어쩐지 오늘은 기분이 으스스한 날이군. 야아! 이거 무지무지 더워! 으아악! 앗뜨뜨뜨거, 너무해! 앗뜨뜨뜨거, 살려 줘! 땔감이 탄다. 앗뜨뜨뜨거!"

그다음 날, 너구리는 자신의 굴 깊숙이 틀어박혀 신음하며, "아아, 괴로워! 드디어 나도, 죽을지도 몰라. 생각하면, 나만큼 불행한 남자도 없어. 어중간히 좀 남자다운 풍채로 태어난 탓에, 여자들이 되레 부담스러워하며 내게 다가오지 않아. 이거야 원, 아무래도 고상해 보이는 남자는 손해라니까. 여자를 싫어하는 남자인가 생각할지도 몰라. 천만에! 나라고 결코 성인이 아니야. 여자를 좋아해. 그런데도 여자들은 나를 고매한 이상주의자라 여기는지, 좀처럼 유혹하지 않아. 이럴 바엔 차라리, 큰 소리로 외치며 미친 듯이 내달리고 싶어. 난 여자를 좋아해! 아, 아야! 아파 죽겠네. 도무지, 화상이란 처리하기 힘들어. 욱신욱신 아파! 간신히 너구리탕에서 벗어났다 싶었는데, 이번엔 영문을 알 수 없는 이글이글산인지 뭔지에 발을 들여놓았다가, 운은 끝장이야. 그 산은 형편없는 산이었어. 땔감이 이글이글 타오르다니, 기막혀. 삼십몇 년." 말하다 말고, 눈을 번득이며 주위를 둘러보고, "감출 거 뭐 있나? 난 올해 서른일곱! 에헴, 뭐 잘못됐어? 이제 삼 년 지나면 마흔이야. 빤한 일이지. 당연한 이치다, 그 말이야. 보면 알잖아? 아야야야! 그렇긴 한데, 내가 태어나 삼십칠 년간, 저 뒷산에서 놀며 자라 왔지만, 여태껏 한 번도 그런 기이한 일을 당한 적이 없어. 카치카치산이니 이글이글산이니, 이름부터가 묘하게 생겼어. 거참, 신기하다!" 스스로 제 머리를 쥐어박으며 골똘히 생각했다.

카치카치산

그때, 바깥에서 보부상의 호객 소리가 난다.

"센킨 고약 사세요! 화상, 칼에 베인 상처, 검은 피부로 고민하는 분 없어요?"

너구리는 화상이나 칼에 베인 상처보다도, 검은 피부라는 소리에 퍼뜩 정신이 들었다.

"어이! 센킨 고약!"

"응? 누구신지?"

"여기야! 굴속이야! 검은 피부에도 잘 듣나?"

"그렇고말고요, 단 하루 만에."

"호오, 그래?" 기뻐하며 굴 안쪽에서 무릎걸음으로 나와, "야! 넌, 토끼잖아!"

"예에, 토끼인 건 틀림없으나, 저는 남자 약장수입니다. 예에, 어느덧 삼십몇 년간, 이 근처에서 이렇게 물건을 팔러 다닙니다."

"휴우!" 너구리는 한숨을 쉬고 고개를 갸웃하며, "나 참! 꼭 닮은 토끼가 다 있네. 삼십몇 년간, 그렇다고? 자네가? 아니, 세월 이야기는 관두지. 더럽게 재미없어. 어찌나 끈덕진지! 뭐, 그렇다는 얘기야." 횡설수설 대충 얼버무리고는, "그런데, 나한테 그 약을 조금 나눠 주게. 실은 좀 고민거리가 있는 몸이거든."

"저런! 화상이 심하군요. 이거 큰일입니다. 그냥 내버려 뒀다간, 죽습니다!"

"아니, 난 차라리 죽고 싶어. 이까짓 화상쯤이야 어찌 되건 괜찮아. 그보다도 난, 지금, 우선, 용모가 ─ ."

"대체 무슨 말씀입니까? 생사의 갈림길이 아닌가요? 어이쿠! 등짝이 가장 심하군요. 대체, 어쩌다 이 지경이 됐습니까?"

"그게 말이야," 너구리는 입을 삐죽거리며, "타닥타닥 이글이글산인지 뭔지 아니꼬운 이름이 붙은 산에 발을 들여놨을 뿐인데, 나 참! 엉뚱한 일이 벌어져 깜짝 놀랐다네."

토끼는 저도 모르게, 키득키득 웃고 말았다. 너구리는 토끼가 왜 웃는지 알 수 없었지만, 아무튼 저도 덩달아, 아하하하! 웃고는,

"정말이라니까! 그렇게 멍청한 짓이 어디 있나! 자네한테도 충고해 두겠는데, 그 산만큼은 가선 안 돼. 처음엔 카치카치산이었다가 나중에 드디어 타닥타닥 이글이글산이 되는 거니까. 장난 아니야. 큰코다쳐. 적당히 봐서, 카치카치산 언저리에서 물러나야 해. 섣불리 이글이글산 따위에 발을 들여놓았다간 끝장, 요 모양 요 꼴이야! 아야야야! 알겠나? 충고하는 걸세. 자넨 아직 젊은 듯하니, 나 같은 늙은이 말은, 아니 뭐 늙은이도 아니지만, 아무튼 흘려듣지 말고, 이 친구의 말을 꼭 존중해 주게. 어쨌든 경험자의 말이니까. 아야야야야!"

"고맙습니다. 조심하지요. 그런데 어떻게 할까요, 약은? 친절한 충고를 들려주신 사례로, 약값은 받지 않겠습니다. 아무튼, 그 등짝의 화상에 발라 드리지요. 때마침 다행히 제가 왔기에 망정이지, 그러지 못했다면 당신은 벌써 목숨을 잃었을지도 모릅니다. 이것도 하늘이 인도하신 게지요. 인연이지요."

"인연일지도 모르지." 너구리는 나직이 신음하듯 말하고, "공짜라면 발라 볼까? 나도 요즘은 가난하거든. 아무래도 여

자한테 푹 빠지면, 돈이 들어가 힘들어. 한데, 그 고약을 내 손바닥에 한 방울 올려 보여 주게."

"어쩌시려고요?" 토끼의 표정이 불안해졌다.

"아니, 뭐, 아무것도 아냐. 그냥, 좀 보고 싶어서. 무슨 색깔인가 하고."

"색깔은 특별히 다른 고약과 다르지 않습니다. 이런 건데요."

아주 조금만, 너구리가 내민 손바닥에 올려 준다.

너구리가 잽싸게 그걸 얼굴에 바르려고 하는 통에 토끼는 깜짝 놀라, 그 바람에 이 약의 정체가 탄로 나선 큰일이다 싶어, 너구리의 손을 가로막고,

"앗! 그건 안 됩니다. 얼굴에 바르기엔, 그 약이 너무 독해요. 말도 안 돼!"

"아냐, 이거 놔!" 너구리는 그만 자포자기하다시피, "제발 부탁이니 손을 놔! 자넨, 내 심정을 몰라. 내가 이 검은 피부 때문에 태어나 삼십몇 년간, 얼마나 따분하게 살아왔는지 몰라. 놔! 손을 놔! 제발 약을 바르게 해 줘!"

급기야 너구리는 발을 쳐들어 토끼를 냅다 걷어차고, 눈 깜박할 사이 약을 더덕더덕 칠하며,

"적어도 내 얼굴 이목구비는 결코 나쁘지 않다고 생각해. 다만 이 검은 피부 때문에 주눅이 든 거지. 이젠 됐어! 우왓! 이거 심한걸. 엄청 따끔따끔해! 독한 약이네. 하지만 이 정도 독한 약이 아니고선, 내 검은 피부는 낫지 않을 것 같아. 와아! 심하군. 그래도, 참아야 해. 빌어먹을! 요담에 그 녀석이 나를 만나면, 내 얼굴에 흠뻑 녹아들 테지, 우후후, 난 이제

그 녀석이 상사병을 앓건 알 바 아냐. 내 책임은 아니니까. 아아! 따끔따끔해. 이 약은 확실하게 듣는군. 자아, 이제 이렇게 됐으니, 등짝이건 어디건 온몸에다 발라 줘. 난 죽는들 상관없어. 피부만 하얘진다면 죽는들 상관없어. 자아, 발라 줘! 거침없이 끈적끈적 신명나게 발라 줘!" 참으로 비장한 광경이다.

하지만 아름답고 우쭐대는 처녀의 잔인성에는 한계가 없다. 거의 악마와 흡사하다. 태연스레 일어나, 너구리의 화상에 그 고춧가루 반죽을 잔뜩 처바른다. 너구리는 순식간에 데굴데굴 구르며,

"으으윽! 괜찮아. 이 약은 확실히 듣네. 으아악! 심해. 물을 줘. 여긴 어디야? 지옥인가? 용서해 줘. 난 지옥에 떨어질 만한 짓을 하지 않았어. 난 너구리탕이 되는 게 싫어서, 그래서 할머니를 해치웠어. 난, 죄 없어. 난 태어나 삼십몇 년간, 피부가 검다는 이유만으로 여자에게 한 번도 인기가 없었어. 그리고 난, 식탐이, 아아! 이 때문에 난 얼마나 쑥스러웠는지! 아무도 몰라! 난 고독해! 난 착한 사람이야. 이목구비는 나쁘지 않은 것 같아." 하도 괴로운 나머지 애처로운 헛소리를 내뱉고, 마침내 정신을 잃어 축 늘어졌다.

그러나 너구리의 불행은 아직 끝나지 않았다. 작가인 나조차도 쓰면서 한숨이 나올 정도다. 아마도 일본 역사상 이토록 추레한 말년을 보낸 자는, 그 예가 없지 않나 싶다. 너구리탕이 될 뻔한 운명에서 벗어나 얼씨구 기뻐할 틈도 없이, 이글이글산에서 까닭 모를 큰 화상을 입고 구사일생으로 살아남아

엉금엉금 기다시피 간신히 제 굴에 돌아와서 입이 비뚤어지도록 신음하더니, 이번엔 그 화상에 고춧가루를 덕지덕지 처발랐다가 고통스러운 나머지 기절하고, 그러고는 마침내 진흙 배에 태워져 가와구치 호수 바닥에 가라앉는다. 참으로 멋진 장면이라곤 없다. 이 또한 일종의 여난(女難)임에 틀림없겠으나, 그렇다고 해도 너무나 촌스러운 여난이다. 세련된 구석이 하나도 없다. 그는 깊숙한 굴에서 사흘간 숨이 다 끊어질 듯, 살았는지 죽었는지 그야말로 이승과 저승의 경계를 헤매다가, 나흘째 지독한 공복감이 엄습하여 지팡이를 짚고 굴에서 비틀비틀 기어 나와, 무슨 말인지 중얼중얼하면서 이리저리 먹이를 찾아다니는 그 모습이 어찌나 딱한지 비길 데가 없었다. 하지만 워낙 억센 체격에 튼실한 몸이다 보니, 열흘도 채 지나지 않아 완쾌되어 식욕은 예전처럼 왕성하고 색욕도 쪼끔 생겨나, 조용히 지내면 좋으련만, 또다시 토끼의 움막으로 어슬렁어슬렁 찾아간다.

"놀러 왔어! 우후후." 쑥스러워, 징글맞게 웃는다.

"어머머!" 토끼는 아주 노골적으로 싫은 표정이다. 뭐야, 당신이야? 하는 느낌. 아니, 이보다 더 심하다. 어째서 또 찾아왔어? 뻔뻔스럽게! 하는 느낌. 아니, 이보다 훨씬 더 심하다. 아아, 못 참겠어! 역귀가 왔어! 하는 느낌. 아니, 이보다 더욱 심하다. 더러워! 냄새 나! 죽어 버려! 같은 극도의 혐오감이 그때 토끼 얼굴에 생생히 보이건만, 그러나 초대받지 못한 손님이란 방문처 주인의 이런 증오감을 쉽사리 눈치채지 못하는 법이다. 이는 참으로 신기한 심리다. 독자 여러분도 조심하는 게 좋다. 저 집에 가는 건 어쩐지 성가시다, 거북스럽다고 생각하면서 마지못해 찾아갈 때는, 뜻밖에 그 집에서 당신의 방문을 진심으로 기뻐하기 마련이다. 이에 반해 아아, 그 집은 얼마나 편안한지! 거의 우리 집이나 마찬가지야. 아니, 우리 집 이상으로 마음 편해. 나의 유일한 휴식처야, 그 집에 가는 건 정말 즐거워, 하면서 기분 좋게 찾아가는 집에서는, 대체로 당신을 귀찮아하고 더러워하고 공포스러워하여, 장지문 뒤에 빗자루가 세워져 있기 마련이다.[1] 남의 집에 휴식처를 기대하는 것이 애당초 바보라는 증거인지도 모르지만, 아무튼 남의 집 방문에 있어서, 우리는 놀랄 만한 착각을 하고 있다. 특별한 용건이 없는 한, 아무리 가까운 친척 집이라도, 무턱대고 방문해선 안 될지도 모른다. 작가의 이 충고가 의심스러운 자는, 너구리를 보라! 너구리는 지금 분명히 이 무시무시한 착오를 범하고 있다. 토끼가 어머머! 하고 싫은 표정을 지어도, 너구리는 전혀 알아채지 못한다. 너구리는 어머머! 하는 외침도, 자신의 느닷없는 방문에 깜짝 놀라고 기쁨에 겨워 절로 튀어나온 처녀의 순진한 목소리처럼 여긴다. 두근두근 가슴이 설레도록 기뻐하며, 그는 눈살을 찌푸린 토끼의 표정을 보고도 요전에 자신이 이글이글산에서 당한 재난에 마음 아파서 그러는 게 틀림없다고 여겨,

"야아, 고마워!" 상대방이 위로 인사나 아무 말도 건네지 않

---

1) 빗자루를 거꾸로 세우면 밑이 질긴 손님을 빨리 돌려보낼 수 있다고 전해진다.

았는데도, 제가 먼저 고맙다고 말하고, "걱정 없어! 이젠 괜찮아. 나를 지켜 주는 하느님이 있어. 운이 좋아! 이글이글산 따윈 갓파(河童) 방귀 뀌기[2]지. 갓파 고기는 맛있다던데, 어떡하든지 요담에 먹어 볼 생각이야. 이건 여담이지만, 그땐, 깜짝 놀랐어. 하여간 불길이 어마어마했으니까. 넌 어땠어? 상처도 별로 없는 듯한데, 용케 그 불 속을 무사히 도망쳐 나왔군."

"무사하지 않아요!" 토끼는 새치름히 토라지며, "당신, 너무해요! 그 엄청난 불구덩이에 나를 혼자 두고, 허겁지겁 도망쳤잖아요. 난 연기에 숨이 막혀, 하마터면 죽을 뻔했다고요! 난 당신을 원망했어요. 역시나 그럴 때, 본심이라는 게 드러나는가 봐요. 난 이제, 당신의 본심이라는 걸, 이번에 똑똑히 알았어요."

"미안해. 용서해 줘. 실은 나도 심한 화상을 입었는데, 어쩌면 나를 지켜 주는 하느님이고 뭐고 없는지도 몰라. 지독한 꼴을 당했어. 네가 어떻게 됐는지, 절대로 그걸 잊었던 건 아니고, 아무튼 삽시간에 내 등짝이 후끈해져서, 널 구하러 갈 틈이고 뭐고 없었어. 이해해 주면 안 돼? 난 결코 불성실한 남자가 아니야! 화상이란 것도 좀체 허투루 볼 수 없잖아. 더구나 그 센킨 고약인지 센키 고약인지, 그거 못써! 형편없는 약이야. 검은 피부에고 뭐고 도통 듣질 않아."

"검은 피부?"

"아니, 뭐. 걸쭉한 까만 약인데, 진짜 독한 약이야. 너를 꼭

---

2) 누워서 떡 먹기. 갓파는 일본의 상상 속 물뭍동물.

닮은 앙증맞고 별난 녀석이 약값은 필요 없다길래, 나도 그만, 일단 한번 써 보자 싶어 발라 봤는데, 어렵쇼! 공짜 약이라는 거, 그건 너도 조심하는 게 좋아. 절대 방심해선 안 돼! 난 정수리에서 뱅글뱅글 작은 회오리바람이 일었나 싶다가, 털썩! 쓰러졌어."

"흥!" 토끼는 경멸하며, "자업자득이잖아요? 구두쇠라서 벌받은 거죠. 공짜 약이니까 한번 써 봤다니, 그런 천박한 말을, 창피한 줄도 모르고 잘도 떠드네요."

"말이 심하군." 너구리는 나직이 말하면서도 별다른 느낌이 없는 듯, 그저 좋아하는 사람 곁에 있다는 행복감에 따끈따끈 덥혀진 모습으로 질펀히 눌러앉아, 죽은 물고기처럼 흐리멍덩한 눈으로 주위를 살펴 작은 벌레를 주워 먹기도 하면서, "그래도 난 운 좋은 남자야! 무슨 일을 당해도, 죽지 않아! 하느님이 지켜 주는지도 몰라. 너도 무사해서 다행이지만, 나도 별 탈 없이 화상이 나아서, 이렇게 다시 둘이서 느긋하게 이야기할 수 있잖아. 아아! 정말 꿈만 같아!"

토끼는 벌써 아까부터, 빨리 돌아가 주길 간절히 바랐다. 지겨워 지겨워, 죽을 것 같은 기분! 어떻게든 자신의 움막 언저리에서 떠나 주었으면 싶어, 또다시 악마적인 계략을 꾸며 낸다.

"참, 당신은 이 가와구치 호수에 아주 맛있는 붕어가 득시글대는 거 아세요?"

"몰라. 진짜?" 너구리는 단박에 눈을 반짝이며, "내가 세 살 때, 어머니가 붕어 한 마리를 잡아 와서 내게 먹여 준 적이 있는데, 되게 맛있었어. 난 손재주가 영 서툰 건 아닌데, 결코 그런 건 아닌데, 붕어처럼 물속에 있는 걸 잡지 못하는 탓에, 그놈이 맛있다는 건 알면서도, 그 후 삼십몇 년간, 아니, 하하하하! 그만 형의 말투가 튀어나왔네. 형도 붕어를 좋아하거든."

"그랬어요?" 토끼는 건성으로 맞장구를 치고, "난 붕어 따위 그다지 먹고 싶진 않지만, 그래도 당신이 그토록 좋아한다면, 지금 당장 같이 잡으러 가 줄 수도 있어요."

"그래?" 너구리는 싱글벙글하며, "그런데, 그 붕어란 녀석은 엄청 재빠르거든. 난 그놈을 잡으려다가 하마터면 물에 빠져 죽을 뻔한 적이 있는데." 얼결에 과거의 제 실수를 고백하고, "너한테 무슨 좋은 방법이 있어?"

"그물로 건져 올리면, 문제없어요. 우가시마 해안에 요즘 엄청 큰 붕어가 모여 있거든요. 자, 가요! 당신, 배는? 배 저을 수 있어요?"

"으음." 희미하게 한숨을 쉬고, "못 저을 것도 없지. 마음만 먹으면야, 까짓것." 괴로운 허풍을 떨었다.

"저을 수 있어요?" 토끼는 그 말이 허풍인 줄 알면서도 일부러 믿는 척하고, "그럼 마침 잘됐네요. 나한테 작은 배 한 척이 있는데, 너무 작아서 우리 두 사람은 탈 수 없어요. 게다가 얄팍한 널빤지로 엉성하게 만든 배라서, 물이 스며들어 위험해요. 나야 어찌 되건 상관없지만, 혹여 당신에게 예기치 못한 일이 생기면 안 되니까, 당신 배를 지금부터, 둘이서 같이 힘을 합쳐 만들어요. 널빤지 배는 위험하니까, 좀 더 튼튼하게 진흙을 이겨서 만들자고요."

"미안한데! 난, 울 것 같아. 울고 싶어! 난 어째서 이토록 눈물이 많은지!" 우는 시늉을 하면서, "기왕이면 너 혼자서, 그 튼튼한 멋진 배를 만들어 주지 않을래? 응? 부탁해." 빈틈없이 뻔뻔스럽게 요구하고, "난, 은혜 잊지 않아. 네가 튼튼한 내 배를 만들어 주는 동안, 난 잠깐 도시락을 준비할게. 난 분명 훌륭한 취사 당번이 될 수 있을 것 같아."

"그래요." 토끼는 제멋대로인 너구리의 의견 또한 믿는 척하며 순순히 끄덕인다. 그래서 너구리는, 아아! 세상살이 따윈 거저먹기, 하고 혼자 싱글거린다. 이 아슬아슬한 순간, 너구리의 비운이 결정되었다. 자신의 엉터리 짓을 뭐든 믿어 주는 이의 가슴속엔, 흔히 뭔가 무시무시한 계략이 감춰져 있는 법이라는 사실을, 어수룩한 너구리는 알지 못했다. 술술 풀리는데! 마냥 히죽거린다.

두 사람은 나란히 호숫가로 나온다. 하얀 가와구치 호수에는 물결 하나 없다. 토끼는 곧장 진흙을 이겨서 말 그대로 튼튼하고 멋진 배를 만들기 시작한다. 너구리는 연신 미안해, 미안해! 하고 이리저리 뛰어다니며 오로지 제 도시락에 들어갈 내용물 챙기는 데만 고심한다. 저녁 바람이 산들산들 불어 호수 수면 가득 잔물결이 일렁거릴 무렵, 점토로 만든 작은 배가 반들반들 강철 빛으로 반짝이며 물에 띄워졌다.

"흐음, 좋은데!" 너구리는 신이 나서 석유통만 한 도시락을 먼저 배에 싣고, "넌, 참말로 손재주가 있는 아가씨구나! 눈 깜짝할 사이에 이처럼 예쁜 배 한 척을 뚝딱 만들어 내다니! 신기에 가까워." 속이 빤히 들여다보이는 아니꼬운 공치사를 하고, 이렇게 솜씨 좋고 부지런한 일꾼을 마누라로 삼는다면, 어쩌면 난, 일하는 마누라 덕에 놀면서 호사를 부릴 수도 있겠다고, 호색 말고도 이젠 불끈불끈 욕심까지 솟아난다. 급기야 어떻게 해서든 이 여자에게 들러붙어 평생 헤어지지 말아야지! 몰래 각오를 단단히 하고, 으이샤! 진흙배에 올라타더니, "넌 분명 배도 능숙하게 저을 테지? 나라고 배 젓는 법쯤 모를 리가, 설마, 그야, 결코 모르는 건 아닌데, 오늘은 어디 한번, 우리 마누라 솜씨를 구경하고 싶네." 말투가 어지간히 뻔뻔스러워졌다. "나도 예전엔 배 젓기로는 명인이니 달인이니 소리를 듣기도 했지만, 오늘은 그냥 편히 드러누워 구경해 볼까? 괜찮으니까, 내 뱃머리를 너의 배 고물에 잡아매 줘. 배도 사이좋게 바짝 붙어서, 죽더라도 함께! 날 버리면 싫어!" 이렇듯 징글맞게 뇌꼴스러운 말을 하고 진흙배 바닥에 털썩 드러눕는다.

토끼는 배를 잡아매라는 말을 듣고, 혹시나 이 멍청이도 뭔가 눈치챘나? 흠칫 놀라 너구리의 표정을 훔쳐보았지만, 별일 없이 너구리는 여자에게 푹 빠진 채 히죽히죽 웃으며, 이미 꿈길을 더듬고 있다. 붕어가 잡히거든 깨워 줘! 그놈은 진짜 맛있거든. 난 서른일곱이야! 하고 얼빠진 잠꼬대를 늘어놓는다. 토끼는 흥! 비웃으며 너구리의 진흙배를 자기 배에 비끄러매고 나서, 노로 철썩! 수면을 때린다. 스르르 두 척의 배는 물가에서 멀어진다.

우가시마의 솔숲은 석양을 받아 불이 난 듯하다. 여기서 잠깐 작가가 아는 체를 하자면, 이 섬의 솔숲을 스케치해서 도안한 것이 '시키시마' 담뱃갑에 그려진 그거라는 이야기다. 믿을 만한 사람한테 들은 것이니, 독자들도 믿어 손해는 없으리라. 하긴 지금은 '시키시마' 같은 담배가 없어졌으니까, 젊은 독자에겐 아무런 흥미도 없는 이야기다. 시답잖은 지식을 뽐내고 말았다. 하여튼 아는 척하면, 이처럼 시시한 결과로 끝난다. 태어나 삼십몇 년 이상이나 된 독자만이, 아아! 그 소나무! 하고 게이샤와 놀던 기억과 함께 아련히 떠올리며, 싱거운 표정을 짓는 정도가 고작이려나.

그런데 토끼는, 그 우가시마의 저녁 풍경을 황홀히 바라보며, "아아! 멋진 풍경이네!" 하고 중얼거린다. 이건 너무나 기괴하다. 아무리 극악무도한 사람이라도 자신이 곧 잔혹한 범죄를 저지르기 직전, 산수의 아름다움을 황홀히 바라볼 정도의 여유 따위 없을 듯한데, 이 열여섯 살 아름다운 처녀는 흐뭇하게 웃음 지으며 섬의 저녁 풍경을 감상하고 있다. 참으로 천진난만함과 악마는 종이 한 장 차이다. 고생을 모르는 방자한 처녀의, 구역질 날 만큼 아니꼬운 자태 앞에서 아아! 청춘은 순진해! 하면서 침을 흘리는 남자들은 조심하는 게 좋다. 그들이 말하는 소위 '청춘의 순진함'이란, 흔히 이 토끼의 예처럼 그 가슴속에 살의와 도취가 이웃해 살아도 태연한, 뭐가 뭔지 알 수 없는 관능이 뒤섞인 난무(亂舞)다. 위험천만한 맥주 거품이다. 피부 감각이 윤리를 뒤덮고 있는 상태, 이것을 저능 혹은 악마라고 한다. 한때 전 세계에 유행했던 미국 영화에는 이러한 소위 '순진'한 암컷이며 수컷이 많이 나와, 피부 감촉을 주체하지 못해 근질근질 촐랑대며 스프링 장치처럼 돌아다녔다. 딱히 억지를 부리는 건 아니지만, 소위 '청춘의 순진함'이라는 것의 원조는 어쩌면 미국 언저리에 있었던 게 아닐까 싶을 정도. 스키를 즐겨요 랄랄라, 같은 거다. 그리고 그 이면에서, 엄청 어리석은 범죄를 태연스레 저지른다. 저능 아니면 악마다. 아니, 악마란 원래 저능한지도 모른다. 몸집이 자그맣고 호리호리하고 손발이 가냘퍼, 달의 여신 아르테미스와도 비교되는 열여섯 살 처녀 토끼도, 여기서 단박에 흥미가 싹 가시는 하찮은 존재가 되고 말았다. 저능해? 그럼, 어쩔 수 없지.

"으아악!" 발밑에서 기묘한 소리가 난다. 우리의 친애하는, 그리고 전혀 순진하지 않은 서른일곱 살 남성, 너구리 씨의 비명 소리다. "물! 물이야! 큰일 났어!"

"시끄러워요! 진흙배잖아요! 어차피 가라앉아요. 몰랐어요?"

"모르겠어. 이해하기 힘들어. 이야기 앞뒤가 안 맞아. 억지라고! 네가 설마 나를! 아니, 설마! 그런 끔찍한, 아니, 도통 모르겠어. 넌 내 마누라잖아! 으악! 가라앉는다. 적어도 가라앉는 것만은 눈앞의 진실이야. 농담이라도 너무 악랄해. 이건 거의 폭력이야. 으악! 가라앉는다. 이봐! 넌 어떡할 작정이야! 도시락이 망가지잖아! 이 도시락엔 족제비 똥으로 버무린 지렁이 마카로니가 들어 있다고! 아깝잖아! 아푸아푸! 아아! 끝내 물을 먹고 말았어. 이봐! 부탁이야, 고약한 농담은 이쯤에서 그만해. 이봐! 이봐! 그 밧줄을 끊으면 안 돼! 죽을 때는 함께, 부부는 현세와 내세의 인연, 끊으려야 끊을 수 없는 인연의 밧줄. 아, 안 돼! 끊어 버렸어. 도와줘! 난 헤엄 못 쳐. 고백할게. 예전엔 조금 했는데, 너구리도 서른일곱 살이 되면 여기 저기 근육이 굳어져 도저히 헤엄칠 수가 없어. 고백할게. 난 서른일곱이야. 너하곤 사실, 나이 차가 너무 많아. 노인을 잘 모셔야지! 공경하는 마음을 잊지 마! 아푸아푸! 아아, 넌 착한 애야. 그래, 착한 애니까, 네가 잡고 있는 그 노를 이쪽으로 내밀어 줘. 난 거기 매달려, 아야야야! 무슨 짓이야, 아프잖아! 노로 내 머리를 마구 때리다니, 좋아, 그래? 알았어! 넌 나를 죽일 셈이구나. 이제 알았어." 너구리도 죽음 직전에 이르러 비로소 토끼의 계략을 꿰뚫어 봤지만, 이미 늦었다.

따닥! 따닥! 무자비한 노가 머리를 후려친다. 너구리는 석양에 반짝반짝 빛나는 호수 수면 위로 떠올랐다 가라앉으며,

"아야야야! 아야야야! 너무하잖아! 내가, 너한테 무얼 잘못했단 말이냐. 반한 게 잘못이냐?" 하고, 쑥 가라앉아 그뿐.

토끼는 얼굴을 닦으며,

"어머! 이 땀 좀 봐."

그런데 이건, 호색에 대한 훈계라 할 수 있을까? 열여섯 살 아름다운 처녀에겐 가까이 가지 말라는 친절한 충고 어린 우스꽝스러운 이야기일까? 아니면, 마음에 들었다고 너무 끈질기게 따라다니다간, 결국 극도의 혐오감을 주어 살해되는 끔찍한 꼴을 당하니 절도를 지켜라, 라는 예의범절 교과서일까?

아니면, 도덕의 선악보다 좋고 싫은 감각에 따라 세상 사람들이 일상생활에서 서로를 헐뜯고, 벌주고, 칭찬하고, 굴복한다는 사실을 암시하는 우스개 이야기일까?

아니 아니, 이렇듯 평론가적인 결론에 조바심칠 것 없이, 너구리가 임종 때 남긴 이 한마디에만 유의해 두면 족하지 않겠는가.

가로되, 반한 게 잘못이냐?

예로부터 전 세계 문예에서 슬픈 이야기의 주제는, 오직 이와 관련되어 있다 해도 과언이 아니리라. 어느 여성에게나 이 무자비한 토끼 한 마리가 살고 있고, 남성에겐 그 선량한 너구리가 늘 물에 빠져 허우적대고 있다. 작가의, 그야말로 삼십몇 년간, 대단히 초라한 경력에 비춰 봐도, 그것은 명명백백했다. 어쩌면 또한, 당신에게도. 후략.

혀 잘린 참새

나는 이 『옛이야기』라는 책을, 일본의 국난 타개를 위해 분투하는 사람들이 잠시 쉬는 짬에 위로가 될 조촐한 장난감으로 적합하게 만들고자, 요즘 늘 미열이 오르는 온전치 못한 몸인데도, 명령이 내리면 공익 봉사 하러 출근하거나, 재해를 당한 우리 집 뒷마무리며 이것저것 하면서, 아무튼 틈틈이 조금씩 써 왔다. 혹부리 영감, 우라시마 씨, 카치카치산, 그다음에 모모타로〔桃太郎〕1)와 혀 잘린 참새를 써서, 나는 일단 이 『옛이야기』를 완결할 생각이었는데, 모모타로 이야기는 이미 극도로 단순화되어 일본 남아의 상징이나 마찬가지여서, 이야기

---

1) 복숭아에서 태어났다는 주인공 모모타로가 원숭이, 개, 꿩 등을 거느리고 도깨비 정벌에 나서서 승리한다.

라기보다는 시나 노래라는 느낌마저 지닌다. 물론 나도 처음에는 이 모모타로 역시 내 이야기로 새롭게 녹여 낼 작정이었다. 즉 나는, 그 도깨비섬의 도깨비에게 어떤 종류의 가증스러운 성격을 부여할 생각이었다. 어떡하든지 그 녀석을, 정벌하지 않을 수 없는 추악하고 극악무도한 인간으로 묘사할 작정이었다. 그렇게 함으로써 모모타로의 도깨비 정벌도 독자 여러분의 공감을 크게 불러일으키고, 그 전투도 읽는 사람이 손에 땀을 쥘 만치 참으로 위기일발의 장면이 될 수 있도록 꾸미고 있었다. (아직 쓰지 않은 자기 작품의 계획을 이야기할 경우, 작가는 대개 이렇듯 천진스러운 허풍을 떠는 법이다. 일이 그리 잘 풀리지 않아도.) 아무튼, 그냥 한번 들어 보게. 어차피, 호언장담이지만. 아무튼, 빈정거리지 말고 들어 주게. 그리스 신화에서 가장 영악하고 추잡스러운 마귀는 역시 만 마리 뱀이 머리에 달린 그 메두사이리라. 미간에는 의심 짙은 주름이 깊이 패어 있고, 자그마한 잿빛 눈에는 야비한 살의가 타오르고, 새파란 뺨은 위협하는 분노로 떨리며, 거무튀튀한 얇은 입술은 혐오와 모멸에 굳어진 듯 뒤틀려 있다. 그리고 치렁치렁한 머리카락 한 가닥 한 가닥이 죄다 배가 빨간 독사다. 적을 상대할 때 이 무수한 독사는 잽싸게 한결같이 대가리를 쳐들고 쉭쉭 으스스한 소리를 내며 맞선다. 이 메두사의 모습을 한번 본 사람은 뭔지 모를 언짢은 기분에, 심장이 얼어붙고 온몸이 차가운 돌이 되었다고 한다. 공포라기보다는 불쾌감이다. 사람의 육체보다도 사람의 마음에 해를 끼친다. 이러한 마귀는 가장 가증스러운 것이며, 또한 신속하게 퇴치해야만 한다. 그것과 비교하자면, 일본 요괴는 단순한 데다 애교가 있다. 오래된 절의 덩치 큰 까까머리 괴물이나 외다리 우산 요괴 등은, 대개 술꾼 호걸을 위해 천진난만한 춤을 선보임으로써 한밤중에 호걸의 무료함을 달래 줄 뿐이다. 또한 그림책에 나오는 도깨비 섬의 도깨비들도 덩치만 커다랗지, 원숭이가 코를 할퀴자, 아얏! 하고 자빠지며 항복한다. 도통 무서움이고 뭐고 없다. 선량한 성격의 소유자라는 생각마저 든다. 이래서야 모처럼의 도깨비 정벌도 몹시 맥 빠지는 이야기가 되리라. 이 장면에선 어떻게든 메두사 머리 이상으로 무시무시하고 소름 끼치는 마귀를 등장시켜야만 한다. 그러지 않고선 독자들 손에 땀을 쥐게 할 수가 없다. 또한 정복자 모모타로가 너무 힘이 세면 독자는 오히려 도깨비를 딱하게 여기게 되어, 이 이야기에 위기일발의 참다운 맛이 솟아나지 않는다. 지크프리트 같은 불사신 영웅도, 그 어깻죽지에 한 군데 약점을 지니지 않았던가! 벤케이〔弁慶〕[2]에게도 급소가 있었다 하고, 어쨌건 완벽한 절대 강자는 아무래도 이야기에 걸맞지 않다. 게다가 나는, 자신이 무력한 탓인지 약자의 심리는 얼추 파악이 되는데, 어쩐지 강자의 심리는 그리 소상히 알지 못한다. 특히 어느 누구한테도 절대 지지 않는 완벽한 강자 따윈, 여지껏 한 번도 만난 적이 없는 데다, 소문조차 들은 적이 없다. 나는 조금이라도 직접 실제로 경험한 게 아니면, 한 줄도 한 글자도 못 쓰는 참으로 공상이 빈약한 작가다. 그래서 이 모모타로 이야기를 쓰려

---

2) 가마쿠라 시대 초기의 승려. 호걸로 이름을 떨쳤다.

는 마당에, 그런 본 적도 없는 절대 불패의 호걸을 등장시키는 것은 하여간 불가능하다. 역시 나의 모모타로는 어릴 적부터 울보에다 몸이 허약하고 부끄럼쟁이인 도통 쓸모없는 남자였는데, 사람의 심정을 파괴해 영원한 절망과 전율과 원한의 지옥에 처넣는 악랄하기 짝이 없는 흉칙한 요괴들과 맞닥뜨리고는, 나 무력할지언정 지금은 묵시할 수 없도다, 하며 과감히 일어나 수수경단을 허리에 차고 그 요괴들의 소굴을 향해 출발하는, 이러한 내용이 될 법하다. 또한 개, 원숭이, 꿩, 세 마리 부하도 결코 모범적인 조력자가 아니라, 제각기 난처한 버릇이 있어 이따금 싸움도 벌일 테고, 거지반 그 『서유기』의 손오공, 저팔계, 사오정과 흡사하게 쓸지도 모른다. 하지만 나는 「카치카치산」에 이어 마침내 이 「나의 모모타로」에 착수하려다가, 돌연 엄청 울적한 기분에 사로잡혔다. 적어도 모모타로 이야기 하나만은, 이대로 단순한 형태로 남겨 두고 싶다. 이것은 이미 이야기가 아니다. 예부터 일본인 전체에 노래로 전해 내려온 일본의 시다. 이야기 줄거리에 어떤 모순이 있은들, 상관없다. 이 시의 평이하고 활달한 기분을 새삼스레 마구 주무르는 것은, 일본에 대해 송구한 일이다. 하물며 모모타로는 일본 제일이라는 깃발을 들고 있는 남자다. 일본 제일은커녕 일본 제이도 제삼도 경험하지 못한 작가가, 그런 일본 제일의 쾌남을 묘사해 낼 턱이 없다. 나는 모모타로의 그 '일본 제일'이라는 깃발을 떠올리면서, 「나의 모모타로 이야기」 계획을 깨끗이 포기했다.

그래서 곧이어 혀 잘린 참새 이야기를 쓰고, 이것으로 일단

이 『옛이야기』를 끝맺자고 다시 생각했다. 이 혀 잘린 참새나, 그 앞의 혹부리 영감, 우라시마 씨, 카치카치산, 어디에도 '일본 제일'의 등장이 없기 때문에 내 책임도 가벼워 자유로이 쓸 수 있었는데, 아무래도 일본 제일이라 하면, 적어도 이 존귀한 나라에서 제일이라 하면, 아무리 옛이야기일지언정, 엉터리 글 쓰기는 용납되지 않으리라. 외국 사람이 읽고, 뭐야! 이게 일본 제일이야? 이렇게 말하면 얼마나 분하겠는가. 그러니까 나는 여기에 장황할 만치 다짐해 두련다. 혹부리 영감의 두 노인도 우라시마 씨도, 또한 카치카치산의 너구리 씨도 결코 일본 제일이 아니야. 모모타로만이 일본 제일이야. 그리고 난 그 모모타로를 쓰지 않았어. 진짜 일본 제일이 만약 당신 눈앞에 나타난다면, 당신의 두 눈은 하도 부신 탓에 그만 멀게 될지도 몰라. 이제 알겠나? 나의 이 『옛이야기』에 나오는 사람은 일본 제일도 제이도 제삼도 아니며, 소위 '대표적 인물'도 아니다. 이는 단지 다자이라는 작가가 그 어리석은 경험과 빈약한 공상으로 창조한 극히 평범한 인물들일 뿐이다. 이러한 여러 인물로써 곧장 일본인의 경중을 가늠하려는 것은, 그야말로 각주구검(刻舟求劍)[3]의 의기양양한 천착에 가깝다. 나는 일본을 아낀다. 이는 말할 필요도 없지만, 그 때문에 나는 일본 제일의 모모타로를 묘사하는 걸 피하고, 또한 여타 인물들이 결코 일본 제일이 아닌 까닭을 장황스레 늘어놓았다. 독자께서

---

3) 배 밖으로 칼을 떨어뜨린 사람이 나중에 그 칼을 찾기 위해, 배가 움직이는 것도 생각하지 않고 칼을 떨어뜨린 뱃전에다 표시했다는 뜻. 시대나 상황이 변했음에도 낡고 보수적인 사고방식을 고집하는 사람을 비유.

도 나의 이런 묘한 집착에 흔쾌히 동의를 표해 주시지 않을까 싶다. 도요토미 히데요시조차 말하지 않았던가! "일본 제일은, 내가 아니다."라고.

한데, 이 「혀 잘린 참새」의 주인공은 일본 제일은커녕 거꾸로, 일본에서 제일 못난 남자일지도 모른다. 우선, 몸이 허약하다. 몸이 허약한 남자란, 다리가 부실한 말보다도 훨씬 현실적 가치가 낮은 듯하다. 늘 기력이 없는 기침을 하고 안색도 핼쑥하고, 아침에 일어나 방 장지문의 먼지를 떨고 빗자루로 쓸어 내기 바쁘게 기진맥진, 그다음엔 온종일 책상 옆에서 누웠다 일어났다 꿈지럭대다가, 저녁 식사를 마치자마자 손수 냅다 이불을 깔고 잠든다. 이 남자는 이미 십여 년을 이렇듯 한심스러운 생활을 계속해 왔다. 아직 마흔 살도 채 안 되었건만, 꽤 오래전부터 자신을 가리켜 옹(翁)이라 서명하고, 또한 자기 가족에게도 '할아버지'라 부르라고 명령한다. 뭐, 적당히, 은둔자라고나 할까? 하지만 은둔자라도 돈이 조금은 있으니까 세상을 버릴 수 있는 거고, 무일푼 하루 벌이 생활이라면 세상을 버리려 한들 되레 세상이 뒤쫓아 오니까 도저히 못 버리는 법이다. 이 '할아버지'도 지금은 이런 초라한 초가집을 짓고 살지만 알고 보면 큰 부잣집 셋째 아들로, 부모님의 기대를 저버리고 이렇다 할 직업도 없이 멍하니 청경우독(晴耕雨讀)하며 지내던 차에 병이 들었고, 근래는 부모를 비롯해 친척들까지도 그를 병약하고 멍청한 골칫거리라 부르며 체념하여, 다달이 겨우 생계를 꾸릴 만한 소액의 돈을 부쳐 주고 있는 상태다. 그러하니까, 이런 은둔자 같은 생활도 가능한 거다. 아무리 초가집이라고는 해도, 꽤 괜찮은 처지라 할 수도 있으리라. 그리고 그런 꽤 괜찮은 처지의 사람일수록 그다지 남에게 도움이 안 되는 법이다. 몸이 허약한 건 사실인 모양이나, 몸 져누울 정도의 환자가 아니니까, 뭔가 하나쯤 적극적으로 일을 하지 못할 턱이 없다. 그렇지만 이 할아버지는 아무것도 하지 않는다. 단지 책만 엄청 많이 읽는 모양인데, 읽고 나면 바로 까먹는 건지 자신이 읽은 걸 남에게 이야기해 알리지도 않는다. 그저, 멍하니 있다. 이것만으로도 이미 현실적 가치가 제로에 가깝건만, 게다가 이 할아버지에겐 아이가 없다. 결혼한 지 벌써 십 년 이상 되었지만, 여태 후사가 없다. 그러니 이제 완전히 그는 사회인으로서의 의무를 무엇 하나 완수하지 못한 셈이 된다. 이런 변변찮은 남편 곁에서 용케도 십몇 년이나 부부로 살아온 부인이란 어떤 여자인지, 다소 흥미를 돋운다. 그러나 그 초가집 울타리 너머로 슬쩍 엿본 사람은, 맙소사! 하고 실망하게 된다. 정말이지 별 볼 일 없는 여자다. 피부가 새까맣고 눈은 희번덕거리고 손은 주름투성이에 큼지막하고, 그 손을 앞으로 축 늘어뜨리고 허리를 구부정하니 숙인 채 분주하니 마당을 걷는 모습을 보면, '할아버지'보다도 연상이 아닐까 싶을 정도다. 하지만 올해 서른셋, 액년이라 한다. 이 사람은 원래 '할아버지'의 생가에 고용된 하녀였으나, 병약한 할아버지를 보살피다가 어느 틈에 그 생애를 떠맡게 되고 말았다. 글을 못 배웠다.

"어서, 속옷가지를 죄다, 벗어 여기 내놓으세요. 빨래할 테니." 명령하듯 호되게 말한다.

"요담에." 할아버지는 책상 앞에서 턱을 괸 채 나직이 대답한다. 할아버지는 늘 지독히 낮은 목소리로 말한다. 더구나 말 끄트머리는 입안에서 우물우물하여, 아아, 라든가 우우, 라는 식으로만 들린다. 부부로 산 지 십몇 년이 되는 할머니조차, 이 할아버지가 하는 말을 제대로 알아들을 수 없다. 하물며 남들은 오죽하랴! 어차피 은둔자나 다름없는 사람이니까, 자신이 하는 말을 남들이 알아듣건 못 알아듣건 아무려나 상관없을지도 모르겠지만, 일정한 직업도 없이 독서는 하되 별반 그 지식으로 저술하려는 낌새도 보이지 않고, 그러면서 결혼 후 십여 년이 지나도록 자식 하나 없이, 게다가 일상 대화에서조차 똑똑히 말하는 수고를 아껴, 끄트머리를 입안에서 중얼중얼 얼버무리는 데는, 뭐랄까, 게으름을 피운다고 할까, 아무튼 그 소극성은 이루 말로 표현할 수 없는 듯하다.

"어서 내놓으세요. 이것 봐요, 속옷 깃이 때에 절어 번들거리잖아요!"

"요담에." 역시나 절반은 입안에서 어물쩍댄다.

"예? 뭐라고요? 알아듣게 말을 하세요."

"요담에." 턱을 괸 채, 빙긋 웃지도 않고 할머니의 얼굴을 말끄러미 응시하면서 이번엔 다소 명료하게 말한다. "오늘은 추워."

"벌써 겨울인걸요. 오늘만 아니고, 내일도 모레도 추운 게 당연하죠." 아이를 나무라는 듯한 말투로, "그렇게 집 안에서 가만히 화롯가에 앉아 있는 사람과, 우물가에 나가 빨래하는 사람, 어느 쪽이 추운지 알기나 해요?"

"몰라." 희미하게 웃으며 대답한다. "당신이 우물가에 나가는 건 습관이 됐으니까."

"농담이 아니에요." 할머니는 낯을 찌푸리고, "난들 뭐, 빨래하러 이 세상에 태어난 건 아니라고요!"

"그래?" 하고는, 천연덕스럽다.

"자아, 어서 벗어 이리 건네줘요. 갈아입을 속옷가지는 죄다 그 벽장 안에 들어 있으니까."

"감기 걸려."

"그럼, 됐어요!" 영 못마땅한 듯 잘라 말하고, 할머니는 물러난다.

여기는 도호쿠〔東北〕센다이 교외, 아타고산 기슭, 히로세 강 급류를 마주하는 울창한 대숲 안이다. 센다이 지방에는 옛적부터 참새가 많았는지, '센다이 조릿대'라는 가문(家紋)에는 참새 두 마리가 도안화되었고, 또한 연극 '센다이(先代) 싸리나무'에는 참새가 주역 배우 이상의 중요한 배역으로 등장하는 건 누구나 다 아는 바이리라. 그리고 지난해, 내가 센다이 지방을 여행했을 때도, 그 고장의 한 친구에게서 센다이 지방의 옛 동요로 다음과 같은 노래를 소개받았다.

　대바구니 참새야
　바구니 속 참새야
　언제 언제 나올거나

그런데, 이 노래는 센다이 지방뿐 아니라 일본 전체 아이들

의 술래놀이 노래가 된 모양인데,

　　바구니 속 참새야

　이처럼 각별히 바구니 속 작은 새를 참새로 한정한 점, 또한 '나올거나'라는 도호쿠 방언이 아무런 어색한 느낌도 없이 삽입되어 있는 점 등, 역시 이건 센다이 지방의 민요라 말한들 큰 잘못은 없지 않겠는가 하고 나는 생각했다.

　이 할아버지네 초가집 주변의 울창한 대숲에도 무수한 참새가 살고 있어, 아침저녁으로 귀가 먹먹해질 정도로 소란스럽다. 그해 늦가을, 대숲에 싸락눈이 산뜻한 소리를 내며 굴러가는 아침, 다리를 삐어 뒤집어진 채 마당에서 버둥거리는 새끼 참새를 할아버지가 발견하여, 말없이 주워 방 화롯가에 두고 먹이를 주었더니, 참새는 다리 상처가 나았는데도 할아버지 방에서 놀다가, 이따금 앞마당으로 폴짝 뛰어내리기도 하지만, 금세 다시 툇마루에 올라와, 할아버지가 던져 주는 먹이를 쪼아 먹고 똥을 싸면 할머니는,

　"아이구, 더러워!" 하며 내쫓고, 할아버지는 잠자코 일어나 품속 종이로 툇마루의 똥을 정성껏 닦아 낸다. 하루하루 지남에 따라 참새 역시 응석을 부려도 되는 사람과 안 되는 사람을 가릴 줄 알게 된 듯, 집에 할머니 혼자만 있을 때는 앞마당이나 처마 밑으로 피난해 있다가 할아버지가 나타나면 곧장 날아와 할아버지 머리 위에 포르르 올라앉거나, 할아버지 책상 위를 뛰어다니면서 목구멍이 희미하게 울리도록 벼룻물을

마시거나, 붓꽃이 속에 숨는 등, 온갖 장난질로 할아버지의 공부에 헤살을 놓는다. 하지만 할아버지는 대개 모른 척한다. 흔히 보는 애금가들처럼, 자신이 아끼는 새에게 뇌꼴스러운 묘한 이름을 지어 주고,

"루미! 너도 쓸쓸하니?" 어쩌고 하진 않는다. 참새가 어디서 무얼 하건, 도통 무관심한 기색이다. 그러고는 때때로 말없이 부엌에서 모이를 한 줌 쥐고 나와, 툇마루에 홀홀 뿌려 준다.

그 참새가 지금 할머니의 퇴장 후, 팔락거리며 처마 밑에서 날아와, 할아버지가 턱을 괴고 있는 책상 가장자리에 포르르 앉는다. 할아버지는 전혀 표정을 바꾸지 않고, 말없이 참새를 보고 있다. 이쯤에서 슬슬, 이 새끼 참새의 신상에 비극이 시작된다.

할아버지는 얼마 지나서 한마디, "그래?"라고 했다. 그러고 나서 깊은 한숨을 쉬고 책상 위에 책을 펼쳤다. 그 서적의 페이지를 한두 장 넘기고는 다시 턱을 괸 채 멍하니 앞쪽을 보면서, "빨래를 하려고 태어난 게 아니라고 지껄였다니까! 주제에 아직은, 색기가 있어 보여." 중얼거리고, 어렴풋이 쓴웃음 짓는다.

이때, 느닷없이 책상 위 새끼 참새가 사람의 말을 했다.

"당신은, 어떤데요?"

할아버지는 별로 놀라지도 않고,

"나? 난, 글쎄다, 진실을 말하기 위해 태어났지."

"그런데, 당신은 아무 말도 하지 않잖아요?"

"세상 사람들은 모두 거짓말쟁이니까, 이야기를 나누기가

싫어졌어. 다들, 거짓말만 해. 그리고 더 무서운 건, 자신의 그 거짓말을 스스로 깨닫지 못해."

"그건 게으름뱅이의 변명이죠. 학문깨나 했다고, 누구나 그런 식으로 잘난 척 거들먹거리고 싶어지나 봐요? 당신은 아무 일도 하지를 않잖아요. '자는 사람을 깨우지 말라.'라는 속담이 있어요. 남 말 할 주제가 못 돼요."

"그렇기도 한데," 할아버지는 당황하지 않고, "하지만 나 같은 남자도 있어야 해. 내가 아무것도 안 하는 듯 보일 테지만, 꼭 그렇지도 않아. 내가 아니고선 할 수 없는 일도 있지. 내가 살아 있는 동안, 내 진가를 발휘할 수 있는 시기가 올지 어떨지 모르겠지만, 그래도 그때가 오면, 나도 힘껏 일하지. 그때까지는, 뭐, 침묵이요 독서다."

"그런가요?" 참새는 고개를 갸웃하고, "소심한 집호랑이일수록 그런 억지를 부리고 흰소리 치는 법이죠. 패배한 영감님, 이라고나 할까요? 당신처럼 비칠비칠한 늙은이는, 돌아오지 않는 옛꿈을 미래의 희망과 바꿔 놓고는 자신을 위로하고 있어요. 참 딱해요. 그런 건 흰소리조차도 못 돼요. 변태의 푸념이죠. 대체, 당신은 뭔가 그럴싸한 일을 하지 않잖아요!"

"듣고 보니, 뭐, 그럴지도 모르겠는데." 노인은 더없이 차분하게, "하지만, 나 역시 지금 멋지게 실행하는 일이 하나 있어. 그게 뭣인고 하니, 무욕(無慾)이라는 거야. 말하기는 쉬우나, 행하기는 어려운 거지. 우리 할망구는 벌써 십몇 년간 나 같은 사람과 함께 살아왔으니, 어지간히 세상 욕심을 버렸겠거니 싶은데, 그게 영 그렇지도 않은가 봐. 아직은 주제에, 색기가 좀 있는 것 같아. 그게 우스워, 그만 혼자서 웃음을 터뜨리고 말았지."

그때, 할머니가 불쑥 얼굴을 내민다.

"색기 따윈 없어요! 어머? 당신은 누구랑 이야기한 거예요? 누군가, 젊은 아가씨 목소리가 났는데? 그 손님은 어디로 갔어요?"

"손님이라." 할아버지는 늘 그렇듯, 얼버무린다.

"아니, 당신은 방금 분명히 누군가와 이야기했잖아요. 그것도 내 험담을요. 한데 어쩐 일이에요? 내게 무슨 말을 할 때는 항상 우물우물 알아듣지도 못하게 성가신 말투뿐인 주제에, 그 아가씨에겐 생판 딴사람인 양 그토록 기운찬 목소리로 엄청 기분 좋게 수다를 떨던데요? 당신이야말로 아직 색기가 있지요. 하도 많아서, 끈적끈적이에요."

"그런가?" 할아버지는 흐지부지 대답하고, "하지만, 아무도 없어."

"놀리지 말아요!" 할머니는 진심 화가 치민 기색으로, 털썩 마루 끝에 앉아, "당신은 도대체 나를, 뭐라고 생각하는 거예요? 난 지금껏 무지 참아 왔어요. 당신은 이제, 대놓고 나를 바보 취급 하는군요. 그야, 난 가정 환경도 좋지 않은 데다 배운 것도 없으니 당신의 이야기 상대가 못 될지도 모르겠지만, 그래도 너무하네요. 난, 어릴 적부터 당신네 집으로 고용살이 가서 당신 시중을 들었고, 그게 그만, 이렇게 되었는데, 당신 부모님도, 저 애라면 제법 착실하니 내 자식과 함께 살아도, ──"

"거짓말투성이."

"맙소사, 뭐가 거짓말이에요? 내가, 무슨 거짓말을 했어요? 글쎄, 그렇잖아요? 그 무렵, 당신 성질을 가장 잘 헤아린 건 나 아닌가요? 내가 아니고선 가망이 없었다고요. 그래서 내가, 평생 당신을 돌봐 주게 되었잖아요? 어디가, 어떤 식으로 거짓 말이에요? 그걸 말해 봐요!" 정색하며 다그친다.

"말짱 거짓말이야. 그 무렵, 당신에겐 색기가 없었어. 그뿐 이야."

"그건 도대체 무슨 의미예요? 난, 모르겠네요. 바보 취급 하지 말아요. 난 당신을 생각해서, 당신한테 온 거예요. 색기고 뭐고 없어요. 당신도 꽤나 상스러운 말을 하네요. 애당초 내가, 당신 같은 사람과 함께한 탓에, 아침저녁으로 얼마나 쓸쓸한지, 당신은 몰라요. 가끔은 상냥한 말 한마디 건네는 법인데. 다른 부부를 보라고요! 아무리 가난해도 저녁 식사 때면 재미나게 세상 이야기 하면서 서로 웃기도 하잖아요? 난 결코 욕심 많은 여자가 아녜요. 당신을 위해서라면, 어떤 일이건 참을 수 있어요. 그저, 가끔씩, 당신이 상냥한 말 한마디 건네준다면, 난 그걸로 만족해요."

"시시한 소리! 속 들여다보여. 이제 적당히 체념했거니 싶었는데, 아직도 그런 뻔한 넋두리를 늘어놓아, 국면 전환을 꾀하는군. 소용없어. 당신이 하는 말은, 죄다 속임수야. 그때그때의 안이한 기분 나름이지. 나를 이렇듯 무뚝뚝한 남자로 만든 건, 당신이야. 저녁 식사 때의 세상 이야기 따위, 대개 이웃에 대한 품평 아닌가? 험담 아닌가? 이 역시 안이한 기분에 따라 함부로 뒷담화를 하지. 난 여태껏, 당신이 남을 칭찬하는 걸

들은 적이 없어. 난, 마음이 여린 사람이야. 당신한테 휩쓸려, 덩달아 남들 품평을 하고 싶어져. 난, 그게 무서워. 그래서 이젠 누구하고도 말을 말아야지 생각했어. 당신 같은 사람들은 남의 나쁜 점만 눈에 띄어, 자기 자신의 무시무시함을 도통 알아채지 못하니까. 난, 사람이 무서워."

"알겠어요. 당신은 내게 싫증 난 거예요. 이런 할망구가 지겨워진 거예요. 난, 다 알아요. 아까 그 손님은, 어떻게 했어요? 어디에 숨었어요? 분명히 젊은 여자 목소리였는데. 그렇게 젊은것이 생겼으니, 나 같은 할망구와 이야기하는 게 싫어지는 것도 당연하지요. 뭐라나, 무욕이니 뭐니 하며 통달한 낯짝을 하고선, 상대가 젊은 여자라면 금세 두근두근 설레어 목소리까지 변해 재잘재잘 떠들어 대니까 정나미 떨어져요."

"그렇담, 그걸로 됐어."

"됐다니요? 그 손님은 어디에 있어요? 내가 인사를 드리지 않으면, 손님에게 실례잖아요! 이래 봬도, 난 이 집의 주부니까요! 인사를 시켜 줘요. 더 이상 나를 깔아뭉개는 건 어림없어요."

"이 녀석이야." 할아버지는 책상 위에서 놀고 있는 참새를 턱짓으로 가리킨다.

"어머? 농담 말아요. 참새가 말을 해요?"

"해. 더구나, 제법 재치 있는 말을 해."

"끝없이, 그 모양으로 심술궂게 나를 조롱하는군요. 그렇담, 좋아요." 다짜고짜 팔을 내뻗어 책상 위 새끼 참새를 덥석 움켜쥐고, "그런 재치 있는 말을 하지 못하게, 혀를 잡아 뽑아 버리겠어요. 당신은 평소에 워낙 이 참새를 지나치게 귀여워해요. 난 그게 추잡스러워 견디기 힘들었거든요. 마침 안성맞춤이야! 당신이 그 젊은 여자 손님을 놓치고 말았다면, 그 대신이 참새의 혀를 뽑겠어요. 아아, 고소해라!" 손바닥 안의 참새주둥이를 억지로 벌려, 앙증맞은 유채 꽃잎만 한 혀를 쏙, 잡아 뽑았다.

참새는 푸드득푸드득 하늘 높이 날아간다.

할아버지는 말없이 참새의 행방을 바라본다.

그리하여, 다음 날부터 할아버지의 울창한 대숲 탐색이 시작되었다.

혀 잘린 참새야
네 집은 어디니?
혀 잘린 참새야
네 집은 어디니?

매일매일, 눈이 계속 쏟아진다. 그래도 할아버지는 뭔가에 홀린 듯이, 울창한 대숲 깊숙이 찾아다닌다. 대숲 속에는 참새 수천수만 마리가 있다. 그 가운데 혀가 뽑힌 새끼 참새를 찾아 내기란 지극히 어려운 일이련만, 그럼에도 할아버지는 기이한 열정으로 매일매일 탐색한다.

혀 잘린 참새야
네 집은 어디니?

혀 잘린 참새야
네 집은 어디니?

   할아버지가 이토록 죽을 둥 살 둥 하는 정열로써 행동하는 것은, 평생토록 한 번도 없었음 직하다. 할아버지의 가슴속에 잠들어 있던 무언가가 이때 비로소 머리를 쳐든 걸로 보이지만, 그게 무엇인지 필자(다자이)도 알 수 없다. 제 집에 있으면서도 남의 집에 있는 듯 씨무룩하던 사람이, 문득 자신에게 가장 마음 편한 성격을 만나, 이것을 갈구한다. 사랑, 이라 말해 버리면 그뿐이지만, 일반적으로 담박하게 일컫는 마음, 사랑, 이라는 말로써 표현되는 심리보다, 이 할아버지의 기분은 훨씬 쓸쓸한 건지도 모른다. 할아버지는 정신없이 찾았다. 난생처음 보는 집요한 적극성이다.

혀 잘린 참새야
네 집은 어디니?
혀 잘린 참새야
네 집은 어디니?

   설마, 이렇게 노래하면서 찾아다닌 건 아니다. 하지만 바람이 제 귓전에 이렇듯 소곤소곤 속삭이고, 어느 틈엔가 제 가슴속에서도, 그 기묘한 노래인지 염불인지 모를 구절이 한 걸음 한 걸음 대숲 아래 눈을 밟아 헤치고 나가는 동시에 솟아나, 귓전을 스치는 바람의 속삭임과 어우러졌다. 이런 식이다.

어느 날 밤, 이곳 센다이 지방에서도 보기 드문 큰 눈이 내렸다가 다음 날은 활짝 개어 눈부실 만치 은세계가 펼쳐졌는데, 할아버지는 이날 아침 일찍 짚신을 신고 변함없이 대숲을 헤매고 다니며,

혀 잘린 참새야
네 집은 어디니?
혀 잘린 참새야
네 집은 어디니?

대나무에 쌓인 큼직한 눈 덩어리가 돌연, 털썩! 할아버지 머리 위에 떨어져, 맞은 자리가 안 좋았는지 할아버지는 기절해 눈 위에 쓰러진다. 몽환의 세계에서, 갖가지 속삭임이 들려온다.

"가여워라! 벌써 죽어 버렸잖아!"

"아냐! 죽지 않았어. 정신을 잃었을 뿐이야."

"근데, 이렇게 하염없이 눈 위에 쓰러져 있다간, 얼어 죽을 텐데."

"그건 그래. 어떻게든 해야 돼. 큰일 났네. 이렇게 되기 전에, 그 애가 빨리 나가 줬더라면 좋았을 텐데. 도대체 그 앤, 어찌된 거야?"

"오테루 씨?"

"그래. 누군가 장난질 쳐서 입을 다친 모양인데, 그 후로는 도무지 이 근처에 모습을 비추지 않잖아."

"몸져누웠어요. 혀가 뽑혀 버렸기 때문에, 아무 말도 못 한 채, 그저 눈물만 뚝뚝 흘리며 울고 있어요."

"그래? 혀가 뽑혀 버렸어? 고약한 장난질을 친 놈이 있었군!"

"네, 그런데 이 사람의 부인이에요. 못된 아주머니는 아닌데, 그날은 아무래도 심통이 사나웠던가, 다짜고짜 오테루 씨의 혀를 잡아 뽑아 버렸어요."

"넌, 그걸 봤니?"

"네, 무시무시했어요. 인간이란, 그런 식으로 느닷없이 끔찍한 짓을 저지르네요."

"질투겠지. 나도 이 사람의 집 사정을 잘 아는데, 정말이지 이 사람은 부인을 너무 바보 취급 하던걸. 부인을 너무 애지중지하는 것도 꼴불견이지만, 그렇게 퉁명스러운 것도 좋지 않아. 그걸 또 오테루 씨는 잘됐다 핑계 삼아, 이 어르신하고 꽤나 노닥거렸거든. 하긴, 다들 나빠! 내버려 둬!"

"어머? 당신이야말로 질투하는 거 아네요? 당신은 오테루 씨를 좋아했죠? 숨겨도 소용없어요. 이 대숲에서 가장 목소리가 예쁜 이는 오테루 씨라고, 언젠가 한숨지으며 말했잖아요."

"질투하다니! 그런 천박한 짓을 할 내가 아냐! 하지만, 적어도 너보단 오테루가 목소리도 더 예쁘고, 게다가 미인이지."

"너무해!"

"싸움은 그만! 재미없어. 그보다도 이 사람을 대체 어떻게 하지? 내버려 뒀다간 죽을 텐데. 가여워라! 얼마나 오테루 씨를 만나고 싶었는지, 매일매일 이 대숲을 찾아다니다 결국 이런 꼴이 되고 말았으니, 딱하잖아! 이 사람은 틀림없이, 진실한 사람이야."

"뭐? 바보라고! 나잇살이나 먹어 가지고 새끼 참새 꽁무니를 쫓아다니다니, 못 말리는 바보라고!"

"그런 소리 하지 말고, 네? 만나게 해 드리자고요. 오테루 씨도 이 사람을 만나고 싶은가 봐요. 하지만 이미 혀가 뽑혀 말을 할 수 없으니까, 이 사람이 오테루 씨를 찾아다닌다는 얘길 전해 줘도, 대숲 안채에 누운 채 눈물만 뚝뚝 흘릴 뿐이에요. 이 사람도 가엾지만, 오테루 씨도 참 가여워요. 네? 우리 힘으로 어떻게든 해 드리자고요!"

"난, 싫어! 난 어쩐지 연애질 사태엔 동정하기 힘든 체질이거든."

"연애질이 아녜요. 당신은 이해 못 하지! 네? 여러분, 어떻게든 만나게 해 드리자고요. 이런 일은 이치로 따질 게 아니잖아요."

"그렇지! 그렇고말고! 내가 맡을게. 뭐, 문제없어! 신에게 부탁하는 거지. 이것저것 따지지 않고 어떻게든 남을 위해 진력하고 싶다고 마음먹었을 땐, 신에게 부탁하는 게 제일 좋아. 우리 아버지가 언젠가 그렇게 일러 주셨지. 그럴 때 신은, 무슨 일이건 다 들어주신다더군. 자아, 모두, 여기서 잠깐 기다려 줘. 난 지금 바로 사당 숲의 신께 부탁드리고 올 테니."

할아버지가 퍼뜩 눈을 뜬 곳은, 대나무 기둥의 아담한 방이다. 일어나 앉아 주위를 둘러보는데, 스르르 맹장지 문이 열리고 키가 두 자 남짓한 어여쁜 인형이 나오더니,

"어머! 일어나셨어요?"

"허허." 할아버지는 대범하게 웃으며, "여기가 어딘가?"

"참새네 집." 그 인형처럼 귀여운 여자애가 할아버지 앞에 얌전히 앉아, 동그란 눈을 깜빡거리며 대답한다.

"그래." 할아버지는 차분히 끄덕이고, "넌, 그러면, 그, 혀 잘린 참새?"

"아니에요. 오테루 씨는 안방에 누워 있어요. 전, 오스즈. 오테루 씨하곤 제일 단짝!"

"그래? 그러면, 그, 혀 뽑힌 새끼 참새 이름이, 오테루인가?"

"네, 아주 상냥하고 좋은 분이죠. 어서 만나 보세요. 가엾게도 말을 할 수 없게 되어, 매일 눈물만 뚝뚝 흘리며 울고 있어요."

"만나겠네!" 할아버지는 일어서서, "어디에 누워 있는가?"

"안내해 드릴게요." 오스즈 씨는 기다란 소맷자락을 나풀거리며 일어나, 툇마루로 나선다.

할아버지는 비좁은 청죽 마루를, 미끄러지지 않게 조심하면서 살살 건넌다.

"여기예요. 들어가시죠."

오스즈 씨를 따라 안방으로 들어간다. 환한 방이다. 마당에는 키 작은 조릿대가 잔뜩 우거져 있고, 그 조릿대 사이로 야트막한 맑은 샘물이 졸졸 흐른다.

오테루 씨는 자그마한 붉은 비단 이불을 덮고 누워 있었다. 오스즈 씨보다 훨씬 우아하고 아름다운 인형인데, 얼굴이 조금 해쓱했다. 커다란 눈으로 할아버지 얼굴을 가만히 응시하다가, 눈물을 뚝뚝 흘렸다.

할아버지는 그 머리맡에 책상다리를 하고 앉아 아무 말도 없이, 마당으로 졸졸 흐르는 샘물을 보고 있다. 오스즈 씨는 슬그머니 자리를 떴다.

아무 말 하지 않아도 좋았다. 할아버지는 희미하게 한숨을 쉬었다. 우울한 한숨이 아니었다. 할아버지는 난생처음 마음의 평안을 경험했다. 그 기쁨이, 희미한 한숨으로 나타났다.

오스즈 씨는 조용히 술과 안주를 들고 와서,

"그럼, 천천히." 하고 물러간다.

할아버지는 술을 한 잔 손수 따라 마시고, 다시 마당의 샘물을 바라본다. 할아버지는 소위 술꾼은 아니다. 딱 한 잔에, 거나하게 취한다. 젓가락으로, 밥상 위 죽순을 하나만 집어 먹는다. 희한하게 맛있다. 하지만 할아버지는 대식가가 아니다. 그만 젓가락을 내려놓는다.

맹장지 문이 열리고, 오스즈 씨가 술과 다른 안주를 더 가져온다. 할아버지 앞에 앉아,

"어떠세요?" 하고 술을 권한다.

"아니, 그만 됐네. 그런데, 정말 좋은 술이군." 겉치레 말을 한 게 아니다. 저도 모르게, 입 밖으로 나왔다.

"마음에 드셨나요? 조릿대 이슬이에요."

"너무 좋아."

"네?"

"너무 좋아."

할아버지와 오스즈 씨의 대화를 누운 채 듣고서, 오테루 씨는 미소 지었다.

"어머! 오테루 씨가 웃네요! 무슨 말을 하고 싶을 텐데."

오테루 씨는 고개를 저었다.

"말하지 못해도, 좋아. 그렇지?" 할아버지는 그제야, 오테루 씨 쪽을 보며 말을 건넨다.

오테루 씨는 눈을 깜빡깜빡하면서, 기쁜 듯이 두세 번 끄덕인다.

"자, 그럼 이만 실례하겠네. 또 오지."

오스즈 씨는 너무나 담백한 이 방문객에게 어이가 없다는 듯,

"맙소사! 벌써 가시려고요? 얼어 죽을 뻔하도록 대숲 속을 찾아다니시다가, 간신히 오늘 만났건만, 상냥한 위로의 말 한 마디 건네지도 않고, ── "

"상냥한 말만은, 사양하겠네." 할아버지는 쓴웃음을 짓고, 그만 일어선다.

"오테루 씨! 괜찮아요? 보내 드려도?" 오스즈 씨는 허둥대며 오테루 씨에게 묻는다.

오테루 씨는 웃으며 끄덕인다.

"이쪽저쪽, 똑같네요!" 오스즈 씨도 웃음을 터뜨리고, "그럼, 또 오세요!"

"오겠네!" 진지하게 대답하고, 방에서 나가려다 문득 멈춰서서, "여기는, 어디인가?"

"대숲 속이에요."

"글쎄? 대숲 속에, 이런 묘한 집이 있었던가?"

"있어요." 오스즈 씨는 오테루 씨와 얼굴을 마주 보며 미소

짓고, "그렇지만, 보통 사람에겐 보이지 않아요. 대숲 저기 입구쯤에서 오늘 아침처럼 눈 위에 엎드리고 계시면, 우리가 언제든지 여기로 안내해 드릴게요."

"그거, 고맙네!" 엉겁결에 진심 어린 말을 하고, 청죽 툇마루로 나선다.

그러고는 다시 오스즈 씨를 따라 아까 머문 아담한 거실로 돌아오니, 거기에 크고 작은 가지각색의 옷 고리짝을 죽 늘어놓았다.

"모처럼 찾아 주셨는데, 대접이 변변치 못해 부끄러울 따름입니다." 하고 오스즈 씨는 말투를 바꾸어, "부족하나마 참새 고향에 오신 기념 선물이니, 이 옷 고리짝 가운데 어느 것이든 마음에 드신 걸로, 거추장스러우시겠지만 가져가 주십시오."

"필요 없어! 그런 거." 할아버지는 언짢은 듯 중얼거리고, 그 많은 옷 고리짝에는 눈길도 주지 않은 채, "내 신발은 어디에 있나?"

"곤란해요! 아무거나 하나 가져가 주세요." 오스즈 씨는 울먹거리며, "나중에 제가, 오테루 씨한테 야단맞아요."

"화내지 않아. 그 아인, 절대 화내지 않아. 난 알지! 한데, 신발은 어디에 있나? 지저분한 짚신을 신고 왔을 텐데."

"내다 버렸어요. 맨발로 돌아가시면 되잖아요!"

"이거 너무한데."

"그럼, 뭐라도 하나 기념 선물을 가져가 줘요! 제발, 부탁이에요!" 하고 앙증맞은 손을 모은다.

할아버지는 쓴웃음을 짓고, 방에 죽 늘어놓은 옷 고리짝을

흘끗 보고는,

"전부 커. 너무 커. 난, 짐을 들고 걷는 걸 싫어해. 호주머니에 들어갈 만한 작은 선물은 없는가?"

"그런 억지를 부리셔도, ─ "

"그렇다면 가겠네! 맨발이라도 상관없어. 짐은 싫어." 할아버지는 정말로 맨발 그대로, 툇마루 밖으로 뛰어나갈 태세였다.

"잠깐 기다려요! 네? 잠깐만. 오테루 씨에게 물어보고 올게요."

푸드득푸드득, 오스즈 씨는 안방으로 날아가더니, 곧장 벼이삭을 입에 물고 돌아왔다.

"자, 이건 오테루 씨의 비녀. 오테루 씨를 잊지 말아요. 또 오세요."

퍼뜩, 정신이 든다. 할아버지는 대숲 입구에 엎드린 채 누워 있었다. 맙소사! 꿈인가? 그런데 오른손에는 벼 이삭이 쥐여 있다. 한겨울 벼 이삭은 흔치 않다. 게다가, 장미꽃처럼 무척 향기롭다. 할아버지는 그걸 소중하게 집으로 가져와서, 자신의 책상 위 붓꽂이에 꽂는다.

"어머! 그게 뭔가요?" 할머니는 집에서 바느질을 하다가, 눈치 빠르게 그걸 발견하고 캐묻는다.

"벼 이삭." 여느 때처럼 우물거리는 말투다.

"벼 이삭? 이맘때 흔치 않잖아요? 어디서 주워 온 거죠?"

"주워 온 게 아냐." 나직이 말하고, 할아버지는 책을 펼쳐 묵독을 시작한다.

"수상쩍다니까요! 요즘 매일, 대숲 속을 어슬렁거리다 멍하니 돌아오더니, 오늘은 웬일로 되게 흡족한 얼굴로 그딴 걸 들고 와선, 거드름 피우며 붓꽃이에 꽂질 않나, 당신은, 뭔가 내게 숨기고 있어요. 주운 게 아니면, 어찌 된 거죠? 차근히 설명을 해 보시라고요!"

"참새네 고향에서, 얻어 왔어." 할아버지는 성가신 듯, 툭 말을 던진다.

하지만 여간해선, 현실주의자인 할머니를 만족시키기란 도저히 불가능하다. 할머니는 더욱 끈덕지게 연거푸 따져 묻는다. 거짓말을 할 줄 모르는 할아버지는, 하는 수 없이 자신의 신기한 경험에 대해 곧이곧대로 대답한다.

"맙소사! 그런 얘길, 당신은 제정신으로 하는 거예요?" 할머니는 급기야 기가 막혀 웃음을 터뜨렸다.

할아버지는 더 이상 대답하지 않는다. 턱을 괸 채, 멍하니 책에 눈길을 쏟고 있다.

"그런 엉터리를, 내가 믿을 거라 생각해요? 거짓말인 게 뻔해. 난 다 알아요! 요전부터, 그래, 요전에, 바로, 그, 젊은 아가씨 손님이 찾아온 무렵부터, 당신은 영 딴사람이 되고 말았어요. 괜히 안절부절못하고 한숨만 쉬는 게, 그야말로 사랑의 포로가 따로 없네요. 꼴불견이야. 나잇살이나 먹어 가지고! 숨긴들 소용없어요. 난 다 알고 있으니까. 대체 그 아가씬, 어디에 살아요? 설마, 대숲 속은 아니겠죠. 난, 안 속아요. 대숲 속에 자그마한 집이 있고, 거기에 인형처럼 귀여운 아가씨가 있다니! 후훗! 그런 뻔한 속임수 같은 말로 얼버무리려 해 봤자 소용없어요. 만약 그게 사실이라면, 요담에 가실 땐 그 옷 고리짝인가 기념 선물이나 하나 가져와 보여 달라고요! 못 하겠죠? 어차피 꾸며 낸 일이니까. 그 신기한 집의 큼직한 옷 고리짝이라도 짊어지고 온다면, 그걸 증거로 나 역시 사실로 받아들일 테지만, 그런 벼 이삭 나부랭이를 가져와선, 그 인형 아가씨의 비녀라니! 어쩜 그런 엉터리 얘길 잘도 늘어놓으실까! 남자답게, 시원스레 자백해요! 나도, 사리를 모르는 여자는 아니라고요. 그까짓 첩 한둘쯤은."

"난, 짐이 싫어."

"어머나! 그러세요? 그렇다면, 내가 대신 갈까요? 어때요? 대숲 입구에 엎드려 있으면 되는 거죠? 내가 가지요. 그래도, 괜찮아요? 당신이 곤란하지는 않아요?"

"가도록 해."

"맙소사, 뻔뻔스럽기는! 거짓말이 뻔한데도, 가도록 해, 라니! 그렇담 정말로 난, 그렇게 해 볼 거예요. 괜찮아요?" 할머니는 심술궂게 미소 짓는다.

"아무래도, 옷 고리짝이 탐나는 모양이군."

"네에, 그래요, 그렇고말고요! 난 어차피 욕심쟁이니까요. 그 기념 선물이 탐나거든요. 그럼 당장 잠시 나가서, 옷 고리짝 선물 중에서도 제일 크고 묵직한 걸로 얻어 오지요. 오호호! 멍청한 짓이지만, 다녀올게요. 난 당신의 그 시치미 떼는 표정이 밉살스러워 죽겠어요. 이제 곧 그 가짜 성자의 낯가죽을 홀랑 벗겨 내 보이겠어요. 눈 위에 엎드려 있으면 참새네 집으로 갈 수 있다니, 아하하하! 바보 짓거리지만, 그래도 어디, 그렇다면 한번 말씀을 따라, 잠시 다녀올까요? 나중에, 그건 거짓말이었어 그래 봤자, 안 통해요!"

이미 올라탄 배. 할머니는 바느질 도구를 치우고 마당으로 내려가, 쌓인 눈을 헤치며 대숲 속으로 들어간다.

그 후, 어떻게 되었는지, 필자도 알지 못한다.

해 질 녘, 크고 묵직한 옷 고리짝을 짊어지고 눈 위에 엎드린 채, 할머니는 싸늘해져 있었다. 옷 고리짝이 무거워 일어나지 못하고, 그대로 동사한 것 같다. 옷 고리짝 안에는 번쩍번쩍 빛나는 금화가 가득 들어 있었다 한다.

이 금화 덕분인지 어떤지, 할아버지는 머지않아 관직에 올랐고, 이윽고 한 나라의 재상 지위에까지 올랐다 한다. 세상 사람들은 그를 '참새 장관님'이라 부르며, 이 출세도 그가 지난날 참새에게 보여 준 애정의 결실이라는 식으로 쑤군거렸으나, 할아버지는 그런 입에 발린 소리를 들을 때마다 희미하게 쓴웃음 지으며, "아니, 마누라 덕분입니다. 그 사람을, 고생시켰습니다." 이렇게 말했다 한다.

비용의 아내

1

허겁지겁 현관문을 여는 소리가 들리고 저는 그 소리에 잠을 깼습니다만, 그건 곤드레만드레 취한 남편의 심야 귀가일 게 뻔했기 때문에 그대로 잠자코 누워 있었습니다.

남편은 옆방에서 전등을 켜고 하악하악 엄청나게 거친 호흡을 몰아쉬면서 책상 서랍이며 책장 서랍을 열어 휘젓고 무얼 찾는 기척이더니, 이윽고 털썩 다다미에 주저앉는 듯한 소리가 들렸다가 그다음엔 그저 하악하악 거친 호흡뿐이고 대체 무얼 하는지 저는 누운 채로,

"오셨네요. 식사는 하셨어요? 찬장에 주먹밥이 있는데."

그러자,

"응, 고마워." 여느 때와 달리 상냥하게 대답하고, "아이는 어떤가? 열은, 아직 있어요?"라며 묻습니다.

이것도 아주 드문 일이었습니다. 아이는 내년이면 네 살이 되는데 영양 부족 탓인지 아니면 남편의 술독 탓인지 병독 탓인지, 다른 집 두 살배기보다도 몸집이 자그맣고 걸음마조차 조마조마합니다. 말도 기껏해야 '맘마, 맘마', '싫어, 싫어' 정도를 하는 게 고작이라, 머리가 나쁜 건 아닌가 싶은 생각도 듭니다. 저는 이 아이를 목욕탕에 데려가서 알몸을 품에 안은 채, 너무나 자그맣고 못나고 야위어서 짠한 마음에, 여러 사람들 앞에서 울어 버린 적도 있습니다. 게다가 이 아이는 툭하면 배탈이 나거나 열이 나는데, 남편은 조용히 집에서 지내는 일은 거의 없고, 아이에 대해 도통 생각이 있기나 한 건지. 아이가 열이 나요, 제가 말을 해도 아, 그래? 의사 선생님에게 한번 데려가 봐요. 그러고는 서둘러 외투를 걸치고 어딘가로 나가 버립니다. 의사 선생님에게 데려가 보고 싶지만 돈도 아무것도 없으니까, 저는 잠든 아이 곁에 누워 아이의 머리를 말없이 어루만져 주는 것 말고는 어찌할 수가 없습니다.

하지만 그날 밤은 어찌 된 셈인지 되게 상냥하게, 아이 열이 어떤가 하고 아주 드물게 물어봐 주니, 저는 기쁘다기보다도 어쩐지 무서운 예감에 등골이 오싹해졌습니다. 뭐라 대답을 해야 할지 몰라 말없이 있자니, 그러고 나서 잠시 그저 남편의 가쁜 호흡만 들렸는데,

"실례합니다!"

여자의 가느다란 목소리가 현관에서 납니다. 저는 온몸에 찬물을 뒤집어쓴 듯 소름이 끼쳤습니다.

"실례합니다. 오타니 씨!"

이번엔 좀 날카로운 말투였습니다. 동시에 현관문을 여는 소리가 나고,

"오타니 씨! 계시죠?"

확실히 화가 난 목소리가 들렸습니다.

남편은 그때서야 현관으로 나간 모양입니다.

"무슨 일인가?"

흠칫흠칫 엄청 겁먹은 듯한, 얼빠진 대답을 했습니다.

"무슨 일인가, 라니요?" 여자는 목소리를 낮춰, "이런 번듯한 집도 있는 주제에 도둑질을 하다니, 어찌 된 일이에요? 못된 농담은 그만하고, 그걸 돌려주세요. 그러지 않으면, 저는 지금 당장 경찰에 신고하겠어요."

"무슨 소리야? 무례한 말 삼가라고! 여긴 너희가 올 데가 아냐. 돌아가! 돌아가지 않으면, 내 쪽에서 너희를 신고하겠어."

그때, 또 한 사람 남자의 목소리가 났습니다.

"선생, 배짱이 두둑하시군. 너희가 올 데가 아냐? 말 한번 잘하시네. 어이가 없어 말이 안 나오는걸. 이건 보통 일이 아냐. 남의 집 돈을, 당신, 농담도 정도껏 하셔야지. 여태까지 우리 부부가 당신 때문에 얼마나 고생을 겪어 왔는지, 그걸 아냐고! 그런데도 오늘 밤처럼 이런 한심한 짓을 저지르다니! 선생, 제가 잘못 봤습니다."

"협박하는군." 남편은 위압적으로 말하지만, 그 목소리는 떨렸습니다. "공갈이야. 돌아가! 불만이 있다면, 내일 듣지."

"대단한 말씀을 잘도 지껄이는걸! 선생, 이젠 완전히 어엿한 악당이셔. 그렇담 뭐 경찰에게 부탁하는 것 말고 별수가 있나!"

그 말의 울림에는 제 온몸에 오싹 소름이 돋았을 만큼 지독한 증오가 깃들어 있었습니다.

"멋대로 해!" 소리치는 남편의 목소리는 이미 들뜬 데다 공허한 느낌이었습니다.

저는 일어나 잠옷 위에 겉옷을 걸치고 현관으로 나가 두 손님에게,

"어서 오세요."

하고 인사했습니다.

"아, 사모님이십니까?"

무릎 길이의 짧은 외투를 입고 쉰 살 남짓한, 얼굴이 동그스름한 남자가 조금도 웃지 않고 저를 향해 살짝 끄덕이듯 인사했습니다.

여자는 마흔 전후로 자그마한 체구에 말랐고, 차림새가 단정한 사람이었습니다.

"이런 한밤중에 찾아와서."

그 여자는 역시나 조금도 웃지 않고 숄을 벗으며 제게 머리 숙여 인사했습니다.

그때 느닷없이 남편은 게다를 아무렇게나 꿰고 밖으로 뛰쳐나가려고 했습니다.

"아이쿠! 그건 어림없지!"

남자는 남편의 한쪽 팔을 붙잡았고, 두 사람은 잠시 밀치락 달치락 몸싸움을 벌였습니다.

"이거 놔! 찌를 거야!"

남편 오른손에 잭나이프가 반짝였습니다. 그 나이프는 남

편이 애장하는 물건으로 분명 남편의 책상 서랍 안에 있었고, 그렇다면 아까 남편이 집에 돌아오자마자 뭔가 서랍을 휘젓고 있었던 것 같은데, 진작부터 일이 이렇게 될 줄 예견하고 나이프를 찾아 품속에 넣어 둔 게 틀림없습니다.

남자는 물러섰습니다. 그 틈에 남편은 거대한 까마귀처럼 외투 소맷자락을 휘날리며 밖으로 뛰어나갔습니다.

"도둑이야!"

남자는 크게 소리 지르며 뒤따라 밖으로 뛰어나가려 했습니다만 저는 맨발로 토방으로 내려가 남자를 그러안아 말리고,

"그만하세요. 어느 쪽이든 다치시면 안 되잖아요. 뒷수습은 제가 하겠습니다."

그러자 곁에서 마흔 살 여자도,

"그래요, 여보. 미치광이가 칼을 쥔 거나 마찬가지예요. 무슨 짓을 할지 몰라요."

이렇게 말했습니다.

"빌어먹을! 경찰뿐이라고. 이젠 용서 못 해!"

멍하니 바깥 어둠을 보면서 혼잣말처럼 그렇게 중얼거렸지만, 그 남자는 이미 온몸에 힘이 쭉 빠져 있었습니다.

"죄송합니다. 자, 들어오셔서 이야기를 좀 들려주세요."

말하면서 저는 현관 마루에 올라 쪼그리고 앉아,

"저라도 뒷수습은 할 수 있을지도 모르니까요. 자, 들어오세요, 어서요. 지저분합니다만."

두 손님은 얼굴을 마주 보고 어렴풋이 서로 끄덕이더니 남자는 태도를 가다듬고,

"뭐라 말씀하셔도 저희 기분은 이미 정해져 있습니다. 그러나 지금까지의 경위는 일단 사모님께 말씀드려 놓겠습니다."

"네, 어서 들어오세요. 그런 다음, 천천히."

"아니, 그렇게, 천천히, 그럴 수도 없습니다만."

이렇게 말하고 남자는 외투를 벗으려 했습니다.

"그대로 들어오세요. 춥거든요, 정말로. 그대로 부탁드립니다. 집 안에 불기운이 하나도 없으니까요."

"그럼, 이대로 실례하겠습니다."

"네, 어서. 거기 계신 분도, 어서. 그대로."

남자가 먼저, 그다음에 여자가 남편 방으로 들어갔습니다. 썩어 가고 있는 다다미, 너덜너덜 찢어진 장지문, 무너져 내리는 벽, 종이가 벗겨져 그 속 문살이 훤히 드러난 맹장지 문, 한 구석에 책상과 책장, 그것도 텅 빈 책장. 이처럼 황량한 방 풍경을 접하고, 두 사람 모두 숨을 죽인 듯한 낌새였습니다.

찢어져 솜이 비어져 나온 방석을, 저는 두 사람에게 권하며,

"다다미가 더러우니까, 자, 이런 거라도 받치세요."

말하고 나서 다시 두 사람에게 인사를 했습니다.

"처음 뵙겠습니다. 남편이 지금까지 엄청난 폐를 끼쳐 온 것 같습니다만, 또 오늘 밤은 무얼 어떻게 했는지 그토록 무시무시한 짓을 벌여, 뭐라 사죄드려야 할지 모르겠습니다. 워낙 그렇게, 기질이 별난 사람이라서."

말하려는데 말문이 막히고, 눈물이 흘렀습니다.

"사모님. 정말 실례입니다만, 몇 살이시죠?"

남자는 찢어진 방석에 주눅 들지도 않고 떡하니 책상다리

하고 앉아 팔꿈치를 무릎 위에 세우고 주먹으로 턱을 떠받친 채 상반신을 내밀다시피 해서 제게 묻습니다.

"저어, 저 말인가요?"

"예. 분명히 바깥양반은 서른, 이던가요?"

"네. 저는, 저어, ……네 살 아래입니다."

"그러면, 스물, 여섯. 야아! 이거 심한걸. 아직 그렇다고요? 야아, 그렇겠지. 바깥양반이 서른이라면, 그야 그렇겠지만, 놀랐는걸!"

"저도 아까부터," 하고 여자는 남자의 등 뒤에서 얼굴을 내밀며, "감탄했습니다. 이런 훌륭한 사모님이 있는데, 어째서 오타니 씨는, 그런대요? 네?"

"병이야. 병이라고. 예전엔 그 정도까진 아니었는데, 점점 나빠진 거지."

그러고는 크게 한숨을 쉬고,

"실은, 사모님," 격식을 차린 말투로, "저희 부부는 나카노역 근처에서 자그마한 요릿집을 경영하고 있습니다. 저도 이 사람도 조슈〔上州〕 태생인데, 저는 이래 봬도 견실한 장사꾼이었습니다만, 방탕기가 심하다고나 할까요, 시골 농사꾼을 상대하는 쩨쩨한 장사에도 싫증이 나서 그럭저럭 이십 년 전, 이 마누라를 데리고 도쿄로 나왔습니다. 아사쿠사의 어느 요릿집에 부부 함께 더부살이를 시작해 그저 남들만큼 부침을 겪으며 고생하고 조금 저축도 할 수 있었기 때문에 지금의 그 나카노역 근처에, 1936년이었나? 방 한 칸에 좁은 토방이 딸린 참으로 누추하고 작은 집을 빌려, 한 번의 유흥비가 고작 일

엔이나 이 엔짜리인 손님을 상대로 미덥지 못한 음식점을 개업했습니다. 그래도 부부가 사치도 부리지 않고 착실히 일을 해 왔는데 그 덕분인지 소주며 진 같은 걸 비교적 잔뜩 사들여 놓을 수 있어서, 그 후 술이 부족한 시기가 되고 나서도 다른 음식점처럼 전업을 하지 않은 채 그럭저럭 끝까지 버티며 장사를 계속해 왔습니다. 또 그렇게 되니 단골손님들도 힘껏 나서서 응원을 해 주셨는데, 이른바 군관의 술과 안주가 이쪽으로도 조금씩 흘러들어 오도록 길을 열어 주시는 분도 있고, 전쟁이 시작되어 점점 공습이 격렬해진 뒤에도 저희는 거치적거리는 아이도 없고 고향으로 소개(疏開)를 떠날 마음도 일지 않아, 어쨌건 이 집이 불타 버릴 때까지는! 이런 생각으로 이 장사 하나에만 꽉 매달려 있었는데, 가까스로 재해도 입지 않고 전쟁이 끝났기 때문에 마음을 놓았고, 이번엔 공공연히 암거래 술을 사들여 팔고 있는, 짤막하게 말하면 그런 처지의 인간입니다. 하지만 이렇게 짤막하게 말하면, 그다지 큰 고난도 없이 비교적 운 좋게 살아온 인간이라고 생각하실지도 모르겠습니다만, 인간의 일생은 지옥이며 촌선척마(寸善尺魔)[1], 이건 참으로 맞는 말이지요. 한 치 행복에는 한 자 마물(魔物)이 반드시 따라붙습니다. 인간 365일, 아무 걱정도 없는 날이 하루, 아니 반나절 있다면, 그건 행복한 인간입니다. 당신의 바깥양반 오타니 씨가 처음 저희 가게에 온 것은 1944년 봄이었나, 아무튼 그 무렵은 아직 전쟁도 그렇게 패전은 아니

1) 세상에는 좋은 일은 적고 나쁜 일은 많다는 뜻.

고, 아니 슬슬 이제 패전이 되고 있었겠지만 우리는 그런 실체랄까, 진상이랄까, 그런 건 알지 못한 채 요 이삼 년 끝까지 버티면 겨우겨우 대등한 자격으로 화해가 이루어지려니 생각했었지요. 오타니 씨가 처음 저희 가게에 나타났을 때도 필시 감색 무명옷에 외투를 걸친 간편 차림이었는데, 그야 오타니 씨뿐 아니라 아직 그 무렵은 도쿄에서도 방공 복장을 제대로 갖춰 입고 다니는 사람은 적었고 대개 보통 복장으로 느긋하니 외출하던 시기였기 때문에 저희도 그때의 오타니 씨 옷차림을 딱히 칠칠하지 못하다고도 느끼진 않았습니다. 오타니 씨는 그때 혼자가 아니었습니다. 사모님 앞이긴 합니다만, 아니 이젠 아무것도 숨김없이 깡그리 말씀드리지요. 바깥양반은 어느 중년 여성을 따라 가게 부엌문으로 살짝 들어왔습니다. 하긴 이미 그 무렵은 저희 가게도 매일 바깥문은 내내 닫은 채, 당시 유행하던 말로 '폐점 개업'이라는 건데, 극소수 단골손님만 부엌문으로 살짝 들어와서, 가게 토방의 의자에 앉아 술을 마시는 게 아니라 구석진 방에서 어둑한 전깃불 아래 큰 소리도 내지 않고 살짝 취하는 그런 방식이었습니다. 또한 그 중년 여성은 얼마 전까지 신주쿠의 바에서 여급을 하던 사람으로 그 여급 시절에 점잖은 손님을 우리 가게에 데려와 마시게 해서 우리 집 단골로 만들어 준, 이를테면 뱀 길은 뱀이 안다고, 끼리끼리 통하는 그런 식으로 알고 지냈습니다. 그 사람의 아파트는 바로 근처였기 때문에 신주쿠의 바가 폐쇄되면서 여급을 그만두고 나서도 이따금 남자 지인을 데려와, 저희 가게에도 차츰 술이 줄고 아무리 점잖은 손님이라도 술꾼이 늘어난다는 건 예전만큼 고맙지 않을뿐더러 폐를 끼친다고까지 여겨졌습니다만, 그래도 그 전 사오 년간 엄청 호기롭게 돈을 잘 쓰는 손님만 많이 데려와 주었으니까 그러한 의리도 있어서, 그 중년 여성한테 소개받은 손님에겐 저희도 싫은 내색 없이 술을 드리고 있었습니다. 그러니까 바깥양반이 그때 그 중년 여성, 아키짱인데요, 그 사람을 따라 뒤쪽 부엌문으로 살짝 들어와도 별로 저희도 의심하지 않고 늘 하던 대로 구석진 방으로 안내해 소주를 내놓았습니다. 오타니 씨는 그날 밤은 얌전히 마시고 계산은 아키짱에게 시키고 다시 뒷문으로 두 사람 함께 돌아갔는데, 저는 기묘하게도 그날 밤 오타니 씨의 이상스레 조용하고 품위 있는 거동을 잊을 수 없습니다. 마물이 사람의 집에 처음 나타날 때는 그렇게 고요하고 싱그러운 모습인 걸까요? 그날 밤부터 저희 가게는 오타니 씨에게 넘어가 버렸습니다. 그러고 나서 열흘쯤 지나 이번엔 오타니 씨가 혼자 뒷문으로 들어오더니 느닷없이 100엔 지폐를 한 장 꺼내, 글쎄 그 무렵은 아직 100엔이면 큰돈이었지요, 지금의 2000, 3000엔 그 이상 맞먹는 큰돈이었지요, 그걸 막무가내로 제 손에 쥐여 주며, 부탁합니다, 하고는 기운 없이 웃더군요. 이미 상당히 마신 기색이었지만, 아무튼 사모님도 아실 테지요, 그토록 술이 센 사람은 없을 겁니다. 취했나 싶은데 갑자기 진지한, 제법 조리 있는 이야기를 하고 아무리 마셔도 걸음걸이가 비틀거린다든가 하는 걸 여태 한 번도 저희에게 보인 적이 없으니까요. 인간 서른 전후는 말하자면 혈기 왕성할 때라 술에도 센 나이입니다만, 그래도 그 정도는 드물지요. 그날 밤도 어딘가 다른 데서 꽤 걸치고 온 낌새였건만, 그러고 나서 우리 집에서 소주를 연거푸 열 잔이나 마시고, 거의 통 말없이, 저희 부부가 무슨 말을 걸어도 그저 쑥스러운 듯 웃으며 응, 응, 애매하게 끄덕이다가 대뜸, 몇 시인가요? 시간을 묻고 일어났습니다. 거스름돈이에요. 제가 말하자, 아니, 됐어, 하더군요. 그러면 곤란합니다, 하고 제가 세게 말했더니, 히죽 웃으며, 그럼 요다음까지 맡아 두세요, 또 오겠습니다, 라며 돌아갔습니다. 사모님, 저희가 그 사람한테 돈을 받은 건 그 후로도 그 전에도, 딱 이때 한 번뿐, 그러고 나서는 이러쿵저러쿵 속여 가며 삼 년 동안, 돈 한 푼 내지 않은 채, 저희 술을 거의 혼자서 다 마셔 버렸으니 기가 찰 노릇 아닙니까?"

엉겁결에 그만, 저는 웃음을 터뜨리고 말았습니다. 이유를 알 수 없는 웃음이 불쑥 터져 나왔습니다. 허둥지둥 입을 가리고 아주머니 쪽을 봤더니, 아주머니도 묘하게 웃으며 고개를 숙였습니다. 그리고 가게 주인도 어쩔 도리 없이 쓴웃음을 짓고,

"아니, 정말이지 웃을 일이 아닌데, 하도 어이가 없으니 웃고 싶기도 하네요. 참말 그 정도 재주를 달리 올바른 방면에 쓴다면야, 장관이건 박사님이건 뭐라도 될 수 있다고요. 저희 부부뿐만 아니라, 그 사람에게 넘어가 빈털터리가 돼서 이 추운 날씨에 울고 있는 사람이 아직 더 있는 것 같은데. 실제로 그 아키짱은 오타니 씨와 사귄 탓에 괜찮은 기둥서방은 달아나고, 돈도 옷도 잃어버리고 지금은 허름한 주택의 지저분한 단칸방에서 거지나 다름없이 지내고 있다는데, 사실 그 아키

짱은 오타니 씨와 사귈 무렵엔 한심스러울 만치 푹 빠져서, 우리한테도 뭐라 떠벌려 대곤 했었지요. 우선 신분이 어마어마해요. 시코쿠에 있는 어느 귀인 집안 출신 오타니 남작의 차남인데, 난봉을 피운 탓에 지금은 의절을 당했지만 머잖아 아버지인 남작이 죽으면 장남과 둘이서 재산을 나누게 되어 있다. 머리가 좋아서, 가히 천재다. 스물한 살에 책을 썼는데, 이시카와 다쿠보쿠[2]라는 대천재가 쓴 책보다 훨씬 훌륭하다. 그리고 또 열몇 권인가 책을 썼고 나이는 젊지만 '일본 제일의 시인'이라고 할 수 있다. 게다가 대학자이고 가쿠슈인에서 제일고등학교, 제국 대학에 들어가서 독일어, 프랑스어, 아니 뭐 무시무시해요. 뭐가 뭔지 아키짱 말대로라면 거의 하느님 같은 사람입니다. 하지만 그것 또한 죄다 거짓말은 아닌 듯하고 다른 사람한테 들어 봐도 오타니 남작의 차남에다 유명한 시인이라는 사실은 다를 게 없으니, 나 참, 우리 할멈까지 나잇살은 먹어 가지고 아키짱과 경쟁하듯 홀딱 반해서는, 과연 배경이 좋은 분은 어딘가 달라 보이시네, 어쩌고 하며 오타니 씨가 오시기를 은근히 기다리는 꼬락서니이니, 참기 힘들 지경입니다. 지금이야 화족이고 뭐고 없어진 모양이지만, 종전 전까지는 여자를 꾀는 데는 아무튼 이 '의절당한 화족 아들'이라는 수법이 제일인 것 같더군요. 묘하게 여자들이 눈을 번쩍 뜨게 되나 봅니다. 역시나 이건 그, 요즘 유행하는 말로 노

---

2) 石川啄木(1886~1912). 일본의 고유시 형태인 단카[短歌]의 거장. 스물여섯 나이로 요절했다.

예근성이라는 것일 테지요. 저 같은 거야 뭐, 닳고 닳은 남자이다 보니, 기껏 화족, 아니 사모님 앞입니다만, 시코쿠 귀인의 분가한 집안, 더구나 차남 따위, 그런 건 우리와 무슨 신분 차이가 있을 턱이 없다고 생각하니까, 설마 그리 한심스럽게, 눈을 번쩍 뜨거나 그러진 않습니다. 그렇지만 역시 어쩐지 그 선생님은 저로서도 다루기 벅찬 상대인지라, 요담에야말로 아무리 부탁해도 술을 못 마시게 해야지 굳게 결심을 해도, 쫓겨온 사람처럼 예기치 않은 시각에 불쑥 나타나 저희 집에 와서야 겨우 마음을 놓는 듯한 기색을 보면, 그만 결심도 흔들려 술을 내놓고 맙니다. 취해도 딱히 쓸데없이 떠들지도 않으니 그저 계산만 확실히 해 준다면, 좋은 손님입니다만. 스스로 자신의 신분을 퍼뜨리는 것도 아니고, 천재니 뭐니 그런 터무니없는 자랑을 한 적도 없고, 아키짱이 그 선생님 곁에서 저희에게 그 사람의 훌륭한 점에 대해 광고를 할라치면, 난 돈이 필요해, 이곳 술값을 내고 싶어! 전혀 딴 이야기를 해서 자리를 어색하게 만들어 버립니다. 그 사람이 저희에게 지금껏 술값을 지불한 적은 없습니다만, 그 사람 대신 아키짱이 가끔 돈을 내고 가거나 또 아키짱 외에도 아키짱이 알게 되면 곤란해지는 비밀 여자도 있었는데, 그 사람은 어딘가 사는 부인으로 그 사람도 이따금 오타니 씨와 함께 찾아와서 또 오타니 씨 대신 과분한 돈을 두고 가는 일도 있어서, 저희도 장사꾼이니까요, 그런 일이라도 없는 날은 아무리 오타니 선생님이건 황족이건 그렇게 언제까지나 공짜로 마시게 할 수는 없지요. 하지만 그런 가끔씩의 지불만으로는 도저히 충분치가 않아 이미 저희에겐 큰 손실이고, 어쨌든 고가네이에 선생님 집이 있고 거기엔 어엿한 사모님도 계신다는 얘길 들었기 때문에, 한번 그쪽에다 술값 의논하러 찾아가 봐야겠다 싶어, 넌지시 오타니 씨에게 댁은 어디쯤인가요? 여쭤 보기도 했습니다만, 금세 눈치를 채고, 없는 건 없어! 어째서 그리 조바심을 치나? 싸우고 그냥 헤어지면 손해야! 어쩌고 싫은 소리를 합니다. 그래도 저희는 어떻게든 선생님의 집만이라도 알아 두고 싶어서 두세 번 뒤를 밟은 적도 있습니다만, 그럴 때마다 감쪽같이 사라져 버리더군요. 그러다 도쿄에는 대공습이 계속되었고 뭐가 뭔지, 오타니 씨가 전투 모자 같은 걸 쓰고 난데없이 찾아와 멋대로 벽장 속 브랜디 병 따위를 꺼내 벌컥벌컥 선 채로 들이켜고 바람처럼 떠나 버리는 통에 계산이고 뭐고 있을 리 없고, 이윽고 종전이 되었기 때문에 이번엔 저희도 공공연히 암거래 술과 안주를 사들여, 가게 앞에는 새 포럼을 내걸고 아무리 가난한 가게라도 활기차게 손님의 흥을 돋우려고 여자아이 한 명을 고용하기도 했는데, 또다시 그 마물 선생님이 나타났습니다. 이번엔 여자 동반이 아니라 반드시 두세 명의 신문 기자나 잡지 기자와 함께 와서, 어쨌거나 앞으로는 군인이 몰락하고 지금까지 가난했던 시인이 세상 사람들 입에 오르며 인기를 얻게 되었다, 라는 게 그 기자들 이야기이고, 오타니 선생님은 그 기자들을 상대로 외국 사람 이름인지 영어인지 철학인지 뭔지 영문을 알 수 없는 이상한 이야기를 들려주고, 그러고는 대뜸 일어나 밖으로 나가더니 아예 돌아오지 않습니다. 기자들은 흥이 깨진 얼굴로, 그 녀석 대체 어디로 간 거야? 슬슬 우리도 돌아갈까? 하면서 돌아갈 채비를 시작하기에 저는, 잠깐만요, 선생님은 늘 저런 수법으로 도망칩니다, 계산은 당신들이 해 주셔야 합니다, 라고 말하지요. 고분고분 다 함께 돈을 나누어 지불하고 돌아가는 무리도 있습니다만, 오타니한테 받으라고! 우리는 500엔짜리 인생이란 말이야! 라며 화내는 사람도 있습니다. 화를 내더라도 저는, 아닙니다, 오타니 씨의 빚이 지금까지 얼마나 되는지 아십니까? 만약 당신들이 그 빚을 얼마간이라도 오타니 씨한테서 받아 주신다면 저는 당신들에게 그 절반을 드리겠습니다, 그러자 기자들도 어이없다는 표정을 지으며, 뭐야! 오타니가 그렇게 못된 녀석인 줄 몰랐는걸, 이제부턴 그 녀석하고 마시는 건 사양하겠어, 우리한테는 오늘 밤 돈이 100엔도 없어, 내일 갖고 올 테니 그때까지 이걸 맡아 둬요, 하면서 기세 좋게 외투를 벗는 겁니다. 기자라는 건 성품이 나쁘다, 라고 세상에서 흔히 말을 하나 본데 오타니 씨와 비교하면, 웬걸 천만에, 정직하고 산뜻하고, 오타니 씨가 남작의 차남이라면 기자들은 공작의 맏아들 정도의 가치가 있습니다. 오타니 씨는 종전 후에는 한층 주량도 늘고 인상이 험악해지고 이제껏 입에 담은 적이 없는 몹시 천박한 농담 따위를 내뱉고, 또 데리고 온 기자를 다짜고짜 때려 드잡이 싸움을 벌이기도 하고, 또 저희 가게에서 일하는 아직 스무 살 전인 여자아이를, 어느 틈엔가 감쪽같이 속여 손에 넣고 만 낌새인지라 저희도 깜짝 놀라고 정말이지 난처했습니다만, 이미 깊은 관계까지 가 버렸으니 눈물을 삼키는 수밖에 없고 여자아이한테도 단념하도록 타일러서 슬쩍 부모님 곁으로 돌려보냈습니다. 오타니 씨, 더 이상 아무 말 않겠습니다, 두 손 모아 빌 테니까 절대 오지 말아 주세요, 하고 제가 말씀드려도 오타니 씨는, 암거래로 돈 버는 주제에 착한 척하지 마! 난 속속들이 알고 있어! 라며 비열한 협박 비슷한 말을 하고는 다시 바로 다음 날 밤에 태연한 낯으로 찾아옵니다. 저희도 전쟁 중에 암거래 장사 따위를 해서 그 벌을 받느라 이런 도깨비 같은 인간을 떠맡아야만 하는 지경이 됐는지도 모르겠습니다만, 그런데 오늘 밤처럼 끔찍한 일을 당하고 보니 이젠 시인이고 선생님이고 나발이고 뭐고, 도둑이에요, 저희 돈을 5000엔 훔쳐 도망쳤으니까요. 지금은 이제 저희도 물건을 사들이는 데 돈이 들어, 집에는 고작 500엔인가 1000엔 현금이 있을 정도이고, 아니 솔직히 말해서 판매한 돈은 곧장 오른쪽에서 왼쪽으로 물건 구매에 쏟아부어야만 합니다. 오늘 밤 저희 집에 5000엔이라는 큰돈이 있었던 건 벌써 올해도 섣달그믐이 다가왔으니 제가 단골손님의 집을 돌며 술값을 받으러 다닌 끝에 겨우 그만큼 모아 온 건데, 이건 바로 오늘 밤에라도 거래처에 직접 건네주지 않으면 이제 내년 설날부터는 저희 장사를 계속해 나갈 수도 없는 그런 소중한 돈으로, 마누라가 구석진 방에서 셈을 하고 선반 서랍에 치우는 것을 그 사람이 토방 의자에 앉아 혼자 술을 마시며 보고 있었는지, 별안간 일어나 성큼성큼 방으로 올라가더니 말없이 마누라를 밀어제치고 서랍을 열어 그 5000엔 지폐 뭉치를 움켜잡아 외투 주머니에 쑤셔 넣고, 저희가 어안이 벙벙해진 사이에 냉큼 토방으로 내려와 가게를 나가 버리는 겁니다. 그래서 저는 크게 소리를 지르며 불러 세우고 마누라와 같이 뒤쫓았는데, 저는 이렇게 된 마당에 도둑이야! 외쳐서 오가는 사람들을 모아 잡아 버릴까 생각도 했습니다만, 어쨌거나 오타니 씨는 저희와 알고 지내는 사이이니 그러는 것도 지나치게 매정한 것 같아 오늘 밤은 무슨 일이 있어도 오타니 씨를 놓치지 않으려고 끝까지 뒤를 밟아 가서 거주지를 확인하고 원만한 대화로 그 돈을 돌려받아야겠다, 글쎄 저희도 힘 없는 장사꾼이니까요, 저희 부부는 힘을 합쳐 겨우 오늘 밤 이 집을 알아냈고 참기 힘든 심정을 억누른 채, 돈을 돌려주세요, 라고 조용히 말씀드렸건만, 대체 이럴 수가! 나이프 따위를 꺼내 들고, 찌른다! 라니, 이게 무슨."

또다시 영문을 알 수 없는 웃음이 치밀어 올라, 저는 소리 내어 웃고 말았습니다. 아주머니도 얼굴을 붉히고 조금 웃었습니다. 저는 웃음이 좀처럼 멈추지 않아 가게 주인에게 미안한 마음이었지만, 어쩐지 기묘하게 우스워 한참을 웃고 웃다 눈물이 났습니다. 그리고 남편의 시 가운데 "문명의 끝, 큰 웃음"이라는 건, 이런 기분을 말하는 걸까? 문득 생각했습니다.

2

아무튼 그렇게 큰 웃음으로 끝날 사건이 아니었기 때문에 저도 생각 끝에 그날 밤 두 분 앞에서, 그럼 제가 어떻게든 이 뒷수습을 할 테니까 경찰 신고는 하루만 더 기다려 주세요,

내일 그쪽 댁으로 제가 찾아뵙겠습니다, 말씀드려서 그 나카노 가게의 위치를 상세히 듣고 억지로 두 분에게 승낙을 얻어, 그날 밤은 그렇게 일단 돌아가 주셨습니다. 그러고 나서 추운 방 한가운데 홀로 앉아 이리저리 궁리를 했습니다만, 별반 아무런 묘안이 떠오르지도 않기에 일어나 겉옷을 벗고 아이가 자고 있는 이불 속으로 파고들어 아이의 머리를 어루만지면서, 언제까지나 아무리 지나도 날이 밝지 않으면 좋을 텐데, 생각했습니다.

저의 아버지는 전에 아사쿠사 공원의 효탄 연못 부근에서 어묵 노점상을 했습니다. 어머니는 일찍 돌아가시고 아버지와 저, 단둘이 허름한 주택에 살았고 포장마차도 아버지와 둘이서 하고 있었는데 지금의 그이가 이따금 포장마차에 들렀습니다. 저는 머지않아 아버지를 속이고 그 사람과 딴 데서 만나게 되면서 아이가 배 속에 생기는 바람에 이런저런 말썽 끝에 간신히 그 사람의 아내 같은 모양새가 되기는 했어도 물론 호적에든 뭐든 올라가 있지 않고, 아이는 아버지 없는 아이가 되었습니다. 그 사람은 집을 나가면 사흘 밤이고 나흘 밤이고, 아니에요, 한 달이나 돌아오지 않는 일도 있고, 어디서 대체 무얼 하는지 돌아올 때는 늘 만취 상태에다 창백한 얼굴로 하악하악 괴로운 듯 숨을 몰아쉬고 제 얼굴을 말없이 바라보다 뚝뚝 눈물을 흘리기도 합니다. 또 느닷없이 제가 자고 있는 이불 속을 파고들며 제 몸을 꼭 끌어안고,

"아아, 안 돼! 무서워! 무섭다고, 난. 무서워! 살려 줘!"

이렇게 말하며 와들와들 떨기도 합니다. 잠든 뒤에도 헛소

리를 하는지 끙끙대고, 그러고는 이튿날 아침 넋 나간 사람처럼 멍하니 있다가 어느새 휙 사라지면 그뿐, 다시 사흘 밤이고 나흘 밤이고 돌아오지 않습니다. 오래전부터 남편이 알고 지내던 출판 쪽의 두세 분, 그 사람들이 저와 아이의 처지를 염려해 주시고 이따금 돈을 갖다주기 때문에, 그럭저럭 저희도 굶어 죽지 않고 오늘까지 살아왔습니다.

사르르 잠이 들었다가 퍼뜩 눈을 뜨자, 덧문 틈새로 아침 햇살이 비쳐 드는 걸 깨닫고 일어나 몸차림을 하고 아이를 업고 밖으로 나섰습니다. 더 이상 도저히 집 안에 가만히 있을 수 없는 심정이었습니다.

어디로 가야겠다는 방향도 없이 역 쪽으로 걸어가, 역 앞 노점에서 사탕을 사서 아이에게 물리고, 그러고는 문득 생각나서 기치조지까지 가는 표를 사서 전차를 타고, 손잡이에 매달린 채 무심히 전차 천장에 늘어뜨려진 포스터를 보니, 남편의 이름이 나와 있었습니다. 그건 잡지 광고인데, 남편은 그 잡지에 '프랑수아 비용[3]'이라는 제목의 긴 논문을 발표한 것 같았습니다. 저는 그 프랑수아 비용이라는 제목과 남편의 이름을 응시하는 사이, 어째선지 모르겠지만 너무나 괴로운 눈물이 솟구치면서, 포스터가 뿌예져 보이지 않게 되었습니다.

기치조지에서 내려 정말이지 몇 년 만인지 이노카시라 공원에 걸어가 봤습니다. 연못가 삼나무가 깡그리 잘려 나가 이

---

3) François Villon(1431~?). 중세 프랑스 시인. '현대 시의 선구자', '저주받은 시인의 시조'로 거론된다. 살인, 절도 등 일련의 범죄들로 가혹한 감옥살이를 겪다가 불운하게 삶을 마쳤다.

제부터 무슨 공사라도 시작될 땅인 듯, 묘하게 휑히 드러나 썰렁한 느낌이어서 예전과 완전히 달랐습니다.

아이를 등에서 내려 연못가의 부서질 듯한 벤치에 둘이 나란히 걸터앉아, 집에서 가져온 감자를 아이에게 먹였습니다.

"아가. 예쁜 연못이지? 옛날엔 이 연못에 잉어 아빠랑 금붕어 아빠가, 많이 많이 있었는데, 지금은 아무것도 없네. 재미없지?"

아이는 무슨 생각인지 감자를 입안 가득 볼이 미어지도록 문 채, 케케, 하고 이상스레 웃었습니다. 내 아이지만, 거의 바보같이 느꼈습니다.

그 연못가 벤치에 언제까지고 있어 봤자 무슨 결말이 나는 것도 아니어서, 저는 다시 아이를 업고 어슬렁어슬렁 기치조지역 쪽으로 되돌아가 흥청대는 노점 거리를 둘러봤습니다. 그러고 나서 역에서 나카노행 표를 사고 아무 생각도 계획도 없이, 이를테면 무시무시한 악마의 수렁 속으로 주르르 빠져들듯이 전차를 타고 나카노에서 내려, 어제 가르쳐 준 대로 길을 찾아 걸은 끝에 그 사람들의 작은 요릿집 앞에 겨우 도착했습니다.

바깥문이 열리지 않아 뒤로 돌아가 부엌문으로 들어갔습니다. 가게 주인은 없고, 아주머니 혼자 가게 청소를 하고 있었습니다. 아주머니와 얼굴이 마주치자마자 저는 스스로도 예상치 못한 거짓말을 술술 했습니다.

"저어, 아주머니, 돈은 제가 깨끗이 갚아 드릴 수 있을 것 같아요. 오늘 밤 아니면 내일, 아무튼 분명히 믿을 데가 있으니까, 이제 걱정하지 마세요."

"어머! 그거 참 다행이네요."

말하며 아주머니는 조금 기뻐하는 얼굴이었지만, 그럼에도 뭔가 미심쩍은 듯한 불안한 그림자가 그 얼굴 어딘가에 남아 있었습니다.

"아주머니, 정말이에요. 확실하게 여기로 갖고 와 줄 사람이 있어요. 그때까지 저는 인질이 돼서 여기에 쭉 머무는 거예요. 그러면 안심하시겠죠? 돈이 올 때까지 저는 가게 일을 좀 거들어 드릴게요."

저는 아이를 등에서 내려 구석진 방에 혼자 놀게 놔두고, 뱅글뱅글 바지런을 떨어 보였습니다. 아이는 원래 혼자 노는 데는 익숙했기 때문에, 전혀 방해가 되지 않습니다. 또한 머리가 나쁜 탓인지 낯가림을 하지 않는 편이라 아주머니에게도 잘 웃어 주기도 해서, 제가 아주머니 대신 그 집의 배급품을 받으러 가느라 자리를 비운 동안에도 아주머니한테 미국 통조림 빈 깡통을 장난감 대신 받아, 그걸 두드리거나 굴리기도 하면서 얌전히 방 귀퉁이에서 놀았나 봅니다.

점심 무렵, 가게 주인이 생선이며 야채를 사들이고 돌아왔습니다. 저는 가게 주인 얼굴을 보자마자 다시 잽싸게, 아주머니에게 한 것과 똑같은 거짓말을 했습니다.

가게 주인은 얼떨떨한 표정으로,

"예에? 그런데 아주머니, 돈이라는 건 자기 손에 쥐어 보기 전에는, 믿을 게 못 되지요."

의외로 차분한, 타이르는 듯한 말투였습니다.

"아니에요. 그게 정말로 틀림없어요. 그러니까 저를 믿고 바깥에다 신고하는 건, 오늘 하루 기다려 주세요. 그때까지 저는 이 가게에서 일을 거들게요."

"돈이 돌아오면, 그거야 이제 뭐." 가게 주인은 혼잣말처럼 말하고, "여하튼 올해도 대엿새 남았으니까요."

"네, 그래서, 그러니까, 저는, 어머나? 손님이네요. 어서 오세요!" 저는 가게로 들어온 장인으로 보이는 세 명 동반 손님을 향해 웃음을 던지며, 그러고는 나직이, "아주머니, 미안해요. 앞치마를 좀 빌려 주세요."

"야아, 미인을 고용하셨구먼. 이거 대단한걸!"

손님 하나가 말했습니다.

"유혹하지 마세요." 가게 주인은 그렇다고 영 농담은 아닌 듯한 말투로 말하고, "돈이 걸려 있는 몸이니까."

"100만 달러 명마인가?"

다른 손님 하나는 상스런 농을 했습니다.

"명마도, 암컷은 반값이라네요."

제가 술을 데우며, 밀리지 않고, 상스런 응수를 했더니,

"겸손 떨지 마셔. 이제부터 일본은 말이나 개나, 남녀동권이라더군." 가장 젊은 손님이 고함치듯 말하고, "누님, 난 반했어. 첫눈에 반했어. 한데, 당신은 아이가 딸렸나?"

"아니에요." 안쪽에서 아주머니는 아이를 안고 나와, "얘는 이번에 저희가 친척한테서 맞아들인 아이예요. 이렇게 이젠, 마침내 저희에게도 후사가 생겼답니다."

"돈도 생겼고."

손님 하나가 놀리자, 가게 주인은 진지하게,

"애인도 생기고, 빚도 생기고." 중얼거리더니 대뜸 말투를 바꾸어, "뭘 드시겠어요? 모둠냄비⁴⁾라도 만들까요?"

이렇게 손님에게 묻습니다. 저는 그때, 어떤 한 가지 사실을 깨쳤습니다. 역시 그렇구나, 스스로 혼자 끄덕이고, 겉으로는 아무렇지 않은 듯 손님에게 술병을 날랐습니다.

그날은 크리스마스, 마침 전야제 즈음이었던 것 같은데 그래선지 손님이 끊이지 않고 계속 찾아와, 저는 아침부터 거의 아무것도 먹지 않았음에도 가슴에 상념이 가득 채워져 있는 탓인지 아주머니가 무얼 좀 먹으라고 권해도, 아니에요, 됐어요, 하고는 다만 그저 뱅글뱅글 깃털 옷 한 장을 두르고 춤추듯 가뿐하게 움직이며 바지런히 일했습니다. 우쭐대는 건지도 모르겠습니다만 그날 가게는 이상히도 활기를 띠었던 것 같고, 제 이름을 묻거나 또 악수 따위를 청하는 손님이 두세 명 정도가 아니었습니다.

하지만 이렇게 해서 어떻게 되는 걸까요? 저는 무엇 하나 가늠이 되지 않았습니다. 그저 웃으며 손님의 음란한 농담에 덩달아 장단을 맞추고 훨씬 더 천박한 농담으로 맞받아치고, 손님에게서 손님으로 미끄러지듯 술을 따르며 돌아다니고, 그러는 사이 저의 이 몸이 아이스크림처럼 녹아 흘러 버렸으면 좋겠다, 라고 생각할 뿐이었습니다.

기적은 역시, 이 세상에도 이따금 나타나는 건가 봅니다.

---

4) 고기, 생선, 조개, 버섯, 채소, 두부 등을 냄비에 넣어 끓이면서 먹는 요리.

9시 조금 지난 무렵이었을까요. 크리스마스 축제의 삼각형 종이 모자를 쓰고 루팡처럼 얼굴 상반부를 덮어 가리는 검은 가면을 쓴 남자, 그리고 서른네다섯쯤 되는 마른 몸매에 예쁜 부인, 두 손님이 함께 나타났습니다. 남자는 저희에게는 등을 돌리고 토방 구석 의자에 걸터앉았는데, 저는 그 사람이 가게에 들어오자마자, 누구인지 알 수 있었습니다. 도둑 남편입니다.

그쪽에선 저에 대해 아무것도 눈치채지 못한 듯하여, 저도 모른 척하며 다른 손님과 시시덕대고 있는데 그 부인이 남편과 마주 보고 앉아,

"아가씨, 잠깐만!"

하고 부르기에,

"네에."

대답하고 두 사람 테이블 쪽으로 가서,

"어서 오세요. 술 드시겠어요?"

말씀드렸을 때 남편은 가면 뒤 깊숙한 데서 흘끗 저를 보고 역시나 깜짝 놀란 기색이었습니다만, 저는 그 어깨를 가볍게 어루만지며,

"크리스마스 축하해요, 라고 하나요? 뭐라고 하죠? 한 되쯤 이야 더 마시겠는데요."

라고 했습니다.

부인은 이 말엔 아랑곳 않고 정색한 표정으로,

"저어, 아가씨. 미안한데, 여기 주인한테 은밀히 말씀드리고 싶은 게 있는데, 여기로 주인을 좀."

그러더군요.

저는 안쪽에서 튀김을 만들고 있는 가게 주인에게 가서,

"오타니가 돌아왔어요. 한번 만나 보세요. 하지만 함께 온 여자분에게 제 얘기는 하지 마시고요. 오타니가 부끄러이 여기면 안 되니까요."

"드디어, 왔군요."

가게 주인은 저의 그 거짓말을 반쯤 의심하면서도 상당히 믿어 주었던 것 같고, 남편이 돌아온 것도 제가 뒤에서 무슨 조종을 한 데 따른 일인 줄 단순히 짐작하는 낌새였습니다.

"제 얘기는, 하지 마세요."

거듭 말하자,

"그러는 편이 좋으시다면, 그리하지요."

소탈하게 승낙을 하고 토방으로 나갔습니다.

가게 주인은 토방의 손님을 한차례 휙 둘러본 다음 곧장 남편이 있는 테이블로 다가가서, 예쁜 그 부인과 뭐라 두세 마디 이야기를 나누더니 세 사람이 함께 가게를 나갔습니다.

이젠 됐어. 만사가 해결되고 말았어. 어째선지 이런 믿음이 생기면서 너무나 기쁜 마음에, 감색 옷을 입은 아직 스무 살도 채 안 된 젊은 손님의 손목을 다짜고짜 힘껏 붙잡고,

"마시자고요! 네? 마시자고요. 크리스마스잖아요!"

3

겨우 삼십 분, 아니에요, 훨씬 더 빨리, 어머? 하고 놀랐을

만치 빨리, 가게 주인이 혼자 돌아와 제 곁에 다가서더니,

"사모님, 고맙습니다. 돈은 돌려받았습니다."

"그래요? 다행이네요. 전부?"

가게 주인은 묘한 웃음을 짓고,

"예. 어제, 그 몫만큼만."

"지금까지 전부 다, 얼마예요? 대충, 크게 깎고 깎아서."

"이만 엔."

"그거뿐이에요?"

"크게 깎고 깎았습니다."

"갚아 드리지요. 아저씨, 내일부터 저를 여기서 일하게 해 주실래요? 네? 그렇게 해요! 일해서 갚을게요."

"예에? 사모님, 엉뚱한 오카루[5]군요!"

우리는 소리 맞춰 웃었습니다.

그날 밤 10시경, 저는 나카노 가게를 나와 아이를 업고 고가네이의 우리 집으로 돌아갔습니다. 역시 남편은 돌아오지 않았지만, 그래도 저는 태연했습니다. 내일 다시 그 가게에 가면 남편을 만날지도 몰라. 어째서 난 지금껏, 이렇게 멋진 생각을 떠올리지 못했을까? 어제까지의 내 고생도 결국은 내가 바보라서 이런 묘안을 생각해 내지 못한 탓이야. 나도 예전엔 아사쿠사의 아버지 포장마차에서 손님 접대가 결코 서툴지 않았으니까, 앞으로 그 나카노 가게에서 분명 눈치 빠르게 잘

---

5) 일본 전통 연극 가부키의 고전 「주신구라〔忠臣藏〕」에 나오는 인물. 남편에게 필요한 금전을 벌기 위해 유곽으로 들어간다.

처신할 게 틀림없어. 실제로 오늘 밤에도 난, 팁을 500엔 가까이 받았잖아.

가게 주인의 이야기에 따르면, 남편은 어젯밤 그 일 뒤로 어딘가 지인의 집에 가서 묵은 모양입니다. 그러고 나서 오늘 아침 일찍 그 예쁜 부인이 운영하는 교바시의 바를 느닷없이 찾아가 아침부터 위스키를 마시고 그 가게에서 일하는 여자아이 다섯 명에게 크리스마스 선물이라며 마구잡이로 돈을 주어 버리고, 그러고는 정오 무렵 택시를 불러 달라고 해 어딘가로 가더니, 잠시 후 크리스마스 삼각 모자며 가면이며 장식 케이크며 칠면조까지 갖고 들어와서는, 사방에 전화를 걸게 해 지인분들을 불러 모아 엄청난 연회를 베풀었습니다. 늘 돈이라곤 전혀 없는 사람이건만, 하고 바의 마담이 수상히 여겨 넌지시 캐어물었더니 남편은 태연스레 어젯밤 일을 미주알고주알 그대로 말하기에, 그 마담도 전부터 오타니와는 타인 사이는 아닌가 봐요, 어쨌건 그 일이 경찰 사건이 돼서 시끄럽게 커지는 것도 재미없으니 돌려줘야 한다고 정성껏 일러, 돈은 그 마담이 대신 치르게 돼서 남편의 안내를 받아 나카노 가게를 찾아왔다고 합니다. 나카노 가게 주인은 저를 향해,

"대강 그러려니 짐작은 했지만, 한데 사모님, 용케도 그 방면으로 생각이 미쳤군요. 오타니 씨 친구분께라도 부탁했습니까?"

역시나 제가, 처음부터 이렇게 돌아올 거라 내다보고 이 가게에 앞질러 와서 기다리고 있었던 것처럼 생각하는 듯한 말투였기 때문에 저는 웃으며,

"네, 그야 뭐."

이렇게만 대답해 두었습니다.

그 이튿날부터 저의 생활은 지금까지와는 전혀 다른, 들뜨고 즐거운 것이 되었습니다. 당장 미용실에 가서 머리 손질도 했고 화장품도 두루 갖추고 기모노를 새로 짓기도 하고 또 아주머니한테서 하얀 새 버선을 두 켤레나 받아, 지금까지의 가슴속 괴로운 생각이 말끔히 씻겨 내려간 느낌이었습니다.

아침에 일어나 아이와 둘이서 밥을 먹고, 그런 다음 도시락을 준비해 아이를 업고 나카노로 출근하게 되었습니다. 섣달 그믐, 설날은 가게의 벌이가 좋은 대목 때라서, 쓰바키야의 '삿짱', 이건 가게에서 부르는 제 이름입니다만, 그 삿짱은 매일 눈이 핑핑 돌 정도로 아주 바빴습니다. 이틀에 한 번쯤은 남편도 마시러 와서 계산을 제게 시키고는 다시 휙 사라졌다가, 밤늦게 제 가게에 잠깐 들러,

"갈까요?"

살짝 말하면 저도 끄덕이고 돌아갈 채비를 시작해서, 함께 즐겁게 집으로 돌아오는 일도 자주 있었습니다.

"어째서, 처음부터 이렇게 하지 않았을까요? 전 너무 행복해요."

"여자에겐, 행복도 불행도 없는 법입니다."

"그래요? 듣고 보니 그런 것 같기도 한데, 그럼 남자는 어떤데요?"

"남자에겐 불행만 있습니다. 늘 공포와 싸울 뿐입니다."

"잘 모르겠어요, 전. 하지만 언제까지나 저는, 이런 생활을

계속해 나가고 싶어요. 쓰바키야의 아저씨도 아주머니도 아주 좋은 분들이거든요."

"바보예요, 그 사람들은. 시골뜨기라고. 게다가 엄청 욕심쟁이. 나한테 술을 먹여, 결국 한몫 볼 작정인 거지."

"그야 장사니까요, 당연해요. 한데, 그것만은 아니잖아요? 당신은 그 아주머니를, 슬쩍했죠?"

"오래전. 가게 주인은 어때? 눈치챘어?"

"훤히 알고 있나 봐요. 애인도 생기고, 빚도 생기고. 언젠가 한숨 섞어 이렇게 말하던걸요."

"난 말이지, 아니꼽게 들리겠지만, 죽고 싶어서, 어찌할 도리가 없습니다. 태어났을 때부터 죽는 것만 생각했지. 모두를 위해서도, 죽는 편이 낫습니다. 그건 뭐, 확실해. 그런데도 좀체 죽지 않아. 이상한, 무서운 하느님 같은 분이, 내가 죽는 걸 말립니다."

"일이 있으니까."

"일 따윈, 아무것도 아닙니다. 걸작도 졸작도 없습니다. 사람들이 좋다고 하면 좋아지고, 나쁘다고 하면 나빠집니다. 바로 날숨과 들숨 같은 겁니다. 무시무시한 건, 이 세상 어딘가에 신이 있다, 라는 사실입니다. 있겠지요?"

"네?"

"있겠지요?"

"전, 모르겠어요."

"그래."

열흘, 이십 일, 가게에 다니는 사이, 저는 쓰바키야에 술을 마시러 오는 손님들이 한 명도 빠짐없이 범죄인뿐이라는 사실을 차츰 깨달았습니다. 남편 정도는 아직 한참, 착한 편이라고 생각하게 되었습니다. 또한 가게 손님뿐만 아니라 길을 걷고 있는 사람들 모두, 뭔가 틀림없이 뒤가 켕기는 죄를 숨기고 있는 듯 여겨졌습니다. 멋들어지게 차려입은 쉰 살 남짓한 부인이 쓰바키야 부엌 쪽으로 술을 팔러 와서, 한 되에 300엔, 분명히 말하기에 그 가격은 요즘 시세치곤 싼 편이라서 아주머니가 곧바로 사들였는데, 물 탄 술이었습니다. 그토록 고상해 보이는 부인조차 이런 짓을 꾸미지 않을 수 없게 되어 버린 세상에서, 내 몸에 뒤가 켕기는 구석이 하나도 없이 살아가는 건 불가능하다고 생각했습니다. 트럼프 놀이처럼, 마이너스를 전부 모으면 플러스로 바뀐다는 건, 이 세상 도덕에는 일어날 수 없는 일일까요?

신이 있다면, 나와 보세요! 저는 정월 마지막 날, 가게 손님에게 더럽혀졌습니다.

그날 밤은 비가 내렸습니다. 남편은 나타나지 않았지만 남편이 예전부터 알고 지내는 출판 쪽 분으로 가끔 제게 생활비를 전해 주시던 야지마 씨가, 동업자로 보이는, 역시 야지마 씨 연배로 마흔 정도 된 분과 함께 오셨습니다. 술을 마시며 두 분이 큰 소리로, 오타니 마누라가 이런 데서 일하는 건 바람직하지 않다느니 바람직하다느니, 거의 농담 삼아 주고받습니다. 저는 웃으면서,

"그 부인은 어디 계신가요?"

물었더니 야지마 씨는,

"어디 있는지는 모르지만, 적어도 쓰바키야 삿짱보다는 고상하고 예쁘지."

그러기에,

"샘나요! 오타니 씨 같은 사람이라면, 전 하룻밤이라도 좋으니, 곁에 있고 싶어요. 난 그런, 약은 사람이 좋아!"

"이렇다니까."

야지마 씨는 동행분 쪽으로 얼굴을 돌린 채, 입술을 삐죽거려 보였습니다.

그 무렵은 제가 오타니라는 시인의 아내라는 사실이, 남편과 함께 찾아오는 기자분들에게도 알려져 있었고, 또 그분들한테 듣고 일부러 저를 놀릴 작정으로 오시는 별난 분들도 있어서 가게는 점점 왁자지껄해지는 터라, 가게 주인의 기분도 마침내 그리 언짢아 보이지는 않았습니다.

그날 밤 그러고 나서 야지마 씨 일행이 종이 암거래 관련 이야기를 나누고 돌아간 건 10시쯤이고, 저도 오늘 밤은 비도 오고 남편도 나타날 것 같지 않았기 때문에 손님이 아직 한 명 남아 있었지만 슬슬 돌아갈 채비를 시작하고, 구석진 방 한쪽에서 자고 있는 아이를 안아 올려서 업고,

"또, 우산 좀 빌릴게요."

나직이 아주머니에게 부탁하는데,

"우산이라면, 나도 갖고 있어요. 바래다드리죠."

가게에 홀로 남아 있던 스물대여섯 남짓한, 마른 데다 자그마한 몸집에 직공인 듯한 손님이 진지한 낯으로 일어섰습니다. 제게는 오늘 밤 처음 보는 손님이었습니다.

비용의 아내

"죄송해요. 혼자 걷는 건 익숙하거든요."

"아니, 댁이 멀잖아요. 알고 있어요. 나도 고가네이 그 근처 사람입니다. 바래다드리죠. 아주머니, 계산 부탁해요."

가게에서는 세 병 마셨을 뿐이라, 그다지 취한 것 같진 않았습니다.

함께 전차를 타고 고가네이에서 내려, 그러고는 비 내리는 캄캄한 길을, 나란히 우산 하나를 같이 받으며 걸었습니다. 그 젊은이는 그때까지 거의 말이 없다가 띄엄띄엄 말하기 시작했는데,

"알고 있습니다. 저는요, 그 오타니 선생님의 시 팬이에요. 저도 시를 쓰고 있습니다만. 조만간 오타니 선생님께 보여 드릴 생각이었는데요. 아무래도 그 오타니 선생님이 무서워서."

집에 도착했습니다.

"고마웠습니다. 그럼 또, 가게에서."

"네, 잘 가요."

젊은이는 빗속을 돌아갔습니다.

한밤중, 덜커덩 현관문이 열리는 소리에 잠을 깼는데, 여느 때처럼 남편이 만취해서 돌아왔구나 싶어 그대로 잠자코 누워 있었더니,

"실례합니다. 오타니 씨, 실례합니다!"

남자 목소리였습니다.

일어나 전등을 켜고 현관으로 나가 보니, 아까의 젊은이가 제대로 몸을 가누기 힘들 정도로 비틀비틀하며,

"사모님, 죄송합니다. 돌아가는 길에 또 포장마차에서 한잔

해 가지고, 사실은요, 우리 집은 다치카와인데요, 역으로 가 봤더니 벌써, 전차가 없어요. 사모님, 부탁합니다. 재워 주세요. 이불도 아무것도 필요 없어요. 이 현관 마루라도 좋아요. 내일 아침 첫차가 나갈 때까지, 등걸잠이라도 재워 주세요. 비만 오지 않으면 어디 처마 밑에서라도 자겠는데, 이런 비에 그럴 수도 없고. 부탁합니다."

"남편도 집에 없고, 이런 현관 마루에서 괜찮으시다면 그러세요."

저는 말하고, 낡은 방석 두 장을 마루로 갖다주었습니다.

"미안합니다. 아아, 취했다!"

괴로운 듯 나직이 말하기 바쁘게 그대로 현관 마루에 드러누웠고, 제가 이부자리로 돌아갔을 때는 이미 코 고는 소리가 높이 들렸습니다.

그리고 그 이튿날 새벽녘, 저는 어이없이 그 남자의 손에 들어가고 말았습니다.

그날도 저는 겉으로는 전혀 다름없이, 아이를 업고 가게에 일하러 나갔습니다.

나카노 가게의 토방에서 남편이, 술이 든 컵을 테이블 위에 놓고 혼자 신문을 읽고 있었습니다. 컵에 오전 햇살이 비쳐, 예쁘다고 생각했습니다.

"아무도 없어요?"

남편은 제 쪽을 돌아보며,

"응. 가게 주인은 아직 물건 들이러 가서 안 돌아왔고, 아주머니는 방금 전까지 부엌 쪽에 있는 것 같았는데, 없습니까?"

"간밤엔, 안 오셨어요?"

"왔습니다. 쓰바키야의 삿짱 얼굴을 안 보면 요즘 잠을 못 자서 말이지, 10시쯤 이곳에 들렀더니, 지금 막 돌아갔습니다, 그러더군."

"그래서요?"

"묵어 버렸습니다, 여기서. 비는 좍좍 쏟아지고."

"저도 이제부턴, 이 가게에서 쭉 묵을까 봐요."

"좋겠지요, 그것도."

"그럴래요. 그 집을 언제까지나 빌리는 건, 의미 없어요."

남편은 말없이 다시 신문에 눈길을 쏟고,

"아아! 또 내 험담을 써 놨군. 에피큐리언6) 가짜 귀족이라 잖아. 이건 틀렸어. 신을 두려워하는 에피큐리언, 이렇게라도 말하면 좋을 텐데. 삿짱, 보라고! 여기 나를 가리켜 비(非)인간 어쩌고 써 놨잖아. 그건 아니지! 난 지금에야 말하는데, 지난 해 세밑에 말이야, 여기서 5000엔 갖고 나간 건, 삿짱하고 아이에게, 그 돈으로 오랜만에 멋진 설날을 보내게 해 주고 싶어 서였어요! 비인간이 아니니까, 그런 짓도 저지르는 거예요."

저는 딱히 기쁘지도 않고,

"비인간인들 뭐 어때서요? 우린, 살아 있기만 하면 돼요!"

이렇게 말했습니다.

---

6) epicurean. 쾌락주의자, 향락주의자.

포스포렛센스

"어머, 예뻐라! 넌 이대로, 왕자님한테 시집가도 되겠네!"

"아니, 엄마. 그건 꿈이야!"

이 두 사람의 대화에서 대체 어느 쪽이 몽상가이고, 어느 쪽이 현실주의자일까?

어머니의 말투를 봐선 거의 몽상가나 다름없는 수준이고, 딸은 그 몽상을 깨뜨리는 이른바 현실주의자 같은 애길 하고 있다.

하지만 어머니는 실제론 그 꿈의 가능성을 추호도 믿지 않는 까닭에 그런 몽상을 쉽사리 말할 수 있는 것이고, 오히려 그걸 허둥지둥 부정하는 딸 쪽이, 어쩌면, 하는 기대를 가지고 그렇게 허둥지둥 부정하는 것이려니 싶다.

세상의 현실주의자, 몽상가의 구별도 이처럼 착잡하게 얽혀 있는 것 같다고, 요즘 내겐 자꾸만 그런 생각이 든다.

나는 이 세상에 살고 있다. 그러나 그건 나의 극히 일부분밖에 되지 않는다. 마찬가지로 당신도, 또한 저 사람도, 그 대부분을 다른 사람이 전혀 알지 못하는 곳에서 살고 있을 게 틀림없다.

내 경우만 예를 들어 말하자면, 나는 이 사회와 완전히 격리된 딴 세계에서 사는 몇 시간을 갖는다. 그건 내가 잠들어 있는 사이, 몇 시간이다. 나는 이 지구 어디에도 결코 없는 아름다운 풍경을, 분명히 이 눈으로 보고 더구나 아직 잊지 않고 기억한다.

나는 나의 이 육체로써 그 풍경 속에 노닐었다. 기억이란 그게 현실이건 또 잠든 사이 꿈이건, 그 선명함에 차이가 없다면, 내겐 똑같은 현실이 아닐까?

나는 수면 속 꿈에서, 어떤 친구의 더없이 아름다운 말을 들었다. 또한 그에 응답하는 나의 말도, 더없이 자연스러운 유로(流露)라는 느낌이었다.

또한 나는 잠 속 꿈에서, 깊이 사모하는 여인으로부터, 사실은요, 라고 말하는 그 사람의 본심을 들었다. 그리고 나는 잠에서 깨어나도 역시나 그걸 나의 현실로 믿고 있다.

몽상가.

이러한 나 같은 인간은 몽상가로 불리며 만만하고 칠칠치 못한 종족으로 많은 사람들의 조소와 경멸의 표적이 되는 모양인데 그 비웃고 있는 사람에게, 하지만 비웃고 있는 너도 내겐 꿈과 똑같아, 라고 말하면 그 사람은 어떤 표정을 지을까?

나는 하루 여덟 시간씩 잠을 자며 꿈속에서 성장하고, 늙어 왔다. 즉 나는 이른바 이 세상 현실이 아닌, 딴 세계의 현실 속에서도 자라 온 남자다.

내겐 이 세상 어디에도 없는 벗이 있다. 더욱이 그 벗은 살아 있다. 또 내겐 이 세상 어디에도 없는 아내가 있다. 더욱이 그 아내는 언어와 육체도 지니고, 살아 있다.

나는 잠에서 깨어 세수를 하면서, 그 아내의 냄새를 가까이 느낄 수 있다. 그리고 밤에 잘 때는, 다시 그 아내를 만날 즐거운 기대를 갖는다.

"한참 못 만났는데, 무슨 일 있나?"

"체리를 따러 갔었죠."

"겨울인데 체리가 있나?"

"스위스."

"그래."

식욕도, 또한 그 성욕도, 아무것도 없는 청량한 사랑의 대화가 이어지고, 꿈에서 전에 여러 번 본 적 있는, 그러나 지구상엔 결코 없는 호숫가 푸른 풀밭에 우리 부부는 나뒹군다.

"분한 거지요?"

"바보야. 다들 바보뿐이야."

나는 눈물을 흘린다.

그때 잠에서 깬다. 나는 눈물을 흘리고 있다. 잠 속 꿈과 현실이 맺어진다. 기분이 그대로, 맺어진다. 그러니까 나에게 이 세상 현실은 잠 속 꿈의 연속이기도 하고, 또한 잠 속 꿈은 그대로 나의 현실이라고 생각한다.

이 세상에서 나의 현실 생활만을 보고 나의 전부를 이해하는 건, 다른 사람들에게는 불가능하리라. 동시에 나 또한 다른 사람들에 대해, 이해하는 바가 아무것도 없다.

꿈은 그 프로이트 선생의 말씀에 따르면, 이 현실 세계로부터 죄다 암시를 받고 있다는데, 하지만 내게 그건 어머니와 딸이 똑같다고 하는 난폭한 논의인 듯 여겨진다. 거기엔 연관이 있으면서도 또한 본질적으로 차이 나는 서로 다른 세계가 전개되고 있으리라.

내 꿈은 현실과 맺어지고, 현실은 꿈과 맺어져 있다고는 하나, 그 공기가 역시 완전히 다르다. 꿈나라에서 흘린 눈물이 이 현실과 연결되어 여전히 나는 분해서 울고 있지만, 생각해 보면 그 나라에서 흘린 눈물이 내겐 훨씬 더 진짜 눈물 같은 느낌이 든다.

예컨대, 어느 날 밤, 이런 일이 있었다.

늘 꿈속에 나타나는 아내가,

"당신은 정의라는 걸 아세요?"

놀리는 말투가 아닌, 나를 충분히 신뢰하는 듯한 말투로 물었다.

나는 대답하지 않았다.

"당신은 남자다움이라는 걸 아세요?"

나는 대답하지 않았다.

"당신은 청결이라는 걸 아세요?"

나는 대답하지 않았다.

"당신은 사랑이라는 걸 아세요?"

나는 대답하지 않았다.

역시나, 그 호숫가 풀밭에 나뒹굴고 있었는데, 나는 나뒹굴면서 눈물을 흘렸다.

그러자, 새가 한 마리 날아왔다. 그 새는 박쥐 비슷한데, 한쪽 날개 길이만도 3미터 남짓, 그리고 그 날개를 조금도 움직이지 않은 채 글라이더처럼 소리 없이 우리 위, 2미터 남짓 위를 닿을락 말락 날아가는데, 그때 까마귀 울음 같은 소리로 이렇게 말했다.

"여기선 울어도 괜찮지만, 저 세계에선, 그런 일로 울지 마."

나는 그 후로, 인간은 이 현실 세계, 그리고 또 하나인 수면 중 꿈 세계, 두 가지 세계에서 생활하고 있고, 이 두 가지 생활 체험이 복잡하게 뒤섞여 혼미한 지점에, 이른바 전(全) 인생이라 할 만한 게 있지 않겠는가, 생각하게 되었다.

"안녕히."

현실 세계에서 헤어진다.

꿈에서 다시 만난다.

"아까는 삼촌이 와 계셔서, 죄송했어요."

"벌써, 삼촌은 가셨나?"

"제게 연극을 보여 주겠다고, 어찌나 권하는지! 우자에몬〔羽左衛門〕과 바이코〔梅幸〕가 예명 계승[1]을 알리는데, 이번 우자에몬은 이전 우자에몬보다 더 풍채가 좋고 산뜻하고 귀엽고,

---

1) 스승의 이름을 이어받는 것. 우자에몬, 바이코는 가부키를 대표하는 배우 이름이다.

그리고 목소리가 좋고, 기예도 아예 이전 우자에몬과는 비교
가 안 될 정도로 훌륭하대요."

"그렇다지. 난 자백하는데, 이전 우자에몬을 아주 좋아해서
그 사람이 죽고는 더 이상 가부키를 볼 마음도 내키지 않을
정도였지. 하지만 그이보다 훨씬 아름다운 우자에몬이 나왔으
니 나도 보러 가고 싶은데, 당신은 어째서 가지 않았나?"

"지프가 왔어요."

"지프가?"

"전, 꽃다발을 받았어요."

"백합이겠지?"

"아뇨."

그러고는 내가 알지 못하는, '포스포' 뭐라나 장황스럽고 어
려운 꽃 이름을 말했다. 나는 내 어학의 빈곤함을 부끄러이 여
겼다.

"아메리카에도, 초혼제가 있나요?"

그 사람이 말했다.

"초혼제 꽃인가?"

그 사람은 거기엔 대답 않고,

"묘지가 없는 사람은, 슬퍼요. 전, 야위었어요."

"어떤 말이 좋을까? 좋아하는 말을 뭐든 해 주지."

"헤어지다, 라고."

"헤어지고, 또 만나?"

"저세상에서."

그 사람은 이렇게 말했지만 나는, 아아 이건 현실이야, 현

실 세계에서 헤어져도 이 사람과는 저 수면 속 꿈 세계에서 다시 만날 수 있으니까 아무렇지 않아, 하고 꽤나 느긋한 기분이었다.

그러고는 아침에 잠이 깨서, 헤어진 건 현실 세계에서 일어난 일이고, 만난 건 꿈 세계에서 일어난 일, 그러고는 다시 헤어진 건 역시 꿈 세계에서 일어난 일, 이제는 어느 쪽이건 마찬가지라는 심정으로 이부자리에서 멍하니 있는데, 진작부터 오늘이 약속한 마감일로 잡혀 있던 어느 잡지의 원고를 받으러, 젊은 편집자가 찾아왔다.

나는 아직 한 장도 쓰지 못했다. 용서하세요, 다음 달 호나, 그다음쯤에 쓰게 해 주세요, 라고 바랐지만, 들어주지 않았다. 꼭 오늘 내로 다섯 장이건 열 장이건 써 주지 않으면 곤란해요, 한다. 나도, 아니 그건 곤란해, 한다.

"어떠세요? 지금부터 같이 술을 마시고, 말씀하시는 걸 제가 쓰겠습니다."

술 유혹에 나는 극도로 물렀다.

둘이 나섰고, 나의 오랜 단골 어묵 가게에 가서 주인에게 2층 조용한 방을 빌려 달라고 부탁했는데 공교롭게도 그날은 6월 1일이라, 그날부터 요릿집이 전부 자숙(自肅) 휴업인가를 하게 되어 있어서 아무래도 방을 빌려주기 난처하다는 게 주인의 대답이었다. 그렇다면 당신이 전부터 보관해 온 팔다 남은 술은 없는가, 그걸 좀 내줬으면 싶은데. 나는 이렇게 말해 가게 주인한테 일본 술을 한 되 샀고, 우리 두 사람은 어디 갈 데도 없이 술병을 들고 초여름 교외를 돌아다녔다.

문득 떠올라, 그 사람 집 쪽으로 걸어갔다. 나는 그때까지 그 집 앞을 걸어 본 적은 여러 번 있었지만, 아직 그 집으로 들어가 본 적은 없었다. 다른 데서 줄곧 만났다.

그 집은 상당히 널찍하고 가족도 적으니, 비어 있는 방 하나쯤은 있게 마련이다.

"우리 집은 그 모양으로 아이가 많고 시끄러워, 도저히 아무것도 할 수 없는 데다 손님이 찾아오면 곤란하고, 조금 아는 사람의 집이 있으니까, 거기로 가서 일을 해 보지요."

이런 용건으로나 핑계 삼지 않으면, 더 이상 그 사람과 만날 수 없을지도 모른다.

나는 용기를 내서 그 집의 초인종을 눌렀다. 가정부가 나왔다. 그 사람은 안 계신다고 한다.

"연극입니까?"

"네."

나는 거짓말을 했다. 아니, 역시 거짓말이 아니다. 나에겐, 현실 이야기를 한 거다.

"그렇담 곧 돌아오실 겁니다. 아까 이쪽의 삼촌을 만났는데, 연극 보러 끌고 나왔더니 도중에 도망가 버렸다고 하시며 웃으시던걸요."

가정부는 나를 친밀한 사람이라 여긴 듯 웃으며, 들어오세요, 했다.

우리는 그 사람의 거실로 안내되었다. 정면 벽에 젊은 남자 사진이 장식되어 있었다. 묘지가 없는 사람은, 슬퍼요. 나는 단박에 이해했다.

"남편이시군요?"

"네, 아직 남방에서 돌아오시지 않았어요. 벌써 칠 년, 소식이 없대요."

그 사람에게 그런 남편이 있다니, 사실 나도 이때 처음 알았다.

"예쁜 꽃이네요!"

젊은 편집자는 그 사진 아래 책상에 장식해 놓은 꽃 한 다발을 보고, 이렇게 말했다.

"무슨 꽃일까요?"

그가 묻기에, 나는 술술 대답했다.

"Phosphorescence.[2]"

---

2) 인광, 푸른빛이라는 뜻.

미남자와 담배

저는 홀로 오늘까지 싸워 오긴 했습니다만, 어쩐지 아무래도 질 것 같아 조마조마해서 견딜 수가 없습니다. 하지만 설마, 지금까지 줄곧 경멸해 온 이들에게, 아무쪼록 동료로 받아 주세요, 제가 나빴습니다, 하고 이제 와서 부탁할 수도 없습니다. 저는 역시나 혼자 싸구려 술 따위를 마시면서, 제 싸움을 계속 해 나가는 수밖에 없습니다.

제 싸움. 그건 한마디로 말하면, 낡은 것과의 싸움이었습니다. 진부한 거드름 피우기에 대한 싸움입니다. 빤히 들여다보이는 겉치레에 대한 싸움입니다. 쩨쩨한 것, 쩨쩨한 사람에 대한 싸움입니다.

저는 여호와에게라도 맹세하고 말할 수 있습니다. 저는 그 싸움을 위해, 제가 가진 것 전부를 잃었습니다. 그래서 여전히 저는 혼자이고, 늘 술을 마시지 않을 수 없는 심정이고, 어쩐지 점점 패색이 짙어졌습니다.

낡은 사람은 심술궂지요. 이러쿵저러쿵 진부하기 짝이 없는 문학론인지 예술론인지를 창피한 줄 모른 채 늘어놓고, 그렇게 해서 새로이 필사적으로 돋아나는 싹을 짓밟고, 게다가 자신의 그 죄악을 전혀 깨닫지 못한 낌새이니, 황송합니다. 아무리 밀고 당겨도, 꿈쩍을 않습니다. 오직 그저 목숨이 아깝고 돈이 아까워, 그리고 출세해 처자를 기쁘게 해 주고 싶어서, 그 때문에 도당을 짜고 무턱대고 동료를 치켜올리고, 이른바 일치단결하여 쓸쓸한 외톨이를 괴롭힙니다.

저는 질 것 같습니다.

일전에 어떤 곳에서 싸구려 술을 마시고 있는데 거기로 나이 든 문학자 셋이 들어와, 제가 그 사람들과는 알고 지내는 사이도 무엇도 아니건만, 다짜고짜 저를 둘러싸고 엄청 칠칠치 못한 취기를 부리며 제 소설에 대해 전혀 엉뚱한 험담을 늘어놓았습니다. 저는 아무리 술을 마셔도 흐트러지는 걸 아주 싫어하는 기질이라 그 험담도 웃으며 흘려들었는데, 집으로 돌아와 늦은 저녁밥을 먹으면서 너무 분한 나머지 으흑 오열이 터져 멈추지 않았습니다. 밥그릇도 젓가락도 내려놓고 엉엉 복받치는 울음을 울어 버리고, 식사 시중을 드는 아내를 향해,

"사람이, 사람이, 이렇게, 목숨 걸고 필사적으로 쓰고 있는데, 다들, 가벼운 놀림감 삼아, ……그 사람들은, 선배라고! 나보다 열 살 스무 살이나 많아. 그런데 다들 힘을 합쳐서 나를

부정하려고 하는, ……비겁하잖아! 간사해! …… 그만, 됐어, 나도 이젠 안 봐줄 거야, 선배 험담을 공공연히 하겠어, 싸우겠어, ……너무, 심하다고."

이렇게 종잡을 수 없는 말을 중얼거리면서 더욱더 격하게 울어, 아내는 어이없다는 표정으로,

"주무세요, 네?"

말하고는 저를 잠자리로 데려갔습니다만, 눕고 나서도 그 분한 울음의 오열이 좀처럼 그치지 않았습니다.

아아! 살아간다는 건, 내키지 않는 일이야. 특히 남자는 괴롭고 슬프지. 아무튼 무엇이든 싸워서, 그리고 이겨야만 하니까요.

그 분한 울음을 운 날부터 며칠 후, 어느 잡지사의 젊은 기자가 와서 제게 묘한 말을 했습니다.

"우에노[1]의 부랑자를 보러 가지 않을래요?"

"부랑자?"

"네, 함께한 사진을 찍고 싶어서요."

"내가, 부랑자와 함께한?"

"그렇습니다."

차분하게 대답합니다.

어째서, 특히 저를 선택했을까요? 다자이 하면, 부랑자. 부랑자 하면, 다자이. 뭔가 그러한 인과 관계라도 있는 걸까요?

"가겠습니다."

---

1) 도쿄의 한 지역.

저는 울상을 짓고픈 심정일 때, 도리어 반사적으로 상대방에게 맞서는 성벽을 지닌 모양입니다.

저는 곧장 일어서서 신사복으로 갈아입고, 제 쪽에서 그 젊은 기자를 재촉하다시피 하여 집을 나섰습니다.

추운 겨울 아침이었습니다. 손수건으로 콧물을 누르면서 말없이 걷자니, 과연 제 마음이 울적했습니다.

미타카역에서 전차로 도쿄역까지 가서 시영 전차로 갈아타고 그 젊은 기자의 안내를 받아 먼저 본사에 들러 응접실로 들어갔는데, 그러고는 곧장 위스키를 대접받았습니다.

짐작건대, 다자이 그 작자는 소심한 사람이니까 위스키라도 먹여 기운을 좀 북돋우지 않으면 부랑자와 변변히 대담도 못할 게 틀림없다는 본사 편집부의 호의 어린 배려였는지도 모르지만, 솔직히 말하면 그 위스키는 몹시 기괴한 물건이었습니다. 저도 여태껏 갖가지 수상쩍은 술을 마셔 온 남자로, 딱히 결코 고상한 척하는 건 아닙니다만, 그래도 위스키 탁주라는 건 처음이었습니다. 세련된 상표가 붙어 있고 그럴듯한 병이었는데, 내용물이 뿌옇습니다. '위스키 막걸리'라고나 할까요?

그렇지만 저는 그걸 마셨습니다. 꿀꺽꿀꺽 마셨습니다. 그리고 응접실에 모여든 기자들에게도, 드실까요? 하고 권했습니다. 그런데 다들 엷은 웃음을 띠고, 마시지 않습니다. 거기 모여 있던 기자들은 대개 지독한 술꾼임을 저는 소문으로 들어 알고 있었습니다. 그런데도 마시지 않습니다. 엄청난 주호들도, 위스키 막걸리는 경원하는 낌새였습니다.

저만 취해서,

"뭐야! 자네들은 무례한 거 아냐? 너희가 못 마실 정도로 기묘한 위스키를, 손님한테 권하다니, 심한 거 아닌가?"

웃으면서 말했습니다. 기자들은, 이제 슬슬 다자이도 거나해졌다, 이 기세가 사라지기 전에 부랑자와 대면시켜야만 한다고, 이를테면 찬스를 놓치지 않고 저를 자동차에 태워 우에노역에 데려가, 부랑자의 소굴이라 불리는 지하도로 이끌었습니다.

그렇지만 기자들의 이 용의주도한 계획도, 그다지 성공이라고는 할 수 없을 것 같았습니다. 저는 지하도로 내려가 아무것도 보지 않은 채, 그저 똑바로 걸어가서 지하도 출구 근처 꼬치구이 가게 앞에서 소년 넷이 담배를 피우고 있는 걸 발견하고 몹시 언짢아져서 다가가,

"담배는 그만둬. 담배를 피우면 되레 배가 고파지는 법이야. 그만둬. 꼬치구이가 먹고 싶으면, 사 주지."

소년들은 피우던 담배를 순순히 버렸습니다. 모두 열 살 전후, 아직 아이들입니다. 저는 꼬치구이 가게 여주인에게,

"여기, 이 아이들에게 하나씩!"

말하고는, 참으로 묘하게 딱한 느낌이 들었습니다.

이것도 선행이라 할 수 있으려나? 난감한걸! 저는 느닷없이 발레리[2]의 어떤 말을 떠올리고, 더욱 난감해졌습니다.

만약 저의 그때 행동이 속물들로부터 조금이나마 상냥한 몸짓으로 보였다고 하면, 저는 발레리에게 아무리 경멸당한들

---

2) 폴 발레리(Paul Valéry, 1871~1945). 프랑스의 시인, 사상가.

어쩔 도리가 없습니다.

발레리의 말 ─ 선을 행할 경우에는, 언제나 사과하면서 해야만 한다. 선만큼 타인에게 상처 입히는 건 없으니까.

저는 감기에 걸린 듯한 기분으로 등을 움츠리고, 성큼성큼 걸어 지하도 밖으로 나가 버렸습니다.

네다섯 명의 기자들이 제 뒤를 쫓아와서,

"어땠어요? 거의 지옥이죠?"

다른 한 사람이,

"하여간, 별세계니까."

또 다른 한 사람이,

"깜짝 놀랐지요? 감상은요?"

저는 소리 내어 웃었습니다.

"지옥? 설마! 저는 조금도 놀라지 않았습니다."

이렇게 말하고 우에노 공원 쪽으로 걸어가며, 저는 조금씩 수다쟁이가 되어 갔습니다.

"사실 난, 아무것도 못 보고 왔습니다. 나 자신의 괴로움만 생각하고 오직 똑바로 보고, 지하도를 서둘러 빠져나왔을 뿐입니다. 하지만 자네들이 특히 나를 선택해서 지하도를 보여 준 이유는, 알겠더군. 그건 말이지, 내가 미남자라는 이유가 틀림없어."

모두 크게 웃었습니다.

"아니, 농담 아냐. 자네들은 알아채지 못했나? 난 똑바로 보고 걸어도, 그 어둑한 구석에 엎드려 누운 부랑자들 거의 전부가, 단정한 용모를 지닌 미남자뿐이라는 사실을 발견했지.

즉 미남자는 지하도 생활에 빠질 가능성을 다분히 갖고 있다는 셈이 돼. 자네 역시 살갗이 희고 미남자니까, 위험해. 조심하라고! 나도 조심하겠지만."

다시, 모두가 왁자하니 웃었습니다.

잘난 척, 잘난 척, 남이 뭐라 해도 잘난 척하다가 퍼뜩 정신을 차리니, 제 몸은 지하도 구석에 드러누운 채 더 이상 인간이 아니었습니다. 저는 지하도를 그냥 지나갔을 뿐인데도, 그런 전율을 진심으로 느꼈습니다.

"미남자 건은 아무려나, 그 밖에 뭔가 발견했습니까?"

이 질문에 저는,

"담배입니다. 그 미남자들은 술에 취한 듯 보이지도 않았는데, 담배만은 대체로 피우고 있더군요. 담뱃값도 싸지는 않지요. 담배 살 돈이 있으면, 돗자리 한 장이나 신발 한 켤레라도 살 수 있을 텐데. 콘크리트 맨땅에 누워, 맨발로, 그러고는 담배를 피워요. 인간은, 아니 요즘 인간은 밑바닥 구렁텅이에 빠져도, 빈털터리가 되어도, 담배를 피우지 않고선 못 배기게 된 거겠지요. 남의 일이 아니야. 어쩐지 나도 그런 심정을 헤아릴 수 있을 것도 같고. 이거 마침내, 나의 지하도행이 실현될 색채가 한층 짙어진 것 같구먼!"

우에노 공원 앞 광장으로 나갔습니다. 아까의 소년 넷이 겨울 한낮 햇볕을 쬐며, 그야말로 희희낙락 놀고 있었습니다. 저는 자연스레, 그 소년들 쪽으로 어정어정 다가가 버렸습니다.

"그대로! 그대로!"

기자 하나가 카메라를 우리 쪽으로 향한 채 외치고, 찰칵

사진을 찍었습니다.

"이번엔, 웃어요!"

그 기자가 렌즈를 들여다보며 다시 이렇게 외치고, 소년 하나는 제 얼굴을 보고,

"얼굴을 마주 보면, 절로 웃음이 터지거든."

말하며 웃고, 저도 덩달아 웃었습니다.

천사가 하늘을 날다가 신의 뜻에 따라 날개가 사라져 없어지고, 낙하산처럼 온 세계 방방곡곡에 춤추듯 내려옵니다. 저는 북쪽 지방의 눈 위에 훨훨 내려오고, 당신은 남쪽 지방의 귤나무 밭에 훨훨 내려오고, 이 소년들은 우에노 공원에 훨훨 내려왔습니다. 그저 요만한 차이입니다. 소년들이여, 앞으로 착착 성장하더라도 용모에는 반드시 무관심하고, 담배를 피우지 말고, 술도 축제 날 외엔 마시지 말고, 그래서 얌전하고 살짝 멋 부리는 아가씨와 누긋한 사랑에 빠지세요.

덧붙임.

이때 찍은 사진을, 나중에 기자가 갖다주었다. 서로 웃고 있는 사진, 그리고 또 한 장은 내가 부랑아들 앞에 쪼그리고 앉아 부랑아 한 명의 발을 붙잡고 있는, 아주 묘한 포즈의 사진이었다. 만약 이것이 훗날 어떤 잡지에라도 게재될 경우, 다자이는 아니꼬운 녀석이군. 그리스도인 체하고 그 요한복음에서 제자의 발을 씻기는 동작을 흉내 내는 꼴이라니, 웹! 이러한 오해를 일으킬 염려가 없다고 할 수 없기에 한마디 변명하겠

는데, 나는 그저 맨발로 다니는 아이의 발바닥이 어떻게 됐을까 싶은 호기심에서 그런 자세를 취했을 뿐이다.

한 가지 더, 우스개를 덧붙이런다. 그 두 장의 사진이 도착했을 때 나는 아내를 불러,

"이들이, 우에노의 부랑자야."

일러 주었더니, 아내는 진지하게,

"아, 이들이 부랑자인가요?"

말하며 찬찬히 사진을 보았는데, 문득 나는 그 아내가 응시하고 있는 데를 보고 깜짝 놀라,

"당신은 무얼 착각해서 보고 있나? 그건 나야! 당신 남편이잖아! 부랑자는 저쪽이야."

아내는 지나칠 정도로 고지식한 성격의 소유자로, 농담 따위 할 수 있는 여자가 아니다. 진심으로 내 모습을 부랑자로 잘못 본 듯하다.

작품 해설

이야기꾼 다자이 문학의 즐거움

나는 그 서른 살의 초여름, 처음 진심으로, 문필 생활을 지원했다. 생각하면, 늦은 지원이었다. 나는 무엇 하나 도구다운 물건이라곤 없는 하숙집 작은 방에서, 열심히 썼다. 하숙의 저녁밥이 밥통에 남으면, 그걸로 몰래 주먹밥을 만들어 놓고 심야 작업 때의 공복에 대비했다. 이번엔, 유서를 쓰는 게 아니었다. 살아가기 위해, 썼다. (112~113쪽)

1936년 6월, 유서로 남기고자 쓴 첫 창작집 『만년(晚年)』을 출간한 뒤, 다자이 오사무는 그때까지의 질풍노도와 같은 삶을 뒤로하고 본격적인 창작의 길로 들어서려는 의지를 내비친다. 첫 아내 하쓰요의 '실수'를 알게 되어 동반 자살을 기도했으나 실패한 끝에, 결국 이별을 결심하고 나서이다. 일찍이 다자이의 문학적 재능을 간파하고 지켜보던 스승 이부세 마스지[1]는 방황하는 신예 작가의 장래를 염려하며, 다자이와 당시 야마나시현 고후에서 교사로 근무하던 이시하라 미치코의 만남을 주선했다. 1939년 서른 살의 나이로 결혼, 이로써 다자이는 어엿한 한 사람의 가장이자 직업 작가로서 새로운 인생의 전환기를 맞이한 셈이다. 그 변화는 문학에도 자연스레 표출되었다.

1938년부터 1945년까지를 다자이 문학의 중기로 본다면, 이 시기의 명실상부한 대표작으로 『옛이야기』를 꼽지 않을 수 없다. 국내 독자들에게 다자이는 『사양』이나 『인간 실격』으로 잘 알려진 터라, 상대적으로 『옛이야기』는 그늘에 가려 제대로 빛을 보지 못한 아쉬움이 크다. 몇 해 전인가, 《아사히 신문》에서 다양한 분야의 인사들이 저마다 아끼는 '다자이 작품 베스트'를 선정하고 그 이유를 달아 놓은 기사를 흥미롭게 읽은 적이 있다. 다양한 작품들이 언급된 가운데, 『옛이야기』에 단연 후한 점수가 주어졌다는 사실이 무척 반가우면서 고무적이었다. 「카치카치산」과 더불어 『만년』의 「어복기(魚服記)」도 단독으로 이름이 올랐다. 응답자들은 스토리텔러 다자이의 탁월한 솜씨와 유머 감각을 호평했다.

이야기가 나온 김에 먼저 『옛이야기』부터 시작하기로 한다.

이 작품의 원제는 '오토기조시(お伽草紙)'. '오토기'는 '오토

---

1) 井伏鱒二(1898~1993). 소설가. 학창 시절, 다자이는 이부세의 단편 「도롱뇽」을 읽고 감명받아, 그를 찾아갔다. 두 사람은 일본 문단의 대표적인 사제지간으로 남아 있다.

기바나시(お伽話)', 즉 아이들에게 들려주는 옛날이야기나 동화를 말한다. 여기에 책이란 뜻의 '소시'가 붙은 말이 '오토기조시'인데, 일본인이라면 누구나 어릴 적부터 익히 들어 잘 알고 있는 옛이야기 모음 책인 셈이다.

그렇다면, 누구나 다 아는 이미 완성된 이야기를, 어째서 작가는 새롭게 써 볼 마음을 품은 걸까? '다자이의 최고 예술 작품'(오쿠노 다케오)이라는 찬사에 걸맞게, 『옛이야기』는 이야기꾼 다자이의 빼어난 필력과 기발한 상상력이 유감없이 발휘되어 쏠쏠한 재미를 선사한다. 이 작품에는 「혹부리 영감」, 「우라시마 씨」, 「카치카치산」, 「혀 잘린 참새」 등 네 편의 이야기가 실려 있는데, 각각 독립된 단편으로 읽어도 무방하다. 그중 「혹부리 영감」, 「우라시마 씨」는 줄거리나 소재 면에서 우리에게도 그리 낯설지 않게 다가온다.

작품의 「서문」에서, 아빠는 비좁은 방공호를 갑갑하게 여기는 딸아이를 달래기 위해 그림책을 읽어 준다. "이 아빠는 옷차림도 초라하고 용모도 어수룩하게 생겼으나, 원래 허투루 볼 수 없는 사람이다." "이야기를 지어낼 줄 아는, 참으로 기이한 재주를 타고난 남자"이기 때문이다. "그림책을 읽어 주면서도 마음속에는 어느새 절로 또 다른 이야기가 무르익고 있다."

『옛이야기』에는 다자이의 여유롭고 의뭉스러운 유머와 상상력이 유려한 문체 속에 비할 데 없이 조화롭게 용해되어 있다. 이미 『만년』을 거쳐 온 독자라면, 「로마네스크」의 웃음을 환기하게 되지 않을까.

『옛이야기』에 등장하는 인물들은 하나같이 모자라고, 사회의 낙오자 같고, 무척이나 고독해 보인다. 그러면서 어쩐지 알 수 없는 정감을 불러일으킨다. 「혹부리 영감」의 할아버지, 「우라시마 씨」의 우라시마, 「혀 잘린 참새」의 할아버지. 이들은 모두 가정이나 사회에서 별로 대접받지 못하거나, 흡족하지 않은 현실과 세상으로부터 스스로 한 발짝 물러나 있는 '아웃사이더'이다. 이들 내면의 밑바닥에는 탈현실적 이상 추구라는 공통된 욕구가 잠재되어 있다.

　「혹부리 영감」의 할아버지는 '자의식의 혹'을 대화 상대로 삼아 고독을 달래던 어느 날, 도깨비들의 흥겨운 잔치에 아무 거리낌 없이 한데 어우러져 기이한 재주를 멋들어지게 펼친다. 우라시마는 이상향의 바다 용궁 속으로 모험을 떠나, 현실 초월적인 숭고한 풍류 세계를 한껏 음미한다. 「혀 잘린 참새」의 할아버지는 참새를 만난 뒤 마음속 열정이 되살아나, 깊은 교감을 나누며 난생처음 평안을 만끽한다. 이처럼 현실 세계의 혼탁과는 대극적인 비현실 세계의 투명한 이미지로서 「우라시마 씨」의 망망대해 바닷속, 「혀 잘린 참새」의 눈 덮인 대숲 속 참새의 고향 등은 상징적이다.

　「카치카치산」은 원래 권선징악의 우의적 요소와 지혜의 승리를 담은 이야기로, 잘 알려진 내용은 이러하다. 옛날 시골 마을에 농사를 짓는 할머니와 할아버지가 있었는데, 애써 키운 농작물을 너구리가 먹어 치운다. 화가 난 할아버지는 덫을 놓아 잡은 너구리로 '너구리탕'을 끓이라고 할머니에게 이른 후, 밭으로 나간다. 너구리는 꾀를 부려 할머니에게서 풀려나

자마자, 할머니를 죽이고 만다. 할아버지는 토끼를 찾아가 너구리에게 복수할 뜻을 내비치고, 토끼는 온갖 방법으로 너구리를 골려 먹은 다음, 진흙배에 태워 익사시킨다.

그런데 이 이야기를 다자이 스타일로 각색하면, "카치카치산 이야기에 나오는 토끼는 소녀, 그리고 비참한 패배를 맛보는 너구리는 그 토끼 소녀를 사랑하는 추남"으로 배역이 설정된다. 이 참신한 발상! 『옛이야기』가 '유머 소설의 금자탑', '웃음 짓지 않을 수 없는 걸작'이라는 평을 듣는 데는 「카치카치산」에 그 공이 있다고 해야 할 것이다. 하지만 여기엔 나머지 세 이야기가 보여 주는 유토피아적인 공간은 없고, 잔혹한 현실만 존재할 뿐이다. 너구리의 마지막 절규는 작가 다자이가 창조한 명구(名句) 가운데 하나로 회자된다. "반한 게 잘못이냐?"

『옛이야기』는 밝음 속에 어두운 그늘을 품고 있다. 은근한 유머 속에 진한 고독이 깃들어 있다. 다자이 중기 문학의 끝을 장식하는 이 소설에는, 패전과 더불어 전후라는 시대가 작가에게 끼친 음영이 은연중에 깔려 있는 것으로 보이기도 한다.

작가 다자이 오사무의 문학적 저력은 만주 사변, 태평양 전쟁 등 혼란스러운 정세와 현실 상황 속에서 한층 눈부시게 발휘되었다고 높이 평가받는다. 『옛이야기』는 그 정점에 놓인 대표작이며, 다자이의 진면모를 확인할 수 있는 독창적인 '번안 소설'이다. 태평양 전쟁 말기의 어수선한 시국하에 집필된 이 작품의 의미는, 일본 근대 문학사의 공백기에 거의 '기적 같은 달성'이라는 자리매김에서도 분명해진다.

당시 다자이는 지인들에게 보낸 서간에서, "지금 루쉰의 센다이 시절을 다룬 장편을 쓰고 있습니다. 이제 열흘쯤 후면 마무리되겠지요. 이어서 『옛이야기』라는 색다른 작업에 착수합니다. 그리고, 그리고, 달리 재미있는 일도 없으니, 오직 일뿐입니다."라고 했다. 창작에만 매진하려는 작가의 의지가 드러나 있는데, 다자이는 1945년 3월 초순 『옛이야기』 집필에 들어가 6월 말, 완성했다. 폭격으로 도쿄 미타카의 자택이 파손되자 거처를 처가로 옮겨, 그곳에서 소설 일부를 쓰기도 했다.

『옛이야기』는 1945년 10월 25일, 치쿠마서방(筑摩書房)에서 출간되었다. 도쿄가 초토화하면서 인쇄할 곳이 없어, 출판사 사장의 고향인 신슈에서 인쇄했다고 한다. 전쟁 말기라는 미증유의 혼란 속에 집필되어 그대로 온전히 패전 직후 간행되었다는 점에 이 작품과 작가의 영광이 있다, 라고 평론가 도고 가쓰미는 말한다.

그런데 이 작품에서 작가는 그 유명한 '모모타로' 이야기를 쓰지 않았다. 그 까닭을 들어 보면, "어쨌건 완벽한 절대 강자는 아무래도 이야기에 걸맞지 않다. 게다가 나는, 자신이 무력한 탓인지 약자의 심리는 얼추 파악이 되는데, 어쩐지 강자의 심리는 그리 소상히 알지 못한다. (……) 하물며 모모타로는 일본 제일이라는 깃발을 들고 있는 남자다. 일본 제일은커녕 일본 제이도 제삼도 경험하지 못한 작가가, 그런 일본 제일의 쾌남을 묘사해 낼 턱이 없다."(221~222쪽)

*　*　*

　『달려라 메로스』에 실린 작품들을 발표 순서대로 정리하면
다음과 같다.

「만원(滿願)」 1938. 9.*

「황금 풍경」 1939. 3.

「벚나무와 마술피리」 1939. 6.

「아, 가을」 1939. 10.*

「축견담(畜犬談)」 1939. 10.

「달려라 메로스」 1940. 5.

「여치」 1940. 11.*

「도쿄 팔경〔東京八景〕」 1941. 1.

「기다리다」 1942. 1.*

「옛이야기」 1945. 10.

「비용의 아내」 1947. 3.*

「포스포렛센스」 1947. 7.*

「미남자와 담배」 1948. 3.*

　발표 연도로 알 수 있다시피, 이 작품집은 『만년』 이후 다
자이 문학의 중기, 후기의 대표작을 아우르고 있다. 2020년
가을, 민음사의 '디 에센셜 시리즈' 세 번째 작가로 다자이 오
사무가 출간되었는데, 그때 새로 선별, 번역해 실은 작품 일곱
편(* 표시 작품)도 포함되어 있다. 『디 에센셜 다자이 오사무』

기획은 말 그대로 작가의 에센스에 초점이 맞춰졌고, 그 에센스를 추출하는 큐레이션 역할도 함께 맡아 번역하게 된 나로서는 상당한 고심이 뒤따랐다. 권두의 '일러두기'에도 고민의 흔적이 묻어난다.

'디 에센셜 시리즈'는 소설과 에세이를 한 권에 담아 소개하는 것이 특징이다. 하지만 다자이 오사무의 경우 자전적 사실이나 실생활 경험이 작품 속에 빈번히 녹아들어 묘사된다. 물론 작가가 자신의 체험을 전혀 허구화하지 않은 것은 아니다. 전통적인 소설과 에세이의 중간쯤에 놓인 작품도 보인다. 이 책에는 다자이 문학의 특징으로 빼놓을 수 없는 '여성 독백체'가 빛나는 작품을 선별했으며, 아울러 다양한 작가적 면모를 친근하게 발견할 수 있는 작품들을 엄선해 담았다.

처음부터 디 에센셜 시리즈는 특별 기획 한정판으로 출간되었으나 독자들의 호응에 힘입어 보급판 출시로 이어졌고, 이처럼 다자이 대표 작품집 출간으로까지 확장되었다. 위의 '일러두기'는 이번에도 고스란히 적용되는데, 한 가지 강조한다면 이야기꾼 다자이 문학의 즐거움을 만끽할 수 있다는 점이다.

「만원」은 자살 기도와 집필 중단 등 힘겨운 터널 같은 시간을 지나, 작가가 다시 창작에 전념하던 무렵 발표한 소설이다. 마침내 길었던 금지령이 해제되고, 그 기쁨은 빙글빙글 돌아가는 여자의 파라솔 위에 가득하다. 의사가 명했던 금기에서 해방되어 자유를 찾은 모습에서 미래에 대한 희망이 엿보인다.

「황금 풍경」은 신문사의 단편 콩쿠르에 당선된 작품이다. 어렸을 적 자신이 심하게 구박했던 하녀가 어느덧 결혼해 멋진 가정을 일군 주부로 나타났다. 과거의 못된 행실을 기억하는 주인공은 더없이 불편한 마음인데, 놀랍게도 그녀는 그를 가리켜 '아주 상냥한 사람'이었노라고 가족에게 자랑한다.

나는 선 채로 울었다. 험악한 흥분이 눈물로, 아주 기분 좋게 녹아 없어져 버린다.

졌다. 이건, 좋은 일이다. 그렇게 되어야만 한다. 그들의 승리는, 또한 내일을 위한 나의 출발에도, 빛을 비춘다. (16쪽)

소설의 마무리. '나'는 흔쾌히 패배를 받아들인다. 실제로 작가가 결혼한 지 얼마 안 된, 새 출발의 걸음을 내디딘 무렵이라는 걸 염두에 두고 읽으면, '내일'을 향한 기대감이 흐뭇하게 와닿는다.

「벚나무와 마술피리」는 언니와 여동생, 아버지, 세 사람 사이에 오가는 애틋하고 안타까운, 그리고 조금 비밀스러운 가족 이야기다. 온화한 노부인의 내레이션을 통해, 이야기가 한층 극적으로 긴장감 있게 전달된다.

"여름은 샹들리에. 가을은 등롱."

「아, 가을」은 이 한 구절만으로 이미 충분하게 느껴진다. 소리내어 읽어 보면 더욱 좋은 시구다. 봄, 여름, 겨울이 함께 들어있을, 시인 다자이의 그 비밀스러운 노트가 몹시 궁금해진다.

「축견담」은 개를 싫어하고 혐오하는 남자가 서서히 개와 관계를 회복해 나가는 우여곡절을 다루고 있다. "나는 개에 관해선 자신 있다. 언젠가는 반드시 개가 달려들어 물릴 거라 자신한다."로 시작되어, "예술가는 애당초 약자의 편에 서는 법이거든." "약자의 친구라고. 예술가에겐 이것이 출발점이자 최고 목적이지."라는 반성 어린 고백에 도달하는 과정이 흥미진진하다. 다자이가 이토록 재미있는 문장을 구사하는 작가였던가! 새삼 놀라게 될지도 모르겠다.

표제작 「달려라 메로스」는 일본 교과서에도 실려 널리 알려진, 이른바 '불후의 명작'으로 꼽히는 단편이다. 실러의 장편 시 「인질」을 전거로 삼은 이 짧은 이야기는 '우정과 신뢰'를 다루고 있다. 주제 면에서 어쩌면 식상해 보일 수도 있는 이 소설이 뭉클한 감동을 안기는 까닭은, 역시나 작가(내레이터)의 문장력(혹은 말솜씨)이라 하지 않을 수 없다. "두 번 읽고 세 번 읽고, 읽을수록 좋다. 걸작이다."라는 한 평론가의 말에 절로 공감이 간다.

어떤 소설에서는 마침표가 언제 나오나 싶게 끝도 없이 문장이 이어지는 반면, 「달려라 메로스」는 우선 호흡이 짧다. 그리고 단어마다 쉼표가 거의 빠지지 않는다. 다자이의 구두점이 독특하다고 말하는 평자도 있는데, 단순한 구두점이 아닌 게 분명하다. 메로스는 지금 달리는 중이다. 가쁜 숨으로, 독자도 메로스와 함께 달리면서 읽으면 좋겠다. 아니, 함께 달리면서 메로스의 이야기를 '들어도' 좋겠다.

이 작품과 관련된 다자이의 에피소드 하나. 이른바 '아타미〔熱海〕 사건'이다.

아타미에서 함께 술을 마시던 다자이와 친구인 작가 단 가즈오는 술값이 부족했다. 돈을 빌려 오겠다며 먼저 훌쩍 떠난 다자이를, 친구는 닷새고 열흘이고 무작정 기다렸다. 기다리다 지쳐 직접 다자이를 찾아 나섰는데, 웬걸, 다자이는 스승인 이부세의 집에서 장기를 두고 있었다. 호되게 나무라는 친구에게 다자이는 거의 울상이 되다시피 하여, 어둡게 중얼거렸다 한다. "기다리는 몸이 괴로울까? 기다리게 하는 몸이 괴로울까?"

「여치」에 대해 훗날 작가는 자신도 소위 '원고 장사꾼'이 되어 버리는 건 아닐까 걱정되어, 스스로 경계하는 의미에서 썼다고 밝혔다. 마음속 속물근성을 훈계한 것이라고 했다.

"헤어지겠습니다."라는 첫 문장이 우선 시선을 끈다. 그런데 화자는 작가가 아니다. 다자이가 들려주는 여성 고백체를 음미해 볼 만하다.

「도쿄 팔경」은 다자이가 도쿄 대학 입학과 함께 시작된 십여 년의 도쿄 생활을 회고하면서 써 내려간 자전적 소설이다. 작가 내면에 심어진 삶의 쓸쓸함과 슬픔이 절제된 문장 속에서 담담하게 그려지는데, 자신을 도쿄 명소의 하나로 간주하는 대목이 인상적이다.

「기다리다」에서는 한 여성이 전차역에서 누군가를, 무언가를 하염없이 기다린다. 매일 매 순간 삶이 절박하고 위태로울 때일수록, 기다림은 더욱 간절하고 초조해진다. 기다린다는 즐거운 설렘과 불안한 긴장감이 팽팽하다. 『사양』에서 가즈코의 목소리가 아스라이 공명해 온다.

기다림. 아아, 인간의 생활에는 기뻐하고 화내고 슬퍼하고 미워하는 여러 가지 감정이 있지만, 그래도 그런 건 인간 생활에서 겨우 1퍼센트를 차지할 뿐인 감정이고 나머지 99퍼센트는 그저 기다리며 살아가는 게 아닐까요. 행복의 발소리가 복도에 들리기를 이제나저제나 가슴 저미는 그리움으로 기다리다, 텅 빈 공허감.

「비용의 아내」에 등장하는 '오타니'는 프랑스 시인 프랑수아 비용을 모티프로 한 인물이며, 다자이의 분신으로 읽힌다. 전쟁 후 시대 변화에 적응하지 못한 채 데카당을 표방하며 살아가는 오타니는 내면의 윤리성, 무너지는 가정과 끊임없이 갈등하고 싸워 나갈 수밖에 없다. 반면 그의 아내 '삿짱'은 자신 앞에 닥친 험난한 현실을 딛고 무능력한 남편을 대신해 가정을 지켜 내는 진취적 인간성을 발휘한다. 두 사람의 대화가 자아내는 독특한 분위기, 그리고 세부 묘사에 이 작품의 묘미가 있다. 다자이의 후기 단편들 가운데 걸작이라는 평가를 받는다.

「포스포렛센스」는 발표 후 다자이 수상집에 처음 수록되기도 했다. 꿈은 현실보다 더 현실성을 띤다. 그럴 때가 있다. 현실과 환상을 오가는 또 다른 현실 세계가 그려진다.

「미남자와 담배」는 1947년 겨울, 우에노의 부랑아들과 찍은 사진이 작품의 소재가 되었다. 작품에 다자이라는 작가 이름이 그대로 사용되고 있다. "저는 홀로 오늘까지 싸워 오긴 했습니다만,"으로 시작되는 문장에 쓸쓸함이 묻어난다. 삶의 마지막까지 작가가 분투해 온 것이 무엇인지를 떠올리게 한다. 그럼에도 다자이의 여유로운 시선이 따뜻하다.

* * *

죽을 생각이었다. 올해 설날, 옷감을 한 필 받았다. 새해 선물이다. 천은 삼베였다. 회색 줄무늬가 촘촘히 박혀 있었다. 여름에 입는 옷이리라. 여름까지 살아 있자고 생각했다. (「잎」)

『만년』의 파격적인 첫 문장. 그리고 죽음을 말하면서도 슬그머니 던져 넣는 유머 한 조각.

"다자이는 어떤 사람이었나요?"라는 신문 기자의 질문에, 생전의 작가와 친분이 있었던 한 여성이 이렇게 대답한 걸 떠올린다. "재미있는 사람이었어요. 한번 이야기 꺼냈다 하면, 끊임없이 술술 나오는 그런 사람이었어요."

『사양』과 『만년』에 이어, 다자이 오사무의 명작 모음집 『달려라 메로스』를 새로이 단장해 선보인다. 여기에 엄선된 대표작들을 통해 다자이 문학의 다채로운 스펙트럼을 한층 폭넓고 깊게, 무엇보다 유쾌하게 즐길 수 있다면, 이 작품집을 엮은 옮긴이로서 이보다 더 큰 기쁨은 없으리라.

응원해 주시는 독자들, 민음사 여러분께 거듭 감사드린다.

2022년 봄

유숙자

작가 연보

1909년   6월 19일 일본 아오모리〔青森〕현 쓰가루〔津輕〕군에서
        신흥 상인이자 대지주인 부친 쓰시마 겐에몬과 모친
        다네 사이에 열 번째 자녀, 여섯 번째 아들로 출생했다.
        본명은 쓰시마 슈지〔津島修治〕.

1912년   5월, 부친이 중의원(일본 국회의 하원) 의원에 당선되었다.

1916년   4월, 가나기〔金木〕제일심상 소학교에 입학했다.

1922년   3월, 소학교를 졸업. 성적이 우수하여 육 년간 수석을
        유지했다. 4월, 교외의 메이지 고등소학교에 입학해 일
        년간 통학했다. 12월, 부친이 아오모리현 다액 납세 의
        원으로서 귀족원 의원이 되었다.

1923년   3월, 부친이 도쿄의 병원에서 별세(53세). 4월, 현립 아
        오모리 중학교에 입학했다.

1925년   아오모리 중학교 《교우회지》에 작품을 발표하면서 작가
         의 꿈을 키우기 시작했다. 8월, 친구들과 동인지 《성좌》
         를 창간해 희곡을 발표했으나 1호로 폐간되었다. 11월,
         남동생이 동인으로 참가한 《신기루》를 창간해 적극적
         으로 편집을 맡으면서 소설, 에세이 등을 발표했다.

1927년   4월, 히로사키[弘前] 고등학교 문과에 입학했다. 7월,
         작가 아쿠타가와 류노스케[芥川龍之介]의 자살에 충
         격을 받고 학업을 소홀히 하게 되었다.

1928년   5월, 동인지 《세포문예》 창간. 생가의 치부를 고발한
         장편 소설 「무간나락」을 발표했다. 게이샤 베니코(紅子,
         본명 오야마 하쓰요[小山初代])를 만났다.

1929년   1월, 남동생이 패혈증으로 돌연 사망했다(18세). 12월,
         기말 시험 전날 밤, 다량의 칼모틴으로 하숙방에서 자
         살을 기도했다.

1930년   4월, 도쿄 제국 대학 불문과에 입학했다. 작가 이부세
         마스지[井伏鱒二]를 사사했다. 고교 선배의 권유로 비
         합법 좌익 운동에 참가했다. 11월, 도쿄 긴자 카페의
         여급이었던 다나베 아쓰미와 가마쿠라 해안에서 칼모
         틴으로 동반 자살 기도, 여성만 사망했다. 12월, 하쓰
         요와 간소한 혼례를 올렸다.

1932년   7월, 아오모리 경찰서에서 조사를 받고 비합법 활동과
         의 절연을 서약했다. 단편 「추억」을 집필했다. 이후 「어복
         기(魚服記)」, 「잎」, 「로마네스크」 등 『만년(晩年)』에 수
         록될 작품들을 잇달아 발표했다.

1934년   동인지 《푸른 꽃》을 발간했다.

1935년   3월, 도쿄 대학 졸업에 실패했다. 미야코〔都〕 신문 입사 시험에도 낙방했다. 가마쿠라의 산에서 자살을 기도했다. 맹장염 수술 후 복막염을 일으켜 중태에 빠졌다. 입원 중, 진통제 파비날에 중독되었다. 《일본낭만파》 5월호에 「어릿광대의 꽃」을 발표했다. 8월, 「역행(逆行)」으로 제1회 아쿠타가와상 후보에 오르지만 차석에 그친다. 작가 사토 하루오〔佐藤春夫〕를 방문, 이후 사사하게 된다.

1936년   6월, 첫 창작집 『만년』을 간행. 7월, 우에노에서 출판 기념회가 열렸다. 파비날 중독 증상이 극심해져 병원에 입원, 한 달 후 완치되어 퇴원했다. 9월, 「창생기(創生記)」, 「교겐〔狂言〕의 신」을 발표했다.

1937년   3월, 아내 하쓰요의 부정을 알고 나서, 칼모틴으로 동반 자살을 기도했다. 4월, 『HUMAN LOST』를 발표했다. 6월, 하쓰요와 이별했다. 7월, 창작집 『20세기 기수』를 간행했다.

1938년   9월, 야마나시〔山梨〕현 덴카차야로 가서 창작에 전념했다.

1939년   1월, 스승 이부세의 중매로 이시하라 미치코〔石原美知子〕와 결혼했다. 「부악백경(富嶽百景)」, 「여학생〔女生徒〕」, 단편집 『사랑과 미에 대하여』를 간행했다. 9월, 도쿄 미타카〔三鷹〕로 이사했다. 직후 2차 세계 대전이 발발했다. 「아, 가을」을 발표했다.

1940년   작가 다나카 히데미쓰(田中英光)가 소설을 들고 미타
         카로 찾아와서 다자이와 첫 대면을 한 이후 사사했다.
         5월, 「달려라 메로스」, 11월, 「여치」를 발표했다.

1941년   「청빈담(清貧譚)」, 「도쿄 팔경(東京八景)」 등을 발표했
         다. 6월, 장녀 소노코(園子)가 태어났다. 문인 징용령을
         받았으나 흉부 질환으로 징용에서 면제되었다. 12월,
         태평양 전쟁이 발발했다.

1942년   장편 『정의와 미소(正義と微笑)』, 창작집 『여성』(「기다
         리다」, 「여치」 수록)을 출간했다. 이 무렵부터 군사 교련
         을 받았다. 10월, 모친이 위독하다는 소식을 듣고 가족
         과 함께 귀향했다. 12월, 모친이 별세했다(69세).

1943년   「고향」을 발표했다. 9월, 장편 『우다이진 사네토모(右大
         臣實朝)』를 간행했다.

1944년   『쓰가루(津輕)』 집필을 의뢰받아 5월 중순부터 6월 초
         순에 걸쳐 쓰가루 지방을 여행했다. 8월, 장남이 출생했
         다. 창작집 『가일(佳日)』을 출간하고 이것이 영화화되었
         다. 11월, 『쓰가루』를 간행했다.

1945년   4월, 공습으로 자택이 파손되어 고후(甲府)의 처가로 소
         개했다가 다시 7월 말, 고생 끝에 가나기의 생가에 도
         착했다. 8월 15일, 일본이 패전했다. 9월에 장편 『석별』,
         10월에 『옛이야기(お伽草紙)』를 간행했다. 농지 개혁으
         로 지주 제도가 해체되면서 생가는 사양의 길에 접어
         들었다.

1946년   전후 첫 중의원 의원 선거에 큰형이 당선되었다. 「고뇌

의 연감」, 희곡 「겨울 불꽃」을 발표했다. 『판도라의 상자』를 출간했다.

1947년 　오타 시즈코[太田靜子]의 집을 방문하고 그녀의 일기를 빌린다. 이 일기는 소설 「사양(斜陽)」에 반영되었다. 「비용의 아내」를 발표했다. 3월, 차녀 사토코(里子, 작가 쓰시마 유코[津島佑子])가 태어났다. 11월, 오타 시즈코와의 사이에 딸 하루코(治子, 작가 오타 하루코[太田治子])가 태어났다. 12월, 『사양』을 출간했다. 몰락한 귀족을 지칭하는 '사양족'이라는 단어를 유행시키며 베스트셀러가 되었다. 다자이의 생가는 현재 '사양관'이라 이름 지어져 기념관으로 운영되고 있다.

1948년 　『다자이 오사무 수상집』, 『다자이 오사무 전집』을 간행했다. 이 무렵 자주 각혈했다. 5월, 「앵두」를 발표했다. 「인간 실격」을 탈고한 뒤, 《아사히 신문》의 연재 소설 「굿바이」 집필에 착수했다. 6월, 「인간 실격」 일부를 《전망》에 발표했다. 6월 13일 밤, 도쿄 미타카의 다마강 수원지에 야마자키 도미에[山崎富榮]와 투신했다. 만 39세 생일인 6월 19일, 시신이 발견되었다.

미타카의 젠린지[禪林寺]에 잠들다. 해마다 6월 19일이면 다자이를 기리는 모임 '앵두기(桜桃忌)'가 열리고, 다자이 문학의 애독자들이 참가한다.

6월, 7월, 유고 「굿바이」를 발표했다. 7월, 『인간 실격』, 작품집 『앵두』(「미남자와 담배」 수록), 11월, 『여시아문(如是我聞)』이 출간되었다.

세계문학전집 403

달려라 메로스

1판 1쇄 펴냄 2022년 6월 3일
1판 4쇄 펴냄 2024년 3월 26일

지은이 다자이 오사무
옮긴이 유숙자
발행인 박근섭, 박상준
펴낸곳 (주)민음사

출판등록 1966. 5. 19. (제 16-490호)
서울특별시 강남구 도산대로1길 62(신사동) 강남출판문화센터 5층 (우편번호 06027)
대표전화 02-515-2000 팩시밀리 02-515-2007
www.minumsa.com

ISBN 978-89-374-6403-4 04800
ISBN 978-89-374-6000-5 (세트)

* 잘못 만들어진 책은 구입처에서 교환해 드립니다.

세계문학전집 목록

세계문학전집은 계속 간행됩니다.